Les amants interdits

La flamme retrouvée

REESE RYAN

Les amants interdits

Traduction française de
PEGGY SASTRE

PASSIONS

HARLEQUIN

Collection : PASSIONS

Titre original :
OFF LIMITS LOVERS

HARPERCOLLINS FRANCE
83-85, boulevard Vincent-Auriol, 75646 PARIS CEDEX 13
Service Lectrices — Tél. : 01 45 82 47 47 - www.harlequin.fr
ISBN 978-2-2804-4633-4 — ISSN 1950-2761

Composé et édité par HarperCollins France. Achevé d'imprimer en janvier 2021.
par CPI Black Print - Barcelone - Espagne
Dépôt légal : février 2021.

MIXTE
Papier issu de sources responsables
FSC® C159065

Pour limiter l'empreinte environnementale de ses livres, HarperCollins France s'engage à n'utiliser que du papier fabriqué à partir de bois provenant de forêts gérées durablement et de manière responsable.

- 1 -

Annabel Currin tendait une robe de cocktail devant le miroir d'une cabine d'essayage. C'était une robe de déesse bleu clair à dos nu avec une grande fente latérale… De quoi faire sensation. Mais la tenue avait aussi une saveur bohème qui signait son style.

Faire du shopping dans une de ses boutiques préférées était une distraction bienvenue. Elle avait besoin de se vider la tête, d'oublier la terrible dispute qu'elle venait d'avoir avec son fiancé, Mason Harrison.

Elle en tremblait encore. Sauf qu'elle ne voulait plus y penser.

— Qu'est-ce que tu en penses ?

Annabel regarda le reflet de son amie Frankie Walsh dans le miroir.

Un large sourire se dessina sur le visage de la jeune femme, et ses yeux verts scintillèrent.

— J'adore cette couleur, elle te va parfaitement au teint, Annabel. Tu seras divine dans cette robe au gala de la Société américaine de lutte contre le cancer. Quand Mason va te voir, il va tomber à la renverse.

— Tu crois ?

Annabel fit la moue en étudiant sa peau couleur miel. Le produit de la rencontre d'un père aux racines irlandaises et d'une mère kényane à la magnifique peau chocolat. Sa question faisait référence à la première partie de la déclaration de son amie. Elle se moquait éperdument de ce que Mason allait penser.

— Absolument. De toutes les manières, tu es sublime quoi que tu portes. Va au gala en tenue de yoga et la moitié d'Internet voudra te copier.

— Merci.

Annabel gratifia la jeune femme d'un sourire chaleureux. Elle était si heureuse que Frankie soit devenue son amie.

Elle avait un jour offert à Francesca Walsh, à l'époque employée du ranch Currin, un relooking impromptu pour un grand événement auquel elle devait assister avec le frère aîné d'Annabel, Xander. Beaucoup de choses avaient changé depuis. Frankie était maintenant la fiancée de Xander et avait été reconnue comme l'héritière perdue de la fortune des Langley.

Et de leur complicité lors du relooking était née une véritable amitié après les fiançailles de Xander et de Frankie. Elle était une personne aussi pétillante qu'incroyablement douce. Le frère d'Annabel avait énormément de chance de l'avoir.

Frankie se mordit la lèvre inférieure et fronça les sourcils.

— Qu'est-ce qui se passe ? demanda Annabel.

— On ne se connaît pas depuis très longtemps, alors n'hésite pas à me dire si je dépasse les bornes.

Frankie prit une profonde inspiration et poursuivit.

— Mais quelque chose ne va pas chez toi aujourd'hui, n'est-ce pas ?

— Qu'est-ce qui te fait dire ça ?

Annabel se retourna vers le miroir et jeta un dernier

regard à la robe. Ensuite, elle l'accrocha à un portant avec d'autres candidates qu'elle avait sélectionnées.

— Je ne sais pas, tu me sembles bizarre. Hier déjà tu me semblais lointaine. L'autre jour tu m'as dit avoir un énorme secret à me révéler et depuis c'est comme…

Frankie tira ses cheveux, coiffés dans une longue tresse qui lui tombait sur une épaule.

— Tu me fais l'effet d'un ballon dégonflé. Je me dis que c'est lié à ta dispute avec Mason, celle dont tu ne veux pas parler. Est-ce que tout va bien entre vous deux ?

Les larmes montèrent aux yeux d'Annabel. Elle préféra ne pas répondre et voulut plutôt se concentrer sur son travail – la vraie raison de leur présence dans la boutique. Il fallait faire des photos pour son blog vidéo et ses pages sur les réseaux sociaux.

Annabel Currin était une blogueuse mode influente avec des centaines de milliers d'abonnés. Elle avait mis en place un partenariat avec la propriétaire de la boutique, qui lui avait promis une robe pour le gala de charité auquel elle allait participer.

En plus de Frankie, Annabel avait souvent offert ses services de relooking à des femmes de la région. Mais aujourd'hui, elle voulait aller plus loin. Elle avait décidé d'ouvrir une boutique de dépôt-vente pour permettre au plus grand nombre de profiter de ses conseils mode et beauté.

Ignorant la question de son amie, elle s'affaira à vérifier l'éclairage pour sa vidéo et se mit à marmonner :

— Bon, je crois que je vais faire un post « découverte » pour chaque robe. Ensuite, je vais expliquer pourquoi elles sont adaptées à mon type de corps et à la couleur de ma peau.

— J'ai dépassé les bornes, hein ?

Frankie s'avança vers elle et lui tendit la cellule photo.

— Non, bien sûr que non. C'est juste que tu es un peu trop télépathe.

Annabel eut un rire nerveux. Elle étudia Frankie pendant un moment, puis s'éclaircit la gorge.

— Bon, si je te dis quelque chose, tu pourras le garder pour toi pour le moment ? Tu ne le diras pas à mon frère ?

Frankie semblait jauger la demande dans sa tête.

— Ce n'est rien de dangereux ou de mortel, n'est-ce pas ? Rien qui le concerne ?

— Non, rien de tel.

Un léger sourire éclaira les yeux verts de Frankie, qui serra le bras d'Annabel.

— Alors, bien sûr, compte sur moi.

— En fait, il serait peut-être préférable que je te montre quand nous aurons terminé ici.

Annabel soupira. Il ne lui restait plus qu'à espérer que cette révélation se passe mieux que la précédente.

Des papillons voltigeaient dans le ventre d'Annabel alors que sa main tournait une clé dans une serrure rouillée. Une fois la porte ouverte, elle passa devant Frankie pour la guider dans un local qui avait été autrefois un célèbre salon de coiffure.

Ses vieilles santiags préférées s'accrochaient au revêtement du sol alors qu'elles entraient à l'intérieur. Un air vicié et une odeur piquante de produits chimiques assaillirent leur odorat. La poussière tourbillonnait dans la lumière du soleil à travers les vitres sales de la vieille boutique.

— Nous sommes au cœur de ce qui deviendra Les Doigts de fée.

Annabel passa une main dans ses cheveux. Les plus proches de son cuir chevelu étaient tressés, tandis que le reste de sa chevelure tombait en vagues compactes dans son dos.

— J'ai aussi acheté le local à côté. C'est là que j'installerai le magasin de vêtements vintage. Mais les clientes pourront se refaire une beauté ici, que ce soit en matière de cheveux, soins du visage, maquillage ou manucure. Je compte proposer une offre très économique pour les femmes défavorisées qui cherchent du travail.

— Quelle idée fantastique, Annabel !

Frankie rayonnait.

— Et cet endroit est incroyable. J'adore les beaux et vieux bâtiments comme celui-ci. Quand a-t-il été construit ?

— Il a été achevé en 1934. D'où le style Art déco.

Annabel désigna les motifs géométriques du papier peint et le magnifique sol en terrazzo.

— Cet endroit sera absolument sublime une fois que tu l'auras rénové. J'imagine que tu as déjà pensé à le meubler avec du mobilier ancien, continua Frankie.

Depuis qu'elles étaient entrées, Frankie arrivait difficilement à calmer son enthousiasme. Sa réaction avait été l'exact contraire de celle de Mason…

— Oui, c'est ce que je pensais aussi, confirma Annabel. Là, devant, j'imagine des banquettes confortables sous la fenêtre, puis le long de ce mur.

Après la visite de la boutique, Annabel montra à son amie le bâtiment voisin et lui fit part de ses plans alors que le soleil de fin d'été descendait à l'horizon.

Frankie la prit dans ses bras.

— Je suis tellement contente pour toi, Annabel. C'était ton rêve et tu vas le réaliser. Qu'a dit Mason ?

Le cœur d'Annabel se serra. Elle repensa à la mine déconfite de son fiancé et au froncement de ses sourcils.

Mason Harrison travaillait pour son père. Il était cadre chez Currin Oil, où il avait rapidement gravi les échelons de l'entreprise. Ils étaient fiancés depuis près de un an, et leur mariage était prévu dans quelques mois.

Mais il n'avait eu que du mépris pour elle lorsqu'elle lui avait fait part de ses projets.

— Je l'ai amené ici après notre déjeuner l'autre jour. Il m'a accusée de me comporter en petite fille gâtée en achetant cet endroit sans le consulter, ni sans en parler à mon père.

— Je suis sûre qu'il parlait sous l'effet de la surprise, fit Frankie d'une voix qui se voulait sûrement rassurante. Il changera d'avis.

— Non. Il ne le fera pas, admit Annabel, sa gorge de plus en plus nouée. Il veut que je sois une bonne épouse de la haute société. Que j'abandonne mon « petit blog », comme il l'appelle, une fois que nous serons mariés.

— Ton *petit blog* ? s'étrangla Frankie Mais tu as des centaines de milliers de followers et des dizaines de sponsors prestigieux !

Frankie croisa les bras, manifestement indignée.

— Tu aimes ce que tu fais et tu gagnes vraiment très bien ta vie. Pourquoi Mason voudrait-il que tu y renonces ?

— Parce qu'il ne considère pas ce que je fais comme un travail digne de ce nom et qu'il ne veut pas que sa femme travaille dans un « bouge ».

Les mots de Mason résonnaient encore dans son esprit.

— Être entrepreneuse n'est pas convenable pour une bonne épouse de la haute société. Mason m'a posé un ultimatum. J'ai dit que je ne céderai pas. Il a donc rompu nos fiançailles.

La mâchoire de Frankie sembla sur le point de se décrocher.

— Oh ! Annabel, je suis désolée. Je ne savais pas à quel point votre dispute était grave.

Frankie lui serra le bras.

— Peut-être que Mason a juste besoin de se faire à l'idée. Et tu portes toujours sa bague, donc je parie que vous allez résoudre ce problème avant le gala ce week-end.

— Non.

Le ton inflexible d'Annabel surprit visiblement son amie.

— Mason est à la recherche d'une épouse trophée, poursuivit-elle. De celles qui se contentent d'organiser des cocktails et d'assister à des œuvres de charité seulement pour être les faire-valoir de leurs maris. Je me sens si stupide de ne pas l'avoir compris plus tôt.

Elle joua nerveusement avec la bague à son doigt.

Pourquoi la portait-elle toujours alors que tout était à l'évidence terminé avec Mason ? Peut-être qu'une petite partie d'elle-même espérait une réconciliation…

Sauf qu'en parlant à son amie elle avait réalisé quelque chose qu'elle n'avait pas voulu admettre auparavant. Mason Harrison n'était pas un homme pour elle. Et il était encore moins l'homme de sa vie.

Elle prit alors une profonde inspiration et une grave décision. Elle allait parler à son père, lui annoncer la rupture de ses fiançailles, et ensuite elle retirerait la bague. Le problème, c'est qu'elle n'était absolument pas prête à le faire…

— Mon père m'a dit qu'il ne pourra pas assister au gala. Currin Oil est un sponsor platine, je devrai donc être là pour représenter notre famille et l'entreprise.

Annabel soupira.

— D'ailleurs, cet événement est important pour moi. Nous avons perdu ma mère à cause du cancer, alors je ferai tout mon possible pour soutenir cette cause.

— C'est vraiment bête que nous soyons déjà pris avec Xander ce soir-là. Je n'ai pas envie que tu te retrouves toute seule.

Frankie fronça les sourcils.

— Ça ira, ne t'en fais pas.

Annabel se força à sourire pour rassurer son amie.

— Habituellement, j'aurais dit un truc bateau comme « le temps guérit toutes les blessures », mais je ne crois pas que tu veuilles l'entendre, dit Frankie d'une voix blanche.

Elle enroula un bras autour de ses épaules

— Alors concentrons-nous sur toi, ton histoire, tes projets. Le fait que tu sois sur le point de réaliser tes rêves. Je crois que ça mérite une fête et un gâteau.

Annabel leva ses yeux embués vers son amie.

— Toi, tu sais que je ne résiste jamais à l'appel du gâteau.

- 2 -

Roarke Perry sortit de son SUV de location et entra dans le café Chez Farrah. L'odeur familière le fit sourire. Il y avait la richesse et la puissance du café torréfié colombien et le réconfort d'une généreuse carte de tartes. Il avait toujours aimé ce petit endroit. Leur café était incroyable, et Mme Farrah faisait la meilleure tarte caramel-noix de pécan de tout le Texas, voire du pays. Avant de revoir son père, Sterling Perry, pour la première fois depuis des années, il avait besoin des deux.

Il prit sa place dans la queue derrière deux femmes. La première était un très joli garçon manqué coiffé d'une longue tresse brune lui tombant sur une épaule. L'autre était une magnifique métisse aux pommettes hautes, des yeux en amande d'un brun profond et une sublime peau mordorée. Elle portait un short en jean coupé, un chemisier bohème dévoilant ses épaules nues, et ses longues jambes se terminaient sur des santiags élimées marron et noir. Ses cheveux foncés et frisés tombaient dans son dos par vagues.

Il y avait quelque chose dans sa voix et le son de son rire qui le captivait.

La femme commanda une tranche de tarte au citron meringuée, et son amie opta pour celle aux cerises. Quand elle se retourna pour partir, elle aurait pu lui rentrer dedans s'il n'avait pas tendu la main pour l'arrêter.

— Oh pardon, je suis vraiment désolée. J'avais la tête ailleurs.

— Pas de souci. L'essentiel, c'est que votre gâteau soit sain et sauf.

Il la gratifia d'un clin d'œil.

Ses yeux sombres scintillèrent et étudièrent les siens.

Quelque chose en elle semblait presque familier. La façon dont elle le regardait… Est-ce qu'elle ressentait la même chose ? Mais non, il n'allait pas lui faire le coup du « On se connaît, non ? ». D'autant plus qu'elle arborait à sa main gauche une bague de fiançailles bien visible.

Et c'était aussi bien comme ça. Il n'était pas revenu à Houston pour batifoler. Loin de là. En outre, dans quelques jours, il serait de retour à Dallas. Où il vivait depuis la fac.

— Eh bien, merci d'avoir sauvé ma tarte.

Elle souleva sa petite assiette à dessert.

— Mes excuses encore.

Il inclina un stetson imaginaire et hocha la tête alors qu'elle et son amie se dirigeaient vers une table à l'arrière du café.

Des gens avaient énormément de chance dans la vie. À commencer par le fiancé de cette sublime créature.

Roarke possédait un luxueux appartement dans l'immeuble où vivaient aussi ses sœurs jumelles aînées, Angela et Melinda. Mais son locataire n'allait pas quitter les lieux avant quelques jours. Il remonta donc dans son SUV et prit la direction du ranch Perry, le domaine familial aussi opulent que tentaculaire situé dans les faubourgs de Houston.

Le train de vie de la famille Perry était financé par

Perry Holdings, une société milliardaire composée d'organismes de financement, de construction, d'immobilier et de gestion immobilière.

Le nom de Sterling Perry, son père, pesait lourd à Houston. Ce qui ne l'avait pas empêché d'être accusé de malversations qui avaient fait perdre des millions de dollars à ses clients et d'être jeté en prison. À sa grande surprise et à celle de tout son entourage…

Roarke était avocat. Cependant, au grand dam de son père, il avait choisi de ne pas travailler pour Perry Holdings, mais pour un cabinet de droit civil installé à Dallas représentant des clients défavorisés qui n'avaient souvent pas les moyens de le payer à la hauteur de ses services. Reste que depuis son bureau de Dallas, il avait commencé à s'occuper du dossier de son père.

Sterling Perry avait l'éthique d'un serpent à sonnettes. Roarke avait été écœuré de devoir passer des heures et des heures à essayer de blanchir son père alors qu'il avait des clients victimes d'injustices bien plus intolérables.

En général, un fils aurait défendu son père comme si sa vie en dépendait. Les liens familiaux n'ont pas leur pareil pour vous aveugler, même lorsque la malhonnêteté est réelle.

Mais aucun lien de ce type ne liait Roarke et Sterling Perry.

Benjamin de la fratrie, Roarke était aussi le seul fils de Sterling. Pour autant, il était loin de le considérer comme la prunelle de ses yeux. Une réalité qui avait fait souffrir Roarke tout au long de son enfance.

Jamais il n'avait senti la moindre étincelle de fierté dans les yeux de son père. Et son attitude avec lui n'avait rien à voir avec celle qu'il pouvait manifester à l'égard de ses trois sœurs aînées. Dans son enfance, Roarke n'avait cessé de vouloir attirer l'attention et l'affection de son père. Adolescent, il s'était résigné à ne jamais les obtenir.

Mais si Roarke n'avait aucun mal à croire un tas de choses horribles concernant Sterling Perry, qu'il ait été à la tête d'une pyramide de Ponzi n'en faisait tout simplement pas partie.

Premièrement, parce qu'il l'avait suffisamment entendu agonir d'injures Bernie Madoff et ses sbires. Ensuite, parce que les caisses de Perry Holdings débordaient d'argent. Que son père ait choisi de tremper dans une telle arnaque était tout bonnement absurde.

Autant de raisons pour lesquelles il croyait fermement à l'innocence de son père. Pas parce qu'ils partageaient un même nom de famille.

Mais ce n'était pas à cause de l'arrestation de son père qu'il était revenu dans sa ville natale. Il aurait très bien pu gérer son dossier depuis Dallas.

Non, s'il était rentré à Houston, c'était à la demande de sa sœur Angela et pour prouver, une fois pour toutes, qu'il n'était pas le fils de Ryder Currin – l'ennemi juré de leur père et l'homme que sa sœur fréquentait depuis plusieurs mois.

Angela l'avait appelé à Dallas. Elle était en panique après avoir croisé une vieille amie de la famille, Lavinia Cardwell. La femme était une riche philanthrope, bienfaitrice de premier plan du Club des éleveurs du Texas… et connue pour adorer raconter et véhiculer des ragots.

Lavinia avait informé sa sœur qu'une rumeur le considérait comme le fils caché de Ryder Currin. Cette rumeur, Roarke était bien placé pour savoir qu'elle avait convaincu son père, même s'il ne le lui avait jamais formellement dit. Pour mettre les choses au clair, sa sœur avait demandé à Ryder de faire un test de paternité.

Ce que Ryder avait accepté.

Roarke n'accordait aucun crédit à ces racontars. Mais si cela pouvait permettre à sa sœur de rester saine d'esprit et aux potins de disparaître pour de bon, cela en valait la peine.

Arrivé devant le poste de garde du ranch Perry, Roarke baissa la vitre de sa voiture et salua le gardien qu'il connaissait bien. L'homme s'occupait de la sécurité du domaine depuis son adolescence.

— Ravi de vous voir, monsieur Perry.

Un large sourire se dessina sur le visage de Ben Mattison alors qu'il tendait la main pour lui serrer la sienne.

— Votre famille attend avec impatience votre arrivée.

— Vous voulez parler de mes sœurs, je suppose.

La mâchoire tendue, Roarke regarda la grande maison. Quand il se retourna vers Ben, il vit les lèvres de l'homme se serrer en une moue gênée. Et un air de pitié bien trop familier obscurcir ses yeux.

— Si je peux me permettre, je suis sûr que votre père est lui aussi impatient de vous voir. Et même que vous lui avez manqué.

Ben sembla se forcer à sourire alors qu'il inclinait son chapeau et appuyait sur le bouton pour déclencher l'ouverture du portail.

Quand Roarke se gara dans l'allée, il vit que le gardien ne lui avait pas menti. Ses trois sœurs l'attendaient de pied ferme.

— Petit frère ! s'exclama Esme, sa sœur de six ans son aînée, lorsqu'il sortit du véhicule.

— Euh, tu sais que j'ai bientôt trente ans, non ? demanda-t-il en la prenant dans ses bras.

— Et toi, tu sais que je t'appellerai toujours comme ça même quand tu en auras soixante-dix, n'est-ce pas ? rétorqua-t-elle en le fixant de ses grands yeux bleus.

— Roarke !

Melinda ébouriffa ses cheveux et le serra fort dans ses bras. Elle était l'une des jumelles de la fratrie et avait onze ans de plus que lui.

— Tu en as mis du temps ! On croyait que tu n'allais plus jamais venir nous voir !

— Je sais. Je sais. Mais je suis là maintenant, et je ne suis pas venu les mains vides. Jetez un coup d'œil sur la plage arrière.

Esme couina de joie à la vue des boîtes flanquées du logo de Chez Farrah alors qu'Angela s'approchait de lui.

— Merci d'être venu, Roarke. Cela signifie énormément pour nous, y compris pour papa.

Angela baissa les yeux lorsqu'il lui répondit par un froncement de sourcils censé traduire son incrédulité.

— Mais surtout pour moi, ajouta-t-elle dans un souffle.

Roarke fit le tour de la voiture pour récupérer ses bagages dans le coffre. Angela lui prit sa sacoche, et Esme et Melinda se chargèrent chacune d'une tarte.

Il passa un bras autour de l'épaule d'Angela et baissa la voix pour s'assurer qu'elle soit la seule à l'entendre.

— Demain soir, tu auras une réponse définitive. Ensuite, tout devrait bien se passer entre toi et Ryder.

Elle le regarda d'un air inquiet.

— Je ne sais pas. Tu aurais dû voir sa tête quand je lui ai parlé de la rumeur.

— Ça l'a mis en colère ?

— Pire. Il était vraiment blessé que je ne puisse pas le croire sur parole.

Ses yeux bleus se mouillèrent de larmes.

— Tu avais sans doute raison, peut-être qu'on ne s'en remettra jamais.

— Pourquoi ? Ce n'est pas Ryder qui a eu l'idée du test de paternité ?

Elle hocha la tête et essuya rapidement ses yeux.

— Si, il veut tellement prouver que maman et lui n'étaient que de bons amis. Qu'il n'aurait jamais... Qu'ils n'avaient pas...

Angela fut incapable de terminer sa phrase. Et heureusement. Roarke n'avait pas la moindre envie d'imaginer la chose. Leur mère était morte dans un accident de voiture l'année où il avait obtenu son bac. Si elle n'avait pas été là pour faire tampon entre lui et son père, avec ses sœurs parties faire leur vie ailleurs, le temps passé avec Sterling aurait été intolérable. Mais après l'accident, les digues avaient cédé et ils avaient échangé des mots qui étaient restés gravés dans sa mémoire. À la fin de cet horrible été, quitter le ranch pour l'université avait tout eu d'une délivrance.

— Je comprends à quel point cela doit être bouleversant pour vous deux. Mais concentre-toi sur un seul problème à la fois. D'abord le test et ensuite vous pourrez vous atteler à cette histoire de confiance.

Une phrase qu'il avait prononcée comme s'il s'agissait de la chose la plus simple au monde. Mais il savait bien que cela n'était pas vrai.

Angela sourit timidement et hocha la tête.

— Bon, je crois que je vais devoir t'imposer un dernier truc, Roarke. Ryder était censé être mon cavalier au gala de la Société américaine de lutte contre le cancer. Il faut que j'y sois pour représenter Perry Holdings. Je ne veux pas laisser croire qu'on se cache pendant cette enquête. Comme si nous pensions que papa avait fait quelque chose de mal.

Roarke soupira et acquiesça. Dans l'idéal, son passage à Houston se serait fait en coup de vent et sans voir quasiment personne. Mais il ne pouvait pas laisser Angela se morfondre, surtout quand l'événement en question était son préféré de l'année.

— Bon, d'accord, si tu ne t'es pas réconciliée avec Ryder d'ici là, je t'accompagnerai, sœurette.

— Merci, petit frère.

Elle glissa un bras autour de son cou.

— Je suis si heureuse que tu sois à la maison. Et encore une chose, tu devrais dire à papa que, s'il est assigné à résidence avec un bracelet électronique, c'est surtout grâce à toi.

— Non, Ang, j'ai passé l'âge de vouloir me faire accepter par Sterling. On ne change pas sa nature.

Roarke posa son sac contre le mur du foyer.

— Je suis là parce que tu m'as demandé de venir. C'est tout. Le travail que j'ai fait en son nom, je l'ai fait pour toi, Melinda et Esme. Et pour l'héritage des Perry.

— Je comprends. Mais ne serait-il pas préférable qu'il sache ce que tu as fait, au lieu de l'écouter se plaindre pendant les trois prochains jours et dire que son fils unique ne se soucie pas de lui ?

— Il n'a pas tout à fait tort.

Roarke plaça une main sur son cou et essaya de se délivrer de la tension nerveuse qui l'assaillait à chaque nouveau pas fait vers Sterling Perry.

Angela lui donna un coup de coude.

— Tu ne veux pas dire ça.

Il ouvrit la bouche pour objecter quelque chose, mais sa sœur le fixa d'un regard, les bras croisés.

— Tu ne veux pas dire ça, répéta-t-elle.

Il soupira.

— Bien. Où est-il, de toute façon ?

— Ici, s'écria son père du haut de l'escalier. Même si je sais que tu n'en as pas grand-chose à fiche.

Sterling Perry descendit les marches.

— Quand je pense que j'ai payé une addition salée pour tes études de droit que tu gaspilles avec des clients insolvables !

— Bonjour, Sterling.

Roarke n'appelait généralement pas son père par son prénom, mais vu que l'homme avait réussi à le faire suer à peine dix minutes après son arrivée…

Le vieil homme se renfrogna à l'utilisation de son prénom.

— Qu'est-ce qui t'amène ici, mon garçon ?

Les mains de Roarke se crispèrent instantanément en poings. Une réaction naturelle lorsqu'on a été élevé par un père indigne que tout le monde prend pour le messie.

Enfin, que tout le monde *prenait* pour le messie avant qu'il ne soit accusé d'avoir trempé dans une arnaque. Sans oublier le cadavre qui avait été retrouvé sur le chantier des nouveaux locaux du Club des éleveurs du Texas à Houston. Un chantier de construction géré par Perry Holdings. La victime n'avait pas encore été identifiée, et son père n'avait pas été officiellement impliqué dans le meurtre. Mais Roarke craignait que ce ne soit qu'une question de temps avant que les enquêteurs ne tentent également de mettre cela sur le dos de Sterling.

— Papa, ne dis pas de bêtises, il est là pour te voir, bien sûr.

Melinda s'empressa d'embrasser son père sur la joue.

— Sinon, quelle autre raison aurait-il d'être ici ?

Elle sourit gentiment à Roarke, mais ses yeux le supplièrent de continuer.

— En fait, Roarke ne voulait pas que tu le saches, mais c'est grâce à lui que tu te retrouves aujourd'hui en résidence surveillée et pas en prison, ajouta Angela dans un souffle.

— C'est vrai, mon garçon ?

Sterling se dirigea vers lui.

Roarke fourra les mains dans ses poches et hocha la tête.

— Oui, monsieur. C'est la vérité.

— Hum.

Sterling renâcla, comme s'il avait du mal à croire que son bon à rien de fils ait pu ainsi le tirer d'affaire.

— Et pourquoi n'as-tu pas réussi à lever l'assignation à résidence ?

Sterling leva sa jambe et souleva le bas de son pantalon pour dévoiler son bracelet électronique.

— Ça gratte comme des puces de l'enfer, ce truc.

— Bon, papa, tu ne pourrais pas te montrer un peu plus aimable avec Roarke ? Pour une fois ? le tança Esme en croisant les bras. Roarke était débordé de travail et a quand même trouvé un moyen de te faire sortir de prison. Sans compter qu'il a tout laissé en plan pour venir ici.

Sterling inspira profondément, comme si les paroles de sa plus jeune fille lui avaient fait mal. Puis il tendit une main vers Roarke.

— Merci de m'avoir fait sortir de là.

Il serra la main de son père.

— Pas de problème.

— Bon, continua Sterling. Tant que tu es là, il va falloir que tu m'aides à découvrir qui m'a tendu ce piège. Parce qu'il va devoir payer.

Il pointa le doigt vers sa cheville.

— Et je ne parle pas seulement du bracelet électronique. Il y a aussi la perte de confiance de nos clients et la valeur de notre entreprise qui a dévissé en Bourse. Il faut savoir qui a fait ça, qui nous a fait ça, à toute la famille. Tu vas devoir prendre le mal à la racine. Découvrir qui m'a fait ça. À nous tous.

Son père avait toute une écurie d'avocats super stars à son service. Alors pourquoi faire peser sur ses épaules une charge aussi lourde ? Celle de la réhabilitation de Sterling Perry ?

— J'ai apporté mon dossier, et il y a quelques personnes que je voudrais interroger. Pour voir si elles peuvent nous dire comment tout a commencé.

Roarke indiqua la besace qu'Angela portait.

— Bon, allons dans mon bureau pour en parler, ajouta Sterling.

— Tout de suite ?

Roarke espérait prendre un moment pour se poser et souffler avant de se mettre au travail.

Mais après tout, l'idée de s'enfermer dans le bureau de son père pour préparer sa défense n'était pas si mauvaise. Au moins, cela allait l'empêcher de penser à la femme magnifique qu'il avait croisée au café Chez Farrah.

- 3 -

Ryder Currin se glissa sur la banquette en face d'Angela et de son frère, Roarke. Il avait fait adresser les résultats du test de paternité à son bureau de Currin Oil. Ils étaient arrivés quelques heures plus tôt, mais il n'avait pas pris la peine d'ouvrir l'enveloppe. Il savait très bien ce que le test allait révéler.

— Je me suis dit que tu allais vouloir les honneurs, dit-il en poussant la grande enveloppe blanche sur la table vers Angela.

Ses mains tremblaient quand elle prit l'enveloppe et la tendit à Roarke.

— En fait, Roarke, je pense que c'est toi qui devrais l'ouvrir.

Son frère déchira l'enveloppe sans ménagement et en parcourut le contenu. Le regard de Roarke rencontra le sien alors qu'il glissait le papier vers sa sœur. Les yeux bleus d'Angela scannèrent rapidement le document à la recherche de la réponse dont elle avait désespérément besoin.

— Vous n'avez pas le moindre lien biologique !

Elle serra brièvement la main de son frère, puis tourna son attention vers Ryder.

— Je te dois de sacrées excuses.

— C'est donc le bon moment pour que je parte, dit Roarke en se levant.

Contrairement à sa sœur, manifestement ravie de la nouvelle, Roarke ne semblait ni soulagé ni déçu par les résultats du test de paternité. Son expression était proprement illisible.

— J'ai quelques personnes à voir pour parler d'une affaire sur laquelle je vais devoir plancher durant mon séjour, ajouta-t-il.

Il se pencha pour embrasser la joue de sa sœur, puis serra la main de Ryder et quitta le café.

— Je ne sais même pas par où commencer, dit Angela dès qu'ils furent seuls à table. Désolée me semble être un mot si faible.

— Tu pourrais peut-être commencer par dire que tu aurais dû me croire quand je te disais que je n'avais jamais touché ta mère de cette façon.

Les muscles de sa mâchoire se tendirent.

Lorsqu'il était un jeune employé du richissime grand-père d'Angela, Harrington York, dans la propriété qui s'appelait désormais le ranch Perry, il avait eu effectivement le béguin pour sa mère, Tamara. Mais ce n'était qu'une amourette adolescente à sens unique pour une femme de dix ans son aînée. Ils avaient été amis, mais rien ne s'était jamais passé entre eux.

La douleur et la colère assaillirent la poitrine de Ryder. Il était blessé par le manque de confiance d'Angela. Il l'aimait profondément. Depuis que le cancer avait emporté sa femme Elinah il y a treize ans, il n'avait jamais aimé personne de la sorte.

Il avait rencontré Elinah, sa deuxième épouse, lors d'une mission au Kenya. Et elle avait été l'amour de sa vie. Il chérissait le souvenir des années passées avec elle. Ils avaient eu son deuxième enfant, Annabel, et adopté une deuxième fille, Maya. Ensemble, ils avaient été incroyablement heureux pendant un peu plus d'une décennie.

Avant que son monde ne soit brisé par la maladie et la mort de sa femme.

Ryder n'aurait jamais cru pouvoir retrouver un tel amour. Rien qui ne puisse s'approcher de ce qu'il avait ressenti pour sa défunte épouse.

Mais il avait appris à connaître Angela Perry. Ils se croisaient depuis plusieurs années dans des événements liés au Club des éleveurs du Texas. Aujourd'hui, pour la première fois depuis longtemps, il avait bon espoir de retrouver l'amour.

Leur attirance réciproque avait même été assez forte pour leur permettre de se rapprocher et d'entamer une relation amoureuse malgré leurs deux noms, aussi incompatibles que le sont les chiens et les chats.

Angela était la fille de son ennemi juré. Un homme qui n'avait eu de cesse de lui pourrir la vie depuis plus de vingt-cinq ans. De toute évidence, il aurait aussi dû se méfier d'elle.

Sauf qu'Angela n'avait rien à voir avec Sterling Perry. Et même si sa beauté stupéfiante et son esprit généreux lui rappelaient parfois Tamara, elle était vraiment une femme unique.

Une femme dont il était tombé amoureux… Jusqu'à ce que son incapacité à lui faire confiance remette tout en question.

Aujourd'hui, ils avaient le résultat du test de paternité, mais demain ? Quand un autre ragot la ferait douter de leur couple ? Et *quid* de Sterling, toujours à l'affût pour verser dans l'oreille de sa fille des insinuations et des demi-vérités et essayer de la retourner contre lui ? Ryder allait-il devoir marcher sur des charbons ardents pour faire ses preuves à chaque fois que le vent soufflerait de nouvelles accusations ?

— Tu as raison.

Angela baissa la voix alors qu'elle posait ses mains douces et chaudes sur les siennes et rencontrait son regard.

— Tu es un homme bon et honnête, Ryder. J'aurais dû te croire sur parole, mais…

— Mais le grand Sterling Perry accordait du crédit à la rumeur, donc tu t'es dit que cela devait être vrai.

Des mots qu'il prononça d'un ton bien trop sarcastique. Il ne voulait pas faire croire à Angela qu'il se moquait d'elle ou la méprisait.

Angela soupira fortement.

— Bon, je sais que tu ne l'aimes pas, mais c'est mon père. Étant donné le passif entre vous deux…

Ryder éclata involontairement d'un rire amer. Le *passif* entre eux ? Leur histoire était bien laide, oui. Le grand-père d'Angela, Harrington York, l'aimait beaucoup. À sa mort, York avait légué à Ryder une parcelle qui s'était avérée riche en pétrole.

Hériter de cette terre avait changé le cours de sa vie. De modeste employé de ranch, il était devenu le riche propriétaire d'une compagnie pétrolière extrêmement rentable. Mais Sterling, persuadé qu'il aurait dû hériter de ce terrain et jaloux de l'amitié qui liait Ryder et Tamara, avait essayé de contester le testament.

Un héritage qu'il avait fait depuis près de trois décennies. Trente ans au cours desquels Sterling n'avait cessé de lui jouer des mauvais tours pour entraver le succès de la société de Ryder et nuire à sa réputation.

— Je ne t'en veux pas, tu sais, continua Angela. Mon père n'est pas le plus sympathique des hommes, mais je le connais. Jamais il n'aurait cru une telle rumeur s'il n'avait pas été lui-même persuadé que tu étais le père biologique de Roarke.

— Je lui ai dit et répété, comme je te l'ai dit et répété, il ne s'est jamais rien passé entre Tamara et moi. Jamais.

Il tapota la table avec son index.

— J'ai respecté ta mère. Et même si l'homme qu'elle a choisi d'épouser ne me plaisait pas, j'ai aussi respecté son mariage.

— Je sais, et je suis vraiment désolée de ne pas t'avoir cru.

Elle joignit ses mains sur la table. Après quelques instants de silence, ses yeux rencontrèrent à nouveau les siens.

— Alors, où cela nous mène-t-il ?

— Je ne sais pas.

Dire ces mots le déchirait, d'autant plus qu'il ne pouvait manquer le chagrin qu'ils provoquaient chez Angela. Mais c'était la vérité et il disait toujours la vérité.

— J'ai besoin de temps, ajouta-t-il dans un souffle.

— Je comprends.

Son regard resta loin du sien tandis qu'elle se tordait nerveusement les doigts.

— Je réalise à quel point tu dois être en colère contre moi.

— Je ne suis pas en colère, corrigea Ryder avec un haussement d'épaules. Je suis juste très déçu. Mais je me dis aussi que notre relation avait besoin de se confronter au réel.

Ses grands yeux bleus s'écarquillèrent de panique.

— Qu'est-ce que tu veux dire ?

— Que j'ai besoin de temps pour réfléchir et je pense que toi aussi.

Il se pencha sur la table et l'embrassa sur la joue, puis quitta le café.

Le cœur gros, il rejoignit sa voiture. Après tout, peut-être que la foudre ne frappait vraiment jamais deux fois au même endroit. Et qu'il allait devoir toute sa vie se contenter de ses souvenirs.

Mais alors qu'il marchait d'un pas lourd, son esprit était obnubilé par une seule pensée. Que tous les jours il n'avait qu'une seule hâte : retrouver Angela pour lui parler, apprécier la vivacité de son esprit, l'insouciance de son humour et ses éclats de rire.

Oui, il ne voulait être qu'avec une seule femme. Celle qu'il venait de quitter.

Dans sa chambre, Annabel faisait les cent pas. Rassérénée par la réaction positive de Frankie à ses projets, elle était enfin prête à dire à son père qu'elle avait acheté la boutique qui deviendrait Les Doigts de fée.

Contrairement à son ex-fiancé, Mason, ni elle ni son frère aîné, Xander, n'avaient jamais été les employés de Currin Oil. Xander travaillait la terre et s'occupait des animaux du ranch Currin. Sous la direction de son frère, le ranch était devenu de plus en plus rentable. De son côté, elle avait commencé sa carrière de blogueuse mode durant ses études.

Même si son père aurait souhaité que tous ses enfants

travaillent pour Currin Oil, il en était venu à respecter le choix de carrière de Xander. Par contre, sa famille ne considérait toujours pas ce qu'elle faisait comme un travail viable et respectable.

Et pourquoi pas, si cette voie lui convenait ?

Quelqu'un frappa à sa porte. C'était son père. Elle lui avait dit qu'elle avait besoin de lui parler.

— Salut, papa.

Annabel ouvrit la porte de sa chambre et lui fit signe d'entrer en étirant un large sourire sur son visage.

Son père sembla se forcer à sourire. Il avait l'air maussade.

— Tout va bien, papa ?

Elle le rejoignit dans la petite alcôve près de la fenêtre.

Son père soupira lourdement, puis l'informa de l'accusation de Sterling Perry : qu'il le croyait le géniteur de son plus jeune enfant. Son fils.

— Roarke Perry, dit-elle.

Le nom lui disait vaguement quelque chose, mais elle ne le connaissait pas plus que ça.

— Je ne voulais pas que la rumeur t'arrive aux oreilles sans t'en avoir parlé au préalable. Ce n'est pas vrai, je te le jure. Et j'ai même un test de paternité négatif qui le prouve.

Il joignit la parole au geste en lui tendant une enveloppe.

— Oh ! je n'en ai pas besoin.

Elle s'installa à côté de lui sur le petit sofa.

— Si tu me dis que ce n'est pas vrai, je te crois. Point final.

Il passa un bras sur son épaule et déposa un baiser sur sa tête.

— Merci, cela me fait beaucoup de bien que tu sois prête à me croire sur parole, sans poser de questions.

— Contrairement à Angela, je suppose.

Il soupira, mais ne répondit pas.

— Ça a dû te faire un sacré coup à l'ego, je comprends. Mais peut-être que tu devrais essayer de te mettre à sa place. Tu t'imagines comment elle a dû être terrifiée que la rumeur soit vraie ? Surtout si son père s'est fait un malin plaisir à jeter de l'huile sur le feu…

— Oui, tu as raison, grogna son père. Ce vieux salaud n'en a pas fini de vouloir me mettre des bâtons dans les roues. Et comme je suppose qu'il sera dans les parages encore un bon moment, autant que je prenne mon mal en patience.

— Surtout si tu décides que ton histoire avec Angela en vaut la peine.

Elle le regarda.

— Euh, qui est le parent ici ? s'étonna-t-il. C'est moi qui suis censé te donner des conseils avisés, pas l'inverse.

— Ce qui tombe bien, j'en ai à te demander.

Son père sembla se raidir.

— Pourquoi ? Que se passe-t-il, ma chérie ?

Annabel se tourna vers son père et prit une profonde inspiration.

— Le mariage est annulé.

— Quoi ? Mais c'est dans quelques semaines !

Ses yeux s'écarquillèrent, et ses rides se creusèrent sur son front.

— Si tu as le trac, c'est tout à fait normal, ma chérie. Mais de là à annuler le mariage, tu y vas un peu fort, quand même.

— Ce n'est pas moi qui ai pris cette décision, corrigea-t-elle. C'est Mason.

Elle se leva et reprit sa marche nerveuse.

La colère éclata dans le regard de son père.

— Comment ? Mais pourquoi ? À la dernière minute en plus !

Annabel prit place dans un fauteuil face à son père, les jambes en tailleur.

— Bon, tu sais cette histoire de vote de confiance, j'en aurais bien besoin là maintenant.

Son père prit une profonde inspiration, comme s'il se préparait à un impact. Il acquiesça.

— Très bien, Annabel. Je t'écoute.

— J'ai acheté une propriété.

— Une maison ?

— Non. J'ai une propriété commerciale pour en faire une boutique, Les Doigts de fée. J'ai acheté un vieux salon de coiffure et le local voisin. C'est l'endroit idéal pour des relookings et à côté je ferai un dépôt-vente de luxe.

— Annabel, non, ne me dis pas que tu…

— Je sais que tu crois que mon projet n'est pas viable, mais je t'en prie, papa. Fais-moi confiance là-dessus, je te promets que ça va marcher.

— C'est que tu es aussi têtue que ta mère !

Il sourit faiblement et passa la main dans ses cheveux.

— Quand elle était persuadée d'avoir raison.

— Exactement.

Annabel se détendit.

— Cette aventure est très importante pour moi. Je vais pouvoir vraiment aider les gens, et cela me rend très heureuse.

— Je suppose que Mason n'est pas sur la même longueur d'onde.

Annabel secoua la tête.

— Non. Et il ne veut pas faire de compromis. Je suppose qu'il n'a pas reçu le mémo que c'est un peu ça, un mariage.

— Bon, je vais lui dire deux mots à ce Mason.

Son père se leva, les traits tendus.

— C'est très gentil, papa. Mais non. C'est fini, pour de bon.

Elle haussa les épaules.

— J'avoue, j'ai été blessée au début, mais j'ai eu le temps d'y réfléchir. Avec Mason, nous voulons des choses très différentes dans la vie et dans notre couple. Pour tout te dire, je suis même contente de l'avoir su maintenant.

— Oui, tu as raison, chaton. Mais si tu as besoin de moi pour une raison quelconque, tu sais où me trouver.

— Je sais. Merci, papa.

Annabel s'enfonça dans son fauteuil et regarda son père partir.

Elle se mordit alors la lèvre inférieure et tordit nerveusement le doigt qui portait sa bague de fiançailles. Le moment était venu de l'enlever et d'accepter la réalité : elle n'allait pas se marier avec Mason.

Un fait qui la rendait étonnamment calme. Soulagée, même.

En se levant, Annabel se dirigea vers la commode et la boîte à bijoux où elle alla ranger la bague.

Machinalement, elle attrapa la télécommande et alluma la télévision.

Une publicité pour Chez Farrah apparut. Annabel

sourit et eut l'eau à la bouche en pensant à la tarte au citron meringuée. Sa préférée.

Puis son cœur s'accéléra subitement.

Le souvenir du gâteau en avait généré un autre, tout aussi doux – celui du bel inconnu qu'elle y avait croisé plus tôt dans la journée.

- 4 -

Roarke se tenait près du bar à siroter du scotch et du soda, et à embrasser du regard l'historique Crystal Ballroom du Rice Hotel, situé dans le centre-ville de Houston. Le lieu datait de 1913 et arborait des plafonds de dix mètres de haut, de belles portes à la française en acajou et un hall élégant éclairé de magnifiques lustres en cristal. S'il était arrivé depuis moins d'une heure, il avait déjà dû s'essuyer le visage à une dizaine de reprises pour y effacer des marques de rouge à lèvres. Autant de cadeaux laissés par des femmes d'un certain âge qu'il n'avait pas vues depuis le lycée.

— Ah, voilà où tu te cachais !

Angela s'avançait vers lui.

— Marre des petites dames qui t'embrassent sur la joue en te disant que tu as bien grandi ?

— Très drôle, sœurette.

Roarke se frotta une nouvelle fois le visage avec une serviette en papier humide.

— J'ai accepté d'être ton cavalier ce soir, mais je n'avais pas donné mon accord pour amuser la galerie !

— Oh ! mais tu es si bon dans ce domaine, petit frère.

La situation amusait clairement Angela.

— Bon, ajouta-t-elle, sérieusement, merci d'être venu. Esme, Melinda et Tatiana avaient toutes des trucs de prévus.

Tatiana Havery avait été l'une des meilleures amies d'Angela depuis quasiment toute sa vie.

Sa sœur remercia le barman pour son martini aux pommes. Elle porta son verre à ses lèvres.

— Hum, délicieux.

— Vous me mettrez la même chose.

L'attention de Roarke se tourna en direction de la voix qui venait de prononcer ces mots. Une voix familière. Il ne l'avait entendue qu'une seule fois, mais il était persuadé de ne jamais pouvoir l'oublier.

— Madame tarte au citron meringuée, dit Roarke alors que son regard rencontrait ses yeux bruns chauds.

Des yeux qu'il n'avait pas non plus pu oublier depuis qu'il les avait vus au café Chez Farrah il y a quelques jours.

— Madame DE tarte au citron meringuée, précisa-t-elle avec un accent espiègle. Je tiens à mon rang !

Quel sourire… Il aurait été facile de s'y perdre.

La jeune femme se tourna vers sa sœur.

— Angela, c'est super de te voir.

Le regard de Roarke se déplaça entre les deux femmes.

— Attendez… Vous vous connaissez toutes les deux ?

Sa sœur sembla se crisper quand la femme du café s'approcha d'elle. Elle lui sourit et s'attela aux présentations.

— Roarke, je te présente Annabel Currin. Annabel, voici mon frère, Roarke Perry.

Les grands yeux bruns s'écarquillèrent.

— Tu es Roarke Perry ?

Il leva son verre.

— Coupable.

La femme mystère était donc la fille de Ryder Currin. Ce qui expliquait la réaction de sa sœur.

— Je suis ravie de te voir aussi, Annabel. Tu es très belle.

Angela s'agita nerveusement en serrant son sac.

— Comment va ton père ?

— Mal, déclara Annabel avec insistance. Très mal. Tu lui manques énormément.

Un regard de soulagement passa sur le visage de sa sœur, et les coins de ses yeux semblèrent s'humidifier.

— S'il te plaît, dis-lui qu'il me manque aussi.

— Ah non, je ne suis pas la messagère.

Le ton d'Annabel était bienveillant mais ferme.

— Si tu veux qu'il le sache, tu vas devoir le lui dire toi-même. Tu sais où le trouver.

— D'accord, je vais y songer.

Angela hocha la tête, puis s'éloigna.

— Angela ! appela Annabel. Oui, penses-y, je t'en prie.

Sa sœur sourit, puis disparut dans la foule.

— Pièce d'identité, s'il vous plaît, intima le barman.

Annabel fronça les sourcils et sortit son permis de conduire de son sac à main.

Le barman hocha la tête, puis fit glisser le martini aux pommes vers elle.

Elle le récupéra et en but une gorgée.

— Oh oui, c'est très bon.

Roarke la regarda. Elle était magnifique dans une longue robe bleue qui aurait pu être portée par une déesse grecque. Comme Athéna ou Artémis. Ou plutôt Aphrodite.

La peau lisse et crémeuse de son dos et de ses épaules était mise en évidence par un saupoudrage de paillettes. Le corsage ajouré sur le devant de sa robe dévoilait un peu de son ventre.

Roarke regarda de nouveau sa main gauche. L'énorme pierre qu'elle arborait quelques jours plus tôt était absente.

Un coin de la bouche d'Annabel se releva en un sourire alors qu'elle savourait une autre gorgée de son martini. Puis elle se pencha vers lui et chuchota :

— Je ne sais pas si tu en as conscience, mais tu me dévisages. C'est mal vu en société, tu sais.

Roarke redressa machinalement sa cravate pour se donner une contenance.

Elle éclata de rire et posa son verre sur le bar.

— Tu es trop chou. Quand je pense que tu aurais pu être mon frère.

— Oh ! Ryder t'a parlé de cette histoire ?

Roarke se commanda un autre scotch et un soda.

— Oui, mon père essaie d'être franc et honnête avec tout le monde dans sa vie.

Le sous-entendu était évident : son père n'était pas fait du même bois que le sien. Ce n'est pas lui qui allait la contredire.

— En plus, nous ne sommes plus des gamins. Il voulait que mes frère et sœur connaissent la vérité si jamais ils avaient à entendre des rumeurs ou même des accusations. Il m'a proposé de me montrer le test de paternité, mais je n'en avais pas besoin. Je connais mon père.

— Oui, et moi je connaissais ma mère.

Il récupéra le verre que lui tendait le barman.

— Ce qui fait que je n'y croyais pas non plus, ajouta-t-il.

— Parfait, s'enthousiasma Annabel. Je propose qu'on porte un toast au fait de ne pas être de la même famille.

Elle leva son verre et le fit résonner avec le sien.

— Parce que, sinon, ça aurait été très gênant.

Avant qu'il puisse lui demander ce qu'elle voulait dire,

elle avait pressé une main contre sa poitrine, s'était mise sur la pointe des pieds et avait déposé un doux baiser sur ses lèvres.

Roarke se figea, surpris par cette action soudaine.

Annabel rit.

— Je ne sais pas ce que je dois en déduire : le baiser était-il bon ou mauvais ?

— Bon, très bon, bredouilla Roarke avant de s'éclaircir la voix.

Il but une gorgée de son Cuba libre.

— Mais l'autre jour, je crois bien avoir vu une bague de fiançailles à ton doigt.

— Monsieur est observateur.

Quelque chose dans le sourire malicieux d'Annabel le réchauffa de la tête aux pieds.

— Tu as tout à fait raison, mais je ne le suis plus. Le gros macho qui me servait de fiancé a annulé le mariage.

— Bon, pardon pour ma franchise, mais je suis bien content que tu ne sois pas ma sœur et que tu prennes aussi bien la rupture.

— Pourquoi s'apitoyer sur son sort ? C'est un mal pour un bien. Au fond de moi, je savais qu'il n'était pas le bon.

— Quand était prévu le mariage ?

— Dans quelques semaines.

Les trois mots suffirent à effacer toute la légèreté et la jovialité de son expression. Un nuage de colère en vint même à assombrir son visage.

— En vrai, je suis désolé. Blague à part, je ne peux qu'imaginer à quel point cela doit être pénible.

Elle lui sourit avec gratitude.

— Merci, Roarke.

Il y avait quelque chose de très séduisant à entendre sa bouche prononcer son prénom. Et même pire... Car il avait immédiatement pensé à l'effet que cela lui ferait s'il l'entendait dans un lit.

Roarke ferma brièvement les yeux et essaya de débarrasser son esprit de ce fantasme.

Il n'était à Houston que pour un jour ou deux, avant de repartir *fissa* pour Dallas. Sans compter que l'objet de son béguin n'était autre que la fille de Ryder Currin.

Pouvait-il se compliquer la vie davantage ?

Il se racla la gorge.

— Ce fut très agréable de faire officiellement ta connaissance, Annabel.

Il posa son verre à moitié plein sur le bar et s'essuya la main sur son pantalon de smoking.

— Mais je ferais mieux d'aller voir si Angela n'a pas besoin de moi.

— Bien sûr.

Annabel fit glisser sa langue sur sa lèvre inférieure charnue. Puis elle passa ses ongles manucurés dans ses cheveux et bascula la tête en arrière.

— Tu me réserves une danse tout à l'heure ?

— Avec grand plaisir, dit Roarke avant de s'en retourner à la salle de bal et à la table où sa sœur l'attendait.

Prendre congé était la meilleure chose à faire. Sans cela, il n'aurait pas résisté longtemps avant de lui voler à son tour un baiser.

Annabel ne pouvait pas croire que le mec à tomber qu'elle avait croisé Chez Farrah était Roarke Perry.

Lors de sa conversation avec son père au début de la semaine, ce nom lui avait semblé vaguement familier.

Mais impossible d'imaginer qu'il s'agissait du fils de Sterling Perry. Il était si séduisant…

Sa beauté ne lui avait pas échappé au café, mais elle venait à peine d'apprendre que Mason annulait leur mariage. La preuve, elle n'avait pas encore pris la peine de retirer sa bague.

Mais à le voir ce soir, dans son smoking sur mesure, à sentir son parfum boisé divin… elle n'avait pas su se contenir et lui avait volé un baiser.

Quelle mouche l'avait donc piquée ?

En soupirant, Annabel jeta un coup d'œil à la table où Roarke était assis avec sa sœur. Après le test de paternité, son père n'avait pas encore revu Angela. Et Annabel ne voulait pas le presser.

Avec Angela, ils étaient faits l'un pour l'autre. C'était évident. Mais il fallait que chacun arrive à cette conclusion de lui-même.

Son téléphone vibra dans sa pochette, et elle vérifia le numéro de l'appelant.

Mason…

Mason Harrison était bien la dernière personne au monde avec qui elle voulait parler. Elle laissa l'appel basculer sur messagerie et replaça le téléphone dans son sac.

L'appareil se mit à vibrer deux fois de plus, alors elle finit par répondre.

— Tu filtres mes appels ?

La voix de Mason était sèche et tranchante. La même intonation qu'il avait eue lorsqu'elle lui avait fait visiter sa future boutique.

— Oui, mais je pense que c'est normal pour une ex-fiancée, non ?

— Et m'envoyer la facture d'un mariage qui n'aura pas lieu, c'est normal aussi ?

Un large sourire se dessina sur son visage. Elle en aurait eu presque envie de se trouver dans la même pièce que lui, pour voir la tête qu'il avait faite en ouvrant le courrier.

— Quand le fiancé annule le mariage moins de soixante jours avant la date prévue pour des raisons archaïques et misogynes, oui, c'est normal. Je ne vois pas pourquoi je devrais me charger de ces frais quand c'est toi qui as changé d'avis.

— Je ne paierai pas pour tous les trucs sur cette liste, Annabel. Pour rien du tout, en fait. Et là non plus, je n'ai pas l'intention de faire le moindre compromis.

Mason raccrocha sans un mot. Elle en fut soulagée. Moins de cinq minutes de conversation avec lui, et elle commençait déjà à sentir poindre la crise d'angoisse.

Elle ne lui dirait sans doute jamais en face, mais elle était heureuse que Mason Harrison ait décidé d'annuler leur mariage. D'une certaine manière, il l'avait sauvée.

Annabel posa son verre vide sur le bar et se dirigea vers la salle de bal. Elle aurait voulu éviter les questions sur l'annulation de ses fiançailles, mais dans la haute société les nouvelles allaient vite. Surtout les mauvaises.

Elle arbora son plus grand sourire, inclina le menton et se dirigea directement vers sa chère Lavinia Cardwell. Une femme douce, bienveillante et généreuse. La reine des potins du gratin de Houston.

Pourquoi passer sa soirée à répéter ce qui s'était passé avec Mason alors qu'elle pouvait simplement le raconter à Lavinia et attendre que son charme viral agisse ?

Qui plus est, avec Roarke Sterling dans la salle, ce

n'était pas comme si elle manquait de raisons pour passer une délicieuse soirée.

Roarke écoutait poliment la conversation autour de lui et hochait la tête lorsque cela était approprié. Mais son esprit était ailleurs. Fixé sur la beauté étonnante vêtue de bleu qui se déplaçait dans la salle. Tout semblait si simple, si fluide, si frais avec elle. Rien ne laissait entrevoir que son fiancé l'avait laissée tomber voici quelques jours.

Et même s'il avait fait de son mieux pour être subtil dans sa surveillance, elle le surprenait à croiser son regard à chaque fois.

— Visiblement, Annabel Currin ne te laisse pas indifférent, chuchota Angela en lui donnant un petit coup de coude sous la table. Je ne t'en veux pas, hein, c'est une très jolie fille. Avec un charisme fou. Je n'ai jamais compris ce qu'elle faisait avec le cadre pète-sec qui travaille pour son père.

— Son ex travaille pour Currin Oil ?

Il haussa un sourcil en se tournant vers sa sœur.

Briser le cœur de la fille du patron n'était pas le meilleur des plans de carrière.

— La rumeur dit qu'il allait un jour devenir P-DG de l'entreprise. Je suppose qu'épouser la fille du patron était une sorte d'assurance.

— Quel gars délicieux, pesta Roarke entre ses dents. Je crois qu'il a rendu un fier service à Annabel en annulant leur mariage.

— Je ne vais pas te contredire.

Angela jeta un coup d'œil à Annabel, qui semblait rassurer sur son sort une femme âgée.

— Mais s'il était si horrible, pourquoi a-t-elle accepté de l'épouser ?

— Parce que, de prime abord, il est charmant et raffiné. La pourriture, on ne la sent qu'une fois qu'on a mordu dans la pomme, mon cher.

Elle leva les yeux vers lui et sembla étonnée de son expression.

— Ne sois pas si surpris, petit frère. J'ai connu bien des hommes de ce genre. J'en ai même fréquenté quelques-uns et à bien des égards…

— Notre père correspond à ce portrait, marmonna-t-il.

Sterling Perry était une pile électrique sans substance. Leur mère l'avait épousé à cause de son charisme et parce qu'elle voulait faire plaisir à son père, qui considérait cette union comme un mariage de raison. Un mariage malheureux dans lequel elle était restée pour ses enfants.

Roarke était heureux qu'Annabel ne connaisse pas le même sort. Surtout que cela signifiait qu'il allait pouvoir la revoir dans un contexte plus intime. Même si le plus sage aurait été de continuer à l'admirer à distance.

- 5 -

La partie sociale de la soirée terminée, le groupe avait commencé à jouer. La piste de danse était bondée.

Roarke avait dansé avec plusieurs veuves, à leur demande. Et sa sœur était finalement intervenue avant que Lavinia n'exige une troisième danse.

— Merci du sauvetage, ma sœur.

Il soupira de soulagement.

— Quelque chose me dit qu'Annabel devrait elle aussi être sauvée.

Angela hocha la tête vers sa nouvelle amie passionnée de tartes au citron.

Elle était entourée de quelques femmes qui l'assaillaient de questions. Annabel avait l'air de réfléchir à une évasion.

— Qu'est-ce qui te fait dire que je pourrais sauver Annabel Currin ? demanda-t-il.

— Oh arrête, vous ne vous êtes pas quittés du regard de toute la soirée. Qui plus est, cela m'arrangerait de ne pas être la seule Perry accusée de collaborer avec l'ennemi.

— Ne t'inquiète pas, Ang. Même si tu donnais naissance à toute une équipe de foot de bébés Currin, c'est toujours contre moi que Sterling l'aurait mauvaise.

Il rit amèrement, ignorant la torsion dans son ventre accompagnant la vérité de ces mots.

— Roarke, pourquoi tu ne montres pas à papa le test de paternité ? Qu'on en finisse une fois pour toutes avec cette idée folle que tu serais le fils de Ryder !

Il haussa les épaules.

— Ça ne changera rien aux vingt-huit dernières années, n'est-ce pas, Ang ?

Sa sœur soupira fortement. La douleur qu'elle ressentait pour lui était visible dans ses yeux bleus.

— Papa a soixante-dix ans, Roarke. Peut-être qu'il nous survivra tous. Mais pourquoi passer les vingt-huit prochaines années à vous bouffer le nez ? Sans compter que lorsqu'il sera parti…

— Je vais y réfléchir, Ang. C'est tout ce que je te promets.

— Et c'est tout ce que je te demande. Bon, la journée a été longue, et je suis un peu fatiguée. Je vais appeler un taxi pour rentrer à la maison.

— Pas besoin, je te ramène. J'avais l'intention de passer la nuit dans ma maison en bord de mer à Galveston. Je suis prêt à partir quand tu l'es.

— Alors monsieur tarte au caramel, on se défile ? Tu ne devais pas m'accorder une danse ?

Roarke tourna la tête au son de la voix d'Annabel. Elle lui sourit. Ses yeux bruns scintillaient.

— Tu aurais pu me dire qu'elle arrivait par ici, murmura-t-il à l'oreille de sa sœur.

Elle rit et embrassa sa joue.

— Bonne nuit, petit frère. Profite bien de ta nuit à la plage. Je rentre en taxi, cadeau de la maison.

Roarke ignora le ton taquin de sa sœur. Il se tourna vers Annabel et tendit la paume ouverte.

Elle plaça sa main délicate dans la sienne et s'approcha.

Il pressa sa paume contre le bas de son dos. Son pouce effleura la peau nue et douce, exposée par la coupe de sa robe.

— Alors tarte au citron… Cela ne te dérange pas que je t'appelle comme ça pour faire court, n'est-ce pas ?

Il retint un sourire narquois.

— Oh non, c'est un bon nom de guerre, cela ne me dérange pas du tout. Ou, si cela ne te semble pas trop vulgaire, on pourrait aussi s'appeler par nos prénoms respectifs. Après tout, nos parents y ont probablement beaucoup réfléchi.

— Assez juste, Annabel, dit-il alors qu'ils se balançaient de concert sur la piste de danse. Parle-moi de toi.

— Tu sais déjà que je suis une Currin. Je suis la cadette, soit la gardienne officielle de la paix familiale, et je suis têtue comme une mule. J'ai vingt-trois ans, un blog vidéo mode et je suis depuis peu célibataire.

— Tu ne travailles pas chez Currin Oil ?

— Non, l'entreprise est essentielle à notre famille, mais ce n'est pas là que me portent mes passions. Heureusement, mon père ne m'a pas forcée à travailler pour lui comme il l'avait fait avec mon grand frère.

— Xander, n'est-ce pas ?

Roarke se souvenait vaguement de son frère aîné. Il n'avait que quelques années de moins que lui.

— Oui. Mon père avait espéré que Xander reprenne un jour Currin Oil. En secret, il le pense sans doute toujours. Mais mon frère est beaucoup plus heureux au ranch. Et toi ? Tu ne travailles pas non plus pour ton père.

— Ce n'est pas une question que tu me poses.

— Pas besoin. Ta sœur est fière comme Artaban de son petit frère. Le croisé des laissés-pour-compte.

— C'est ce qu'Angela dit de moi ?

Roarke était surpris. Lors de la plupart des discussions avec Angela sur sa carrière, elle essayait toujours de le persuader de revenir à Houston pour travailler pour Perry Holdings.

— Eh bien, je suis heureux d'apprendre que quelqu'un dans ma famille respecte le travail que je fais.

— Je comprends ce que tu ressens.

Elle le regarda en fronçant les sourcils, le regard sombre.

— Mon père ne fait pas pression sur moi pour que je rejoigne Currin Oil. Mais ce n'est pas pour autant qu'il considère ce que je fais comme un vrai travail.

Elle baissa les yeux.

— Ma famille pense que c'est juste un moyen pour moi d'avoir des vêtements gratuits et de voyager de temps en temps.

Sous le bout de ses doigts, Roarke pouvait sentir la tension dans le dos d'Annabel.

Il lui chuchota à l'oreille :

— Respire, Annabel. Respire. Tu ne peux pas permettre aux désirs des autres de dicter ce que tu fais de ta vie ou d'avoir une influence sur ta confiance en toi.

Il la serra un peu plus près.

— C'est la règle numéro un dans le manuel du parfait rebelle.

Annabel expira bruyamment et hocha la tête.

— Tu as raison. Mais parfois, j'oublie.

La chanson se termina, mais ils restèrent encore un long moment immobiles sur la piste.

— Merci pour la danse, finit-elle par dire.

— Tout le plaisir est pour moi.

Il fourra les mains dans ses poches.

Annabel était aussi douce que sublime. Mais il n'avait pas envie d'une relation longue distance. Et tout lien supplémentaire entre leurs deux familles ne serait qu'une nouvelle source de discorde entre leurs pères.

D'ailleurs, elle non plus n'était probablement pas prête pour une autre relation. Elle venait à peine de rompre ses fiançailles…

Mais son baiser volé avait été agréable. Et plus que ça. Il y avait pensé toute la soirée. Et aussi à la possibilité de l'embrasser à nouveau.

L'introduction d'une chanson populaire retentit, mais Roarke resta impassible.

Les chansons lentes, ça, il pouvait gérer. Mais tout ce qui demandait du rythme et de la coordination n'était pas dans ses cordes.

Il déposa un rapide baiser sur sa joue.

— Bonne nuit, Annabel.

Roarke se tourna pour partir, mais sa voix taquine l'arrêta.

— Tarte au caramel !

Elle l'appela assez fort pour que quelques personnes sur la piste de danse éclatent de rire.

— Ouais ?

Il se retourna.

— J'ai besoin de conseils juridiques sur une affaire. On peut se revoir pour en parler ?

La malice avait totalement disparu de sa voix.

— Tu es sérieuse ?

— Absolument.

— Mais pourquoi ? Ryder Currin doit avoir une belle écurie d'avocats à te proposer. Et bien meilleurs que moi.

— Sans doute.

Elle haussa les épaules.

— Mais je voudrais travailler avec quelqu'un en qui j'ai confiance et je te fais confiance.

— Pourquoi ?

Roarke lui agrippa doucement le coude et la fit sortir de la piste pour éviter qu'un fêtard ivre ne s'écrase contre elle.

— Tu ne me connais même pas.

— Tu te sers d'un diplôme de droit dispendieux pour défendre des gens qui n'ont souvent pas les moyens de te rémunérer alors que tu pourrais avoir ton bureau en haut d'une tour et percevoir un salaire à six chiffres sans trop te fatiguer. Donc oui, je te fais confiance. Mais toi, fais-moi confiance aussi et arrête de me prendre pour une petite fille gâtée qui ne connaît rien à la vie.

— Ce n'est pas ce que je voulais dire, mais, le problème, c'est que ce soir, je vais dormir dans ma maison de plage de Galveston pour voir si tout va bien. Et demain soir, je rentre à Dallas. Sans compter que j'ai des dossiers par-dessus la tête en ce moment.

— Angela m'a dit que tu acceptais de temps en temps des clients fortunés pour pouvoir te permettre de représenter des clients défavorisés *pro bono*.

Annabel passa ses doigts dans ses cheveux et les fit tomber sur son épaule droite.

— Si tu acceptes de me représenter, je te ferai tout de suite un gros chèque de provision.

— L'argent n'est pas un problème pour moi, tu sais.

Il devait admettre qu'il était intrigué. Pourquoi avait-elle besoin d'un avocat ?

— Je ne suis pas avocat pénaliste. Je suis spécialisé en droit civil. C'est une procédure civile que tu envisages ?

Ses pupilles se dilatèrent.

— Oui, j'ai l'intention de poursuivre mon ex-fiancé.

Roarke plissa les yeux et fronça les sourcils. Mais il ne rit pas ni ne lui lança le regard dédaigneux et incrédule qu'elle craignait.

Soit un bon signe.

Au lieu de cela, il la conduisit à une table et tira une chaise pour elle.

— Pourquoi tu veux poursuivre ton ex ? S'il s'agit d'un procès de vengeance, ce n'est pas mon truc. Tout ce que je souhaite, c'est que des personnes lésées dans leurs intérêts obtiennent une juste réparation.

— Non, je ne suis pas une mariée abandonnée au pied de l'autel qui va maudire son ex-futur mari toute sa vie, si tu veux tout savoir.

Elle joua nerveusement avec le fermoir de sa pochette.

— Ce n'est pas ce que j'ai dit, Annabel. J'ai juste besoin de savoir pourquoi tu as envie d'intenter une procédure contre ton ex.

Son ton était neutre.

— Je préfère ne pas en discuter ici.

Elle regarda autour de la pièce. Lavinia Cardwell et quelques-unes de ses amies les dévisageaient.

— Il y a des yeux et des oreilles partout.

Le regard de Roarke suivit le sien. Lavinia fit un signe de la main, puis détourna son attention.

Il soupira.

— Tu as raison. Ce n'est pas le meilleur endroit pour

discuter. Mais comme je te l'ai dit, je vais à la plage ce soir, donc…

— Parfait. Nous pourrons parler durant le trajet.

— Quoi, tu veux aller à Galveston avec moi ?

Les yeux de Roarke s'écarquillèrent.

— Euh, tu sais que j'y passe la nuit ?

— C'est un bien que tu veux louer, non ? Je suppose que tu n'as pas qu'une chambre à coucher ?

— Oui, mais…

— Alors pas de mais, j'annule ma chambre au Marriott et je dors chez toi à la place. Comme il m'arrive de partir en reportage photo à la dernière minute, j'ai toujours un sac de rechange dans le coffre de ma voiture ; il suffit de le récupérer avant de partir.

Roarke passa une main dans ses cheveux blond cendré. Il clignait des yeux comme s'il essayait de comprendre ce qui était en train de se passer.

— Si cela te rassure, je t'ai peut-être volé un baiser tout à l'heure, mais je n'ai pas l'intention de te sauter dessus. Mes parents m'ont bien élevée, je sais me tenir.

Elle lui sourit.

— C'est juste que j'ai vraiment besoin de ton aide et que je sais que ton emploi du temps est chargé. Alors je m'adapte.

Il pencha la tête et se frotta le menton.

— Et à moi, tu me fais confiance, Annabel ? Après tout, je suis un parfait inconnu. Ou presque. Qu'est-ce qui te fait dire que je vais me tenir cette nuit, même si on dort dans des chambres séparées ?

Elle éclata de rire.

— Roarke, tu ne travailles pas pour ton père, n'est-ce pas ?

— Cela ne répond pas à ma question.

— Au contraire, je fais de mon mieux pour y répondre.

Elle se pencha en avant.

— Dis-moi pourquoi tu as choisi de ne pas travailler pour Sterling.

Roarke regarda autour de lui, puis se pencha et précisa à voix basse :

— Parce que nous ne sommes pas vraiment sur la même longueur d'onde sur un plan éthique. Et c'est un euphémisme.

Annabel lui prit la main.

— Et voilà, la preuve que tu es un gars bien. Et moi, je suis une grande fille. D'ailleurs, mon père sait déjà que je ne rentrerai pas ce soir.

Elle soupira quand il la regarda fixement sans relâcher sa main.

— Bon, si tu insistes, je vais aussi envoyer un SMS à mon amie Frankie pour lui dire où je passe la nuit. Je dois encore parler à Eleanor Evans. Allez, on se retrouve devant dans dix minutes.

Ce n'était pas une question, et elle ne lui laissa d'ailleurs pas l'occasion d'objecter quoi que ce soit. Alors qu'elle s'éloignait, une volée de papillons lui agaça le ventre. L'idée de passer les vingt-quatre prochaines heures avec le si séduisant Roarke Perry était pour le moins excitante.

- 6 -

Angela Perry s'installa sur la banquette arrière de la berline de luxe, confirma sa destination au chauffeur, puis sortit son téléphone portable.

Elle envoya un SMS à sa meilleure amie, Tatiana Havery.

Comment s'est passé le spectacle de Broadway ?

Quelques secondes plus tard, son téléphone vibra d'une réponse.

Naze. Nous sommes parties pendant l'entracte. Je suis chez Melinda, on prend un verre chez elle. Tu devrais nous rejoindre après le gala.

Une soirée filles. C'était le moment idéal pour mettre Melinda et Tatiana au courant de tout ce qui se passait entre Ryder et elle.

J'arrive.

Angela s'enfonça dans la banquette. Il n'était pas nécessaire de changer la destination avec le chauffeur. Avec sa sœur jumelle, Melinda, elles vivaient dans le même immeuble. Melinda était au vingt-quatrième étage tandis que son appartement était au quinzième.

Tellement de choses se bousculaient dans sa tête en ce moment. Comment et quand devait-elle aborder le sujet du test de paternité avec son père ? Comment réagirait-il ? Devait-elle lui dire si Roarke ne le voulait pas et si Ryder ne pouvait pas lui pardonner ?

Elle essaya d'oublier toutes ces questions. Mais elle n'arrêtait pas de penser à quel point Ryder avait été blessé lorsqu'elle l'avait pratiquement accusé d'avoir eu une liaison avec sa mère.

Cette pensée la hanta pendant le reste du trajet.

— Angela, tu es magnifique !

Tatiana lui tendit un verre de vin rouge à la seconde où elle franchit la porte de l'appartement de sa jumelle.

— Merci, Tee.

Angela accepta de bon cœur le verre que lui proposait sa meilleure amie.

— Tu me connais trop bien. J'en avais vraiment besoin.

— Du vin ? demanda Melinda depuis l'autre pièce.

— Et une soirée filles improvisée !

Angela entra dans le salon, jeta sa pochette sur la table basse et s'affala sur le canapé.

— Alors, quel est l'ordre du jour ?

— Tout ce qui te turlupine.

Melinda porta son verre à ses lèvres.

— Parce que quelque chose te tracasse, cela se voit comme le nez au milieu du visage.

— C'est de la vodka tonic ?

Angela désigna la boisson gazeuse dans le verre de Melinda, ignorant le commentaire de sa sœur.

— Non, elle a bu de l'eau gazeuse toute la nuit, précisa Tatiana d'un ton accusateur. Ta sœur semble déterminée à rester sobre. Je pense que c'est parce qu'elle a un secret qu'elle a peur de révéler en étant pompette.

— Arrête ton cinéma ! la tança Melinda avant d'avaler le reste de boisson qui restait dans son verre.

Tatiana taquinait sa sœur. Mais la nervosité dans la voix et les yeux de sa jumelle montrait clairement que Melinda cachait quelque chose. Et qu'elle n'avait pas envie d'en parler.

Tout comme moi.

Melinda posa son verre sur la table, croisa les jambes et ébouriffa ses cheveux blonds ondulés.

— Alors, tu vas nous dire pourquoi tu as été si distante ces derniers jours ? Quelque chose ne va pas entre toi et Ryder ?

Le regard de Tatiana se tourna vers elle, et ses yeux s'écarquillèrent.

— Alors c'est toi qui nous caches un truc ? Du rififi au paradis ?

Angela se leva et se dirigea vers la baie vitrée. Puis elle se retourna vers sa sœur et son amie.

— Tout était super. Absolument parfait. Mais j'ai dû forcément tout gâcher.

— Comment ? demanda Melinda.

Angela croisa les bras sur sa taille.

— Tout d'abord, je devrais vous parler d'une conversation que j'ai eue avec Lavinia Cardwell.

Angela mit au courant Tatiana et Melinda des rumeurs selon lesquelles Ryder serait le père biologique de Roarke.

Melinda fronça les sourcils.

— Et tu l'as crue ?

— C'est une information qu'elle tient directement de papa. En outre, Roarke a confirmé les soupçons de papa voulant qu'il soit le fils biologique de Ryder.

— Oui, j'ai entendu ces rumeurs, admit Tatiana, les

yeux désolés. Je savais que vous seriez tous les deux dévastés, alors je n'ai rien dit. Mais si ton propre père croit que c'est vrai… alors c'est peut-être qu'il s'est vraiment passé quelque chose entre ta mère et Ryder Currin. Dans ce cas, n'est-il pas préférable de cesser votre relation ?

— Non, leur relation n'a été qu'amicale, rien d'autre, dit catégoriquement Angela. Et le test de paternité que je lui ai demandé de faire le prouve. Roarke n'est pas le fils de Ryder.

Melinda poussa un soupir de soulagement.

— Je le savais.

— Je déteste jouer l'avocat du diable, ajouta Tatiana en prenant une gorgée de vin. Mais cela prouve seulement que Roarke n'est pas le fils de Ryder. Cela ne prouve pas qu'il n'a pas eu d'aventure avec ta mère.

Techniquement, c'était vrai.

Mais maintenant que sa panique était dissipée, Angela devait admettre une vérité importante. Ryder était un homme bien plus droit que son père. Un défaut qu'elle avait choisi de négliger depuis qu'elle était enfant.

Son père avait-il joué un rôle pour s'assurer que les rumeurs arrivent à ses oreilles ? Après tout, il aurait fait n'importe quoi pour les séparer.

— Ryder dit que rien ne s'est passé entre lui et ma mère, et je le crois.

Angela se resservit du vin.

— Alors pourquoi as-tu demandé le test de paternité ? s'enquit Tatiana.

— J'ai laissé Lavinia entrer dans ma tête, je n'aurais pas dû. Ryder est un homme honnête. J'aurais dû lui faire confiance. Et maintenant, parce que je ne l'ai pas cru, il ne sait pas s'il peut me faire confiance. Je suppose que j'ai ce que je mérite.

— Peut-être que Tatiana a raison. Papa n'approuvera jamais ta relation avec Ryder Currin. Tu vas vraiment le laisser s'immiscer entre vous ?

Angela regarda fixement sa sœur jumelle et se mit à se masser les tempes. Le moment était venu de changer de sujet.

— Bon, arrêtons avec mes problèmes. Parlons d'autre chose. Et toi, Melinda ? C'est clair que tu nous caches quelque chose, alors vide ton sac ! Tout de suite !

Melinda croisa les mains sur ses genoux.

— C'est possible que je sois…

Elle fit un geste vers son ventre sans prononcer un mot.

— Tu es enceinte ?

Angela jeta un coup d'œil au verre vide de sa sœur.

— C'est pour ça que tu n'as bu que de l'eau gazeuse pendant toute la soirée ?

— C'est possible, répéta Melinda d'une voix fluette.

Tatiana était demeurée bouche bée depuis la révélation.

— Tu vas avoir un bébé ? balbutia-t-elle.

Melinda se leva et passa les doigts dans ses cheveux ondulés.

— Oui. C'est possible.

Angela regarda sa sœur avec incrédulité.

— Tu es enceinte d'un gangster et tu as le culot de me dire de réfléchir à l'avenir de mon couple ?

Angela n'approuvait pas la relation de sa sœur avec Slade Bartelli, fils de Carlo Bartelli, un truand tristement célèbre. Mais sa sœur était plus têtue qu'une mule.

— Melinda, qu'est-ce que tu as dans la tête ? Une

aventure avec un mafieux, c'est déjà grave, mais tu voudrais tisser un lien à vie avec lui ?

— Slade n'est pas un gangster.

Le visage de Melinda était devenu rouge, et sa voix tremblait.

— Son père, oui. Slade n'a rien à voir avec le business familial. Rien du tout ! insista-t-elle, en réponse au regard incrédule d'Angela. Il me l'a juré, et je le crois.

— Bon, admettons qu'il dit vrai. Mais tu penses qu'il va tenir combien de temps avant de plonger ? C'est toujours ce qui arrive dans ces milieux.

Sa sœur essuya rageusement les larmes qui s'étaient mises à couler sur ses joues.

— Je sais que la situation ne te semble peut-être pas idéale, mais je déborde de joie à l'idée d'être mère.

Elle plaça une main protectrice sur son ventre.

— Je commençais à penser que je n'allais jamais avoir cette chance.

Angela soupira et s'avança pour essuyer le visage de sa sœur jumelle.

— Pardon, ne pleure pas, je ne savais pas à quel point c'était important pour toi. Nous n'en avons jamais vraiment parlé. Mais quand même…

— Que tu te fasses du souci pour moi me fait plaisir, Angela. Mais je t'assure, tout ira bien. Je te le promets.

Angela serra sa sœur dans ses bras.

— Si c'est vraiment ce que tu veux, Mel, tu sais que je suis là pour toi.

— Pareil.

Melinda desserra leur étreinte et afficha un sourire empli de gratitude.

Tatiana, par contre, avait un visage fermé et les yeux rougis.

— Tee, ça va ? demanda Angela à son amie.

— Oui, bien sûr, bredouilla-t-elle. Je suis juste… incroyablement heureuse pour Melinda, c'est tout.

Tatiana ramassa son sac à main et se leva brusquement.

— Mais la soirée a été longue, je suis fatiguée. Je pense que je vais rentrer.

Angela souhaita une bonne nuit à son amie, puis passa le reste de la sienne à essayer de se faire à l'idée que sa sœur jumelle allait devenir mère.

- 7 -

Roarke avait parcouru plus de la moitié du chemin menant à Galveston, mais Annabel n'avait pas encore parlé de son projet de poursuites contre son ex-fiancé. Ce qui ne voulait pas dire que Roarke n'avait pas apprécié le temps passé ensemble.

Vraiment pas.

Annabel était brillante, d'une honnêteté rafraîchissante et étonnamment attentive. Elle était aussi déterminée que douce. Et non n'était pas une réponse à ses yeux.

Elle s'était frayé un chemin dans ce qui s'annonçait comme une soirée solitaire. Et s'il ne pouvait pas complètement l'admettre, sa compagnie inattendue avait été la bienvenue.

Même si elle semblait déterminée à mettre ses nerfs à rude épreuve, tout comme son code de conduite.

— Alors, on parle de ton dossier ou tu préfères continuer à éviter le sujet ? demanda finalement Roarke.

Il aperçut le large sourire qui s'étalait sur son beau visage.

— Je suis aussi transparente que cela ?

— Je suis avocat, lui rappela-t-il. C'est mon boulot d'être perspicace.

— Ce n'est pas faux.

Elle se tourna vers lui et la fente de sa robe s'élargit, exposant davantage sa cuisse.

Les yeux sur la route, Roarke. Les yeux sur la route.

— Je comprends pourquoi tu es en colère contre ton ex, Annabel. Mais intenter une action en justice contre lui pour rupture de contrat me semble excessif. Sauf si tu as une très bonne raison pour le faire, mais j'ai cru comprendre que l'argent n'était pas vraiment un problème pour ta famille.

— Ce n'est pas une question d'argent, dit-elle dans un souffle. C'est une question de principe. Mason est celui qui m'a fait la cour. Qui a insisté pour que je l'épouse. Celui qui voulait que nous fassions notre vie ensemble. Je suis tombée amoureuse de lui d'une façon parfaitement illogique. J'ai soutenu sa carrière et j'aurais continué à le faire si le mariage avait eu lieu.

— Alors, que s'est-il passé exactement entre vous deux ?

Une partie de lui voulait savoir pour des raisons qui n'avaient rien à voir avec son dossier.

Annabel se tourna vers la fenêtre.

— Je t'ai dit que j'ai un blog vidéo spécialisé dans le monde de la beauté. Mais je fais aussi des relookings et j'ai envie de proposer mes services à des femmes défavorisées. Comme celles qui vivent dans des foyers pour femmes battues ou des survivantes du cancer du sein.

— Ce qui est admirable, acquiesça-t-il. Je ne peux pas imaginer que quelqu'un puisse s'opposer à cela.

— Toute ma vie, je me suis sentie décalée. Dans ma famille et dans le monde. Puis j'ai compris que les relookings étaient ce qui me rendait la plus heureuse, alors je veux partager ce bonheur avec des femmes qui n'ont pas eu ma chance dans la vie. J'ai acheté deux locaux désaffectés près de Chez Farrah et je compte bien en faire une boutique, Les Doigts de fée.

— Et tu n'as pas consulté ton fiancé avant de les acheter ?

— Et pourquoi ?

Elle croisa les bras.

— C'est mon argent et ma carrière.

— Oui, mais si je comprends bien, tu savais aussi qu'il n'allait pas approuver ton choix, donc tu as préféré demander pardon plutôt que la permission.

— Et la partie de l'histoire qui dit que je suis une femme adulte qui n'a pas besoin de la permission de son père ou de son fiancé pour faire un achat, tu l'oublies ?

— Calme-toi, tarte au citron !

Il leva une main.

— Je suis de ton côté. J'essaie simplement de jauger objectivement la situation. Nous devons déterminer si tu as un dossier suffisamment solide pour convaincre un juge ou s'il vaut mieux en passer par une procédure à l'amiable avec ton ex.

Elle soupira et hocha la tête en signe d'approbation.

— Bien sûr. Je suis désolée.

— Alors qu'est-ce qui s'est passé quand tu as parlé à…

— Mason, Mason Harrison.

— Alors, que s'est-il passé lorsque tu as dit à Mason que tu avais acheté les locaux ?

— Il m'a clairement fait comprendre qu'il voulait une épouse à temps plein, une femme trophée qui fait du caritatif, pas une femme indépendante avec une carrière et des intérêts différents des siens.

— Et ensuite ?

— Il m'a posé un ultimatum. J'ai refusé, et il a annulé nos fiançailles. Comme ça.

Elle claqua des doigts.

— Pas de vraie conversation. Ni la moindre envie de compromis. Hop, il a débranché la prise.

— Je suis désolé. Mais tu es sûre qu'il n'y a aucun espoir de réconciliation entre vous ?

Une autre question qu'il ne posait pas *uniquement* parce qu'Annabel risquait de devenir sa cliente.

— Oui, c'est sûr et certain. En réalité, cette histoire m'a permis de voir Mason sous un autre jour. J'ai vu qui il était vraiment, et ce n'est pas un homme avec qui je veux passer ma vie.

— En gros, vous êtes tous les deux d'accord pour dire que le mariage n'était pas une bonne idée ?

— Sauf que c'était l'idée de Mason ! se raidit Annabel. Il voulait un grand mariage princier alors qu'une cérémonie toute simple sur la plage m'aurait tout à fait convenu. Mon père a engouffré plus de cent mille dollars pour un mariage de conte de fées. C'est trop facile si Mason se défile de ses responsabilités et ne s'occupe pas au moins d'une partie des factures.

— Et toi, tu ne voulais pas te marier ?

— Oui et non, mais je pensais surtout que nous devions vivre un temps ensemble. C'est lui aussi qui a insisté pour sauter cette étape. Et comme une cruche, j'ai trouvé cela romantique et j'ai cédé.

— Ne te flagelle pas trop, tu ne serais pas la première au monde à tomber dans le panneau tendu par un beau parleur.

Il lui serra brièvement la main avant de remettre la sienne sur le volant.

— Ne t'en fais pas, ça va aller.

— Merci de m'avoir écoutée et d'être si bienveillant.

Annabel s'agita sur le siège en cuir.

— C'est exactement pour cela que je te veux comme avocat plutôt que d'en passer par l'équipe juridique de mon père.

Roarke tapota sur le volant alors qu'il réfléchissait à la logistique à mettre en place s'il acceptait de s'occuper du dossier d'Annabel.

Puis il hocha la tête.

— Très bien, d'accord.

— D'accord quoi ? Tu acceptes de devenir mon avocat ?

L'excitation dans sa voix était palpable.

— Oui, mais à une condition, c'est que tu me promettes que tu ne cherches pas à te venger.

Elle leva deux doigts contre sa tempe.

— Parole de scout !

Roarke était intrigué et incroyablement attiré par Annabel Currin. Peut-être que son désir était si fort justement parce qu'elle lui était interdite.

Elle était trop jeune pour lui, elle venait de la mauvaise famille et vivait dans la mauvaise ville. Il ne voulait pas s'engager dans une relation à distance et même dans une relation tout court. Les circonstances n'étaient tout simplement pas favorables.

Sauf que, maintenant, elle était sa cliente…

— Merci, Roarke, j'apprécie.

— Je t'en prie, dit-il d'un ton neutre en se garant. Est-ce que tu as fait exprès d'attendre que nous soyons arrivés pour me parler de ton dossier ?

Elle éclata de rire.

— Oui, parce que cela réduisait considérablement

les risques que tu veuilles faire demi-tour pour me ramener à Houston.

Avant de descendre, elle farfouilla dans son sac pour se remettre du brillant à lèvres.

— Maintenant, je sais que je t'ai à moi pour toute la nuit ! Et si on en profitait pour se promener sur la plage et prendre un bain de minuit ?

Roarke soupira.

Oui, décidément, Annabel Currin était déterminée à mettre ses nerfs et son code de conduite à rude épreuve.

- 8 -

Ryder éteignit la télévision et attrapa son téléphone portable. Depuis quelques jours, il vérifiait constamment son appareil de peur d'avoir manqué un appel ou un message d'Angela.

Et ce, même si c'était lui qui avait eu l'idée de cette satanée pause…

Angela était une femme fière. Elle n'était pas une Perry pour rien. Pourtant, une partie de lui avait besoin de savoir qu'il lui manquait autant qu'elle lui manquait.

Il trouva un SMS d'Annabel lui rappelant qu'elle ne serait pas à la maison ce soir. Mais comme elle ne parlait pas de l'hôtel Marriott, il était presque certain qu'elle avait modifié ses plans à la dernière minute.

Avec les années qui avaient suivi la mort de sa mère, son épouse, il avait été contraint d'apprendre l'art de lire entre les lignes.

Sa fille avait maintenant vingt-trois ans. Mais il s'inquiétait toujours pour elle. Et il ne pouvait s'empêcher de se demander où elle allait passer la nuit alors que son cœur brisé la rendait vulnérable, qu'importe qu'elle veuille ou non le montrer.

En réponse à son texto lui demandant où elle était, il reçut un deuxième message d'Annabel.

Ne t'inquiète pas, papa. Je suis à la plage avec un

ami. Frankie sait où je suis. Tout va bien. Promis. Je t'aime !

Ryder secoua la tête et gloussa.

Annabel était incorrigible. Elle aimait tellement l'inattendu qu'il aurait pu en faire son deuxième prénom.

Certes, il n'avait pas été ravi d'apprendre qu'elle avait acheté de vieux bâtiments délabrés pour y lancer son entreprise sans le consulter. Mais il admirait son audace. Et si quelqu'un pouvait réussir quelque chose d'aussi fou que des relookings pour femmes défavorisées financés par un dépôt-vente de luxe, c'était bien sa cadette.

Ryder garda son téléphone en main plutôt que de le remettre sur la commode. Il prit une profonde inspiration et composa le numéro d'Angela.

Le téléphone sonna plusieurs fois. Il se demanda si elle était toujours au gala. Celui auquel ils avaient prévu d'assister ensemble en amoureux.

Il était sur le point de raccrocher lorsqu'il entendit sa voix douce et hésitante à l'autre bout du fil.

— Ryder, je ne m'attendais pas à avoir de tes nouvelles ce soir.

Et il n'avait pas pensé qu'il l'appellerait. Mais le besoin d'entendre sa voix et de savoir qu'elle allait bien avait été trop fort.

— Je sais, dit-il doucement. J'ai juste… Bon, j'avais vraiment besoin d'entendre ta voix, c'est tout.

Il s'éclaircit la gorge pour combler le silence qui s'étirait entre eux.

— Alors, comment s'est passé le gala ?

— Bien. Rien à signaler. Tu sais comment sont ces pince-fesses.

— Oui, je sais.

Son esprit chercha une excuse pour la garder en ligne le plus longtemps possible.

— Au fait, j'ai pensé que tu devais savoir que j'ai parlé à Annabel et à Xander au sujet des rumeurs et du test de paternité. Je ne voulais pas qu'ils l'apprennent de quelqu'un d'autre.

— Oui, tu as eu raison et j'aurais aimé que mon père ait fait pareil avec moi. Je suppose que je n'aurais pas si mal réagi en croisant Lavinia.

Elle soupira.

— Et j'ai très mal réagi. J'ai débarqué chez toi en te disant pis que pendre sans te donner la possibilité de te défendre. Ni même de parler. Je suis désolée, je n'aurais pas dû. Je sais très bien que tu n'es pas ce genre d'homme. Et que, malgré leurs disputes, ma mère n'aurait jamais fait passer l'enfant d'un autre pour celui de mon père. Je n'ai pas été juste ni avec toi ni avec sa mémoire. Oh ! Ryder, je suis tellement désolée. Si seulement tu pouvais me pardonner !

— Oui, dit-il rapidement pour l'empêcher de raccrocher.

— Oui tu me pardonnes ou oui tu comprends que j'ai pété les plombs en imaginant que tu pouvais être le père de mon frère ?

Il soupira.

— Les deux.

— Ce qui veut dire que…

— Je ne sais pas ce que cela veut dire. Mais je sais que tu m'as manqué à en crever. Chaque minute où je ne t'ai pas à mes côtés est un calvaire.

La ligne resta silencieuse pendant un moment. Puis Angela répondit :

— Moi aussi.

— Je suis si heureux de l'entendre.

Son cœur dansait dans sa poitrine. S'ils avaient un problème à régler dans leur relation, l'amour qu'il ressentait pour elle était indéniable.

Tomber amoureux d'une femme qui n'était pas la fille de son ennemi juré lui aurait sûrement facilité grandement la vie. Mais Angela était la première, depuis qu'il avait perdu Elinah, qui le faisait se sentir aussi vivant. Si heureux. Si libre et serein.

Aussi prêt à prendre le risque d'aimer et de se donner à quelqu'un corps et âme.

— Je me rends compte qu'il est tard, ajouta Angela. Mais si tu voulais passer pour que je te montre à quel point je suis désolée d'avoir douté de toi.

Il éclata de rire.

— Mon amour, je suis déjà parti !

Sur ce, il attrapa son trousseau de clés et laissa un mot pour Annabel sur le comptoir de la cuisine.

Annabel fixait l'eau sombre et appréciait la brise de mer fraîche et salée alors qu'elle avançait sur la plage pieds nus, Roarke Perry à ses côtés.

Elle avait troqué sa robe contre un jean et un débardeur. Il portait un vieux T-shirt et un jean élimé. Ses cheveux blond cendré semblaient plus foncés dans la nuit humide.

Il semblait aussi paisible, bien plus calme qu'elle ne l'avait encore jamais vu. Il y avait toujours quelque chose en lui qui lui donnait l'impression d'avoir affaire à un homme accablé. Qui portait sur ses épaules le poids du monde. Sans doute que le fait d'avoir été élevé par un père persuadé qu'il n'était pas le sien pouvait avoir joué…

Mais malgré toute la lassitude qu'il exprimait, il y

avait quelque chose chez Roarke qui l'avait fait fondre à la minute où elle avait posé les yeux sur lui au café.

Ce qu'elle avait mis dans un coin de sa tête, car elle venait tout juste de rompre ses fiançailles avec Mason. Elle avait à peine annoncé la nouvelle à son amie Frankie… Mais quand elle l'avait revu au gala quelques jours plus tard, cette évidence l'avait heurtée de plein fouet : il n'était pas comme les autres. Ce n'était pas un homme qui allait profiter d'elle ni la rouler dans la farine.

Malgré son nom de famille et les fausses rumeurs courant sur son père.

Quelque chose qui lui avait donné terriblement envie de faire sa connaissance… Et plus si affinités.

— Je comprends pourquoi tu as choisi cette maison. Cet endroit est un petit coin de paradis.

Elle glissa sa main dans la sienne.

Il sembla surpris, mais finit par resserrer sa paume et mit son autre main dans sa poche.

— Tu as raison. La maison est très agréable, et je peux y vivre sans faire de grands travaux si j'en ai envie. Mais ce sont surtout cette vue et ce petit coin paisible qui font que j'en suis tombé amoureux tout de suite.

— C'est fou que tu ne passes pas plus de temps ici. Outre les nombreuses chambres, tu n'as pas qu'un mais deux bureaux à l'intérieur. C'est l'endroit idéal pour travailler au calme. Ou même pour prendre des vacances.

— C'est ce que je me suis dit en l'achetant.

Il s'esclaffa.

— Mais je me suis menti à moi-même. Travailler au calme, oui, mais des vacances, je ne sais pas quand je pourrai en prendre. Je ne sais même pas si j'en ai envie !

— Tu as tort, cela fait beaucoup de bien.

Ils marchèrent un moment en silence jusqu'à ce qu'elle lui donne un léger coup d'épaule.

— Et, au fait, toi tu sais tout sur ma désastreuse vie amoureuse, mais moi je ne sais rien de toi.

— Oh ! il n'y a pas grand-chose à dire.

Il se retourna et prit le chemin de la maison sans lâcher sa main.

— Je ne fréquente personne et je suis célibataire depuis très longtemps.

— Je n'y crois pas. Tu es une crème et tu viens d'une famille prestigieuse. Je suis sûre que tu croules sous les prétendantes. Pourquoi tu ne veux pas être en couple ?

Il haussa les épaules.

— Je suis pour ainsi dire marié à mon travail, je n'ai pas envie d'imposer cela à une femme.

— Ce que tu veux dire, c'est que tu n'as pas encore trouvé de femme qui t'intéresse davantage que ton travail.

— Annabel Currin, tu as un don pour toucher juste, c'est incroyable.

Il s'arrêta et se tourna vers elle, étudiant son expression au clair de lune.

Elle sourit.

— Oui, je n'aime pas perdre du temps en tournant autour du pot. Mais tu sais, en général, les gens peuvent être agacés par ma franchise.

Il éclata de rire.

— Je peux comprendre. La vérité fait parfois mal à entendre.

— Oui, dit-elle doucement, l'humour soudainement absent de sa voix.

Si elle avait été aussi honnête avec elle-même qu'avec tout le monde, elle se serait rendu compte depuis très longtemps qu'elle n'était pas faite pour Mason. Et que lui non plus.

Roarke s'arrêta au bas de l'escalier et lui serra la main. Son regard chaleureux rencontra le sien.

— Tout va bien, ma belle ?

Il y avait quelque chose chez Roarke Perry de terriblement séduisant. Sa voix chaude et sucrée. La sincère inquiétude qu'elle lisait dans ses yeux bleus… Elle ne s'était jamais sentie aussi bien avec personne. Aussi en confiance. Et sûrement pas avec Mason.

Annabel baissa son regard et sentit ses joues s'empourprer à mesure que les papillons recommençaient à voltiger dans son ventre.

— Je vais bien, murmura-t-elle. Je…

Elle ne pouvait pas détacher son regard de sa bouche. Ni arrêter de penser à ce qu'elle avait ressenti lorsque ses lèvres avaient frôlé les siennes quand elle lui avait volé un baiser plus tôt dans la soirée.

Alors elle se leva sur la pointe des pieds et l'embrassa à pleine bouche.

Roarke glissa les bras autour de sa taille et la rapprocha de lui. Elle agrippa le tissu de sa chemise et inclina la tête ; ses lèvres s'entrouvrirent pour épouser les siennes.

Annabel gémit quand il fit glisser sa langue ferme contre la sienne alors qu'il approfondissait leur baiser.

Ses tétons devenaient douloureux. Son tanga se trempait. La petite flamme était devenue un incendie incontrôlable.

Qui fut cependant interrompue par les rires de promeneurs arrivant à leur hauteur.

Roarke retira subitement sa bouche de la sienne et la regarda, hors d'haleine.

— Annabel, je suis désolé. Je ne voulais pas…

Elle se raidit.

— Tu n'as pas à être désolé, c'est moi qui ai commencé. Viens, rentrons.

Elle monta quatre à quatre les marches de l'escalier en bois menant à la porte d'entrée, et l'ouvrit.

Là, sans dire un mot de plus, elle alla dans la cuisine, récupéra une bouteille d'eau et se précipita dans sa chambre où elle s'écrasa sur le lit le cœur battant à tout rompre.

Roarke venait de lui offrir le baiser le plus sublime de sa vie et il en était désolé…

Elle ne voulait pas de ses excuses. Elle le voulait, lui. Tout entier.

Roarke se laissa tomber sur le canapé et parcourut machinalement les chaînes de télévision à la recherche d'un programme tolérable à regarder. Il jeta son dévolu sur une émission de rénovation immobilière présentée par un couple accompagné de leurs quatre adorables enfants.

La bouteille d'eau glacée sur ses genoux l'aidait à apaiser son corps, mais son esprit bloquait sur le baiser qu'il venait de partager avec Annabel. Le goût de sa bouche. La chaleur de son souffle.

Il en voulait plus, tellement plus. Tout en sachant que ce n'était pas du tout une bonne idée.

En réalité, il était même en colère contre lui-même. Il avait failli enfreindre la règle numéro un de son code de conduite ! Un code qu'il avait commencé à rédiger au début de ses études de droit. Sa façon à lui de s'assurer qu'il ne deviendrait jamais ce genre d'homme peu regardant sur l'éthique. À l'inverse de son père, Sterling Perry.

En haut de sa liste ? *Ne pas coucher avec ses clientes.*

Non, il ne devait pas profiter d'Annabel. Ne pas tirer parti du mélange explosif d'émotions contradictoires qu'elle devait ressentir après sa rupture.

Qu'importe qu'il brûle de désir pour elle.

Las des images de bonheur trop parfait qui défilaient sous ses yeux, Roarke éteignit la télévision et monta à l'étage. Puis il se déshabilla et prit une longue douche froide.

Exténué, il s'écroula sur son lit.

Sans pour autant réussir à trouver le sommeil.

Le baiser qu'Annabel lui avait offert n'était pas près d'arrêter de tourmenter sa conscience.

- 9 -

Roarke fut réveillé par une odeur de café et de bacon, et par le bruit de casseroles qui s'entrechoquaient dans la cuisine en dessous.

Annabel.

Il vérifia sa montre. Oui, l'aiguille dépassait 9 heures. Soit largement plus tard qu'il n'avait l'intention et même l'habitude de se lever. Mais cela n'avait rien d'étonnant vu qu'il n'avait pas trouvé le sommeil avant 4 heures du matin bien tassées.

Roarke sortit du lit, enfila une chemise et un short de basket. Il passa dans la salle de bains pour trouver la brosse à dents et les produits de beauté d'Annabel. Sa bouteille de gel douche était elle aussi installée sur le côté de la baignoire.

Il y avait quelque chose d'étrangement intime à être là, dans la minuscule salle de bains où elle avait manifestement déjà pris une douche et s'était préparée pour sa journée.

Quelques minutes plus tard, il prit la direction de la cuisine.

— Bonjour, bel endormi.

Un large sourire se dessina sur le visage d'Annabel et éclaira ses yeux bruns.

— Encore quelques heures et j'allais mettre un miroir sous ton nez pour vérifier que tu respirais toujours.

Elle portait une robe courte à ceinture blanche et une paire de sandales avec de petites cloches sur les boucles. Ses cheveux étaient tirés dans une queue-de-cheval qui suivait les mouvements de son corps.

Dieu qu'elle était belle, debout là dans sa cuisine avec la lumière du soleil baignant son visage couleur caramel au beurre.

— Bonjour, Annabel. Tu as bien dormi, je suppose ?

— Oui. Et j'espère que ça ne te dérange pas, mais je me suis permis de prendre ta voiture ce matin pour aller faire quelques courses pour le petit déjeuner.

— Non, ça ne me dérange pas du tout.

Il haussa les épaules.

— Mais tu n'avais pas à t'embêter à cuisiner. On aurait pu sortir quelque part ce matin. Après, j'avoue que cela sent divinement bon. Je peux aider avec quoi que ce soit ?

— Contente-toi de te servir une tasse de café. Nos gaufres devraient être prêtes sous peu. On pourrait prendre le petit déjeuner sur la terrasse si cela te dit.

Il en eut l'eau à la bouche de la voir placer les tranches de bacon croustillant dans une assiette. Elle le surprit en train de la regarder et eut visiblement tellement pitié de lui qu'elle lui tendit le plateau.

Sans la moindre seconde d'hésitation, il saisit une tranche directement avec les doigts. Puis il murmura de plaisir dès qu'elle entra dans sa bouche. Il y avait peu de choses au monde qu'il appréciait davantage qu'une tranche de bacon croustillante à point.

— Le petit déjeuner sur la terrasse est une excellente idée.

— À quelle heure est ton vol pour Dallas ?

Annabel vérifia les gaufres, puis referma le couvercle de la machine.

— J'ai changé mon billet. Je ne rentre à Dallas que mercredi ou jeudi.

Ce qu'il avait décidé au cours de sa nuit blanche.

— Cela me donnera le temps de parler à ton ex et de suivre quelques pistes supplémentaires concernant le dossier de mon père.

— Donc tu ne pars pas aujourd'hui.

Annabel sourit.

— J'espère que cela signifie que nous n'avons pas à revenir à Houston trop vite. J'aimerais aller à la plage et prendre un peu le soleil. Peut-être même nager.

La pensée d'Annabel en maillot de bain accéléra les battements de son cœur, qui envoya un afflux de sang vers certaines parties de son anatomie inférieure.

— Euh… Bien sûr.

Il haussa les épaules, son cerveau trop préoccupé pour trouver une bonne excuse justifiant leur retour rapide à Houston.

— Pourquoi pas ?

— Fantastique. Il se trouve que j'ai mon maillot de bain. J'adore nager, donc je le garde toujours dans mon sac de voyage.

Elle se versa une tasse de jus d'orange et but une gorgée.

— Tu devrais te joindre à moi.

— Je pensais plutôt travailler un peu avant de prendre la route.

— Et travailler depuis la plage, c'est impossible ? Je te rappelle aussi qu'on est dimanche, tu as le droit à un jour de repos.

— Pas vraiment. J'aime ce que je fais, donc ça ne

ressemble pas tellement à du travail. De plus, les gens pour lesquels je me bats comptent sur moi. Pour beaucoup, je suis leur dernier espoir d'obtenir justice. Je ne veux pas les laisser tomber.

— Tu es vraiment une perle, tu sais, Roarke ?

Ses lèvres pulpeuses se courbèrent en un doux sourire.

— Ne le prends pas mal, mais tu es l'anti-Sterling Perry.

— Aucune raison que je ne le prenne pas.

Roarke ne put s'empêcher de rire. Il n'avait jamais utilisé cette expression exacte, mais c'était essentiellement de cette manière qu'il menait sa barque. Il se demanderait toujours ce que Sterling Perry ferait sur un plan éthique. Pour prendre la direction opposée…

— C'est formidable que tu sois si dévoué à tes clients. Mais je ne pense pas qu'ils t'en tiendraient grief s'ils apprenaient que tu as pris ton dimanche pour te reposer et nager dans l'océan avec un ami.

Les mots de son assistante, Marietta, lui revinrent en tête alors qu'il se versait une tasse de café.

Trouve-toi une jolie jeune femme avec qui faire ta vie, Roarke. Tu te bats toujours pour le bonheur des autres. Mais tu mérites aussi d'être heureux.

Marietta était pour sa part mariée depuis plus de trente ans et avait une demi-douzaine de petits-enfants. Elle l'accusait souvent de fuir l'intimité émotionnelle. Comme s'il en était terrifié. Mais en réalité, il n'avait pas peur de donner son cœur à quelqu'un ; il était simplement réaliste.

Pourquoi foncer tête baissée vers le désastre ?

Le mariage de ses parents avait été le contre-exemple parfait du bonheur conjugal. Même enfant, il avait su à quel point sa mère était malheureuse. Sans compter qu'il n'avait pas le moindre souvenir de son père lui disant ces mots : « Je t'aime, mon fils. »

— Roarke ?

La main d'Annabel posée sur son bras le sortit de sa stupeur.

— Une gaufre, ou deux ?

— Deux.

Il savoura son café alors qu'elle se déplaçait dans la cuisine pour leur préparer une assiette de bacon, œufs brouillés et gaufres.

Chacun amena la sienne sur la terrasse où les attendait le chaud soleil d'août. Une douce brise agitait les cheveux d'Annabel qu'elle avait détachés et qui tombaient désormais sur ses épaules.

Il prit une profonde inspiration pour rester dans son siège et ne pas tendre la main pour la passer dans ses cheveux.

Il avala une bouchée de sa gaufre belge. Légère et moelleuse à l'intérieur, et croustillante à l'extérieur.

Annabel rayonna lorsqu'il gémit de plaisir sans le vouloir.

— J'en déduis que tu aimes les gaufres !

— Désolé pour mes manières d'homme des cavernes, marmonna-t-il la bouche pleine, mais cela fait très longtemps que je n'avais pas mangé de gaufres maison et celles-ci sont délicieuses,

— Quand j'étais enfant, j'aidais ma mère à préparer le petit déjeuner le week-end. C'était l'un de mes moments préférés, parce que je l'avais pour moi toute seule pendant que le reste de ma famille dormait encore.

Ses joues se soulevèrent dans un léger sourire.

— Je ne cuisine pas grand-chose d'autre, mais mon petit déjeuner est mon arme secrète.

Roarke la gratifia d'un large sourire.

— Il se trouve que le petit déjeuner est mon repas préféré. En fait, je suis connu pour prendre un petit déjeuner au dîner.

— Moi aussi.

Elle rit.

— Ces petits déjeuners servis toute la journée sont un bonheur.

Ils mangèrent en silence pendant quelques minutes en regardant les vagues affluer sur le rivage et les gens commencer à s'installer sur la plage.

Enfin, il aborda le sujet qu'ils semblaient tous les deux vouloir expressément éviter.

— À propos d'hier soir…

— S'il s'agit du baiser, nous n'avons pas besoin d'en parler.

Annabel fronça les sourcils, reportant son attention sur son assiette.

— Il le faut bien si nous allons travailler ensemble.

— Tu le regrettes. Pas moi. Fin de l'histoire.

Elle se leva soudainement et ramassa son assiette avant de se diriger vers l'intérieur.

Annabel racla le reste de son petit déjeuner dans la poubelle et rinça son assiette avant de la mettre au lave-vaisselle. Elle se lava et se sécha les mains, ne réagissant pas lorsque la porte s'ouvrit derrière elle. Quand elle en eut fini avec l'évier, Roarke était posté devant elle, bloquant le chemin entre elle et l'escalier.

— Annabel, peut-on en parler ?

Il posa sa vaisselle dans l'évier et lui prit la main avant qu'elle ne puisse s'éloigner.

— La situation est très claire pour moi, Roarke. De quoi devons-nous parler ?

Elle ne le regardait pas, trop en colère contre elle-même pour lui avoir fait savoir à quel point elle était blessée par son rejet.

— De beaucoup de choses.

Il leva son menton, obligeant doucement son regard à rencontrer le sien.

— Alors écoute-moi.

Elle recula d'un pas, hors de sa portée, et croisa les bras.

Roarke passa une main dans ses cheveux.

— Il est évident que je suis attiré par toi, Annabel. Plus que je ne l'ai jamais été par qui que ce soit et depuis très longtemps.

— Alors quel est le problème ? Tu sais que je ressens la même chose.

— Tu es ma cliente.

Il soupira, appuyé contre le mur derrière lui.

— Et honnêtement, même si ce n'était pas le cas, ce serait une mauvaise idée de commencer une histoire.

— Pourquoi, Roarke ?

Elle inclina le menton, le cœur battant.

— Par où je commence ? Tu es jeune, brillante et optimiste. Et je suis blasé et amer, parce que j'ai trop vu les mochetés que les êtres humains peuvent commettre les uns envers les autres. Tu vis à Houston, j'habite à Dallas. Tu es une Currin, je suis un Perry. Il y aura toujours des gens dans notre entourage pour croire que je suis le fils de Ryder. Sans oublier que tu étais encore fiancée à un autre homme pas plus tard que la semaine dernière.

Il était à bout de souffle, comme épuisé par cette longue liste de raisons… parfaitement valables, elle ne pouvait que l'admettre.

— Bon, oublie tout ce que tu viens de dire et réponds simplement à cette question.

Elle s'approcha, son regard noyé dans le sien.

— Pourquoi es-tu attiré par moi, Roarke ?

Il soupira, et sa main dériva à nouveau sur sa joue.

— Comment pourrais-je ne pas l'être, Annabel ? Tu es intelligente et belle. Spirituelle. Drôle. Et quand je suis avec toi, je ne me sens pas aussi amer et blasé. Je me sens… léger. Heureux. Comme si le monde était plein d'opportunités et non d'obstacles.

Ses yeux s'embrasèrent alors qu'elle se penchait vers lui.

— Eh bien, tu parles d'une sacrée bonne première impression !

Il gloussa et lui caressa la joue avec son pouce.

— C'est ce que je pense. Pas plus, pas moins.

Sans le quitter du regard, Annabel joua avec les boutons de sa chemise.

— Je me fiche de ce que les autres, y compris nos pères, pourraient penser. Et je ne te vois pas comme amer ou blasé. Je vois un homme prêt à tuer des dragons pour protéger les faibles, même si cela lui coûte personnellement. Un homme qui a le même sens de l'humour décalé que moi et qui est lui aussi très intelligent. Pardon, mais ce genre de combinaison n'arrive pas tous les jours.

Elle se leva sur ses orteils et déposa un baiser au coin de sa bouche.

Il passa ses lèvres sur sa joue, puis embrassa le côté de son visage.

— Tu viens juste de sortir d'une relation, Annabel, murmura-t-il, son souffle chaud sur son oreille. Tu pourrais changer complètement d'avis une fois la fumée dissipée.

— Non, je ne le ferai pas, insista-t-elle, forçant ses yeux à rencontrer les siens. Notre timing n'est pas idéal, je veux bien le reconnaître, mais il y a quelque chose de spécial à ce sujet qui mérite d'être exploré.

Il la regarda fixement, comme si le temps s'était arrêté. Il ferma momentanément les yeux, puis secoua la tête.

— Tu as déjà eu le cœur brisé. Je ne veux pas être celui qui te le brisera une fois de plus.

Il la libéra de son étreinte et recula.

— Bon, très bien, si c'est ton dernier mot.

Annabel croisa les bras sur sa poitrine.

Une posture si froide qu'elle manqua de le faire frissonner.

— Ai-je encore le temps d'aller nager ?

— Oui, bien sûr.

Il hocha la tête, peiné de voir la déception assombrir son beau visage.

— Alors dans ce cas, je te verrai à la plage.

Elle le dépassa et se précipita dans l'escalier, les mains tremblantes.

Plus tard dans la soirée, Roarke gara sa voiture près de celle d'Annabel dans le parking de la Crystal Ballroom en centre-ville de Houston. Il sortit du véhicule et récupéra son sac dans le coffre.

Le trajet d'une heure avait principalement consisté

en un long silence, parfois ponctué d'échanges polis et impersonnels sur son dossier.

Elle avait répondu à ses questions. Il s'était même forcé à sourire à chaque fois que la situation l'exigeait. Mais l'ambiance était radicalement différente de celle du trajet aller vers Galveston, quand ils étaient tous les deux détendus et désireux de se connaître.

Au fond de sa poitrine, quelque chose lui hurlait qu'il était un bel idiot de s'éloigner de la femme qui le faisait se sentir aussi vivant. D'une manière qu'il n'avait pas ressentie depuis si longtemps. Sauf qu'il s'était créé un code d'éthique pour une raison. Alors, il garderait le cap.

Annabel ouvrit son coffre et plaça son sac à l'intérieur.

— J'ai ton numéro de portable.

Il tapota son téléphone dans la poche de sa chemise.

— Je te tiens au courant dès que j'aurai parlé à Mason, d'accord ?

— Ta provision sur honoraires ! Je ne t'ai jamais fait le chèque, attends.

Elle alla pour ouvrir sa pochette, mais il posa une main sur la sienne.

— Je sais où te trouver, ne t'inquiète pas, voyons plutôt ce qui se passe, OK ? Envoie-moi plutôt tout à l'heure un SMS pour me dire que tu es rentrée chez toi saine et sauve.

Il se pencha et déposa un baiser prolongé sur sa joue.

Elle tourna la tête, leva son menton et ses lèvres douces frôlèrent les siennes.

Annabel déposa un baiser sur un coin de sa bouche puis sur l'autre.

Son cœur battait de plus en plus vite, et sa peau rougissait de chaleur. Roarke savait qu'il devait s'éloigner. Tout arrêter avant que les choses dégénèrent. Mais il n'y arriva pas. Il voulait l'embrasser à nouveau. Goûter sa bouche et la tenir dans ses bras une dernière fois.

Puis, à regret, Roarke interrompit leur baiser, mais ni lui ni Annabel ne desserrèrent leur éteinte.

Il poussa un profond soupir.

— Allez, bonne nuit, Annabel.

— Roarke…

Elle se cramponna à lui, ses yeux rencontrant les siens.

— Tu sais, ce que tu as dit sur nous deux, c'est valable pour une histoire sérieuse. Cela ne nous empêche pas de passer du bon temps…

— Oh non, tu es une fille de tout ou rien.

Il lui fit un sourire chagriné.

— Tu te donnes dans tout à 100 %, et je ne veux pas risquer de te faire du mal.

— Bon, tu es avocat ou mentaliste ?

— Un peu des deux, dit-il en riant.

À contrecœur, il la libéra de son étreinte. Puis il ouvrit la portière de sa BMW 330e hybride noire et elle glissa derrière le volant.

Roarke la regarda partir. La chaleur de son corps et le goût sucré de sa bouche lui manquaient déjà terriblement.

- 10 -

Roarke retira ses lunettes de soleil aviateur à monture dorée et demanda au maître d'hôtel où se trouvait Mason Harrison.

L'homme leva immédiatement le nez, comme s'il avait senti quelque chose d'aussi putride que du poisson pourri.

— Le *monsieur*, dit-il en accentuant le mot pour bien montrer tout son mépris, est au fond de la salle. Sa table habituelle.

L'homme indiqua la direction générale sans lever les yeux de la liste des convives qui retenait son attention.

— Merci, acquiesça Roarke en glissant ses lunettes de soleil dans la poche de sa veste.

Il ne pouvait pas en vouloir au maître d'hôtel d'avoir une si faible estime pour Mason Harrison. Après à peine une journée à en apprendre sur son compte, il avait la même opinion. Qu'Annabel ait pu tomber dans le panneau alors qu'elle était une personne lucide relevait encore du mystère.

Roarke avança vers l'arrière du restaurant. Il trouva Mason Harrison assis aux côtés d'une blonde à forte poitrine, un bras drapé autour de ses épaules.

Roarke resta debout à côté de la table les bras croisés, attendant que l'homme remarque sa présence.

Lorsque Mason le fit, il leva les yeux vers Roarke avec un air menaçant.

— Oui, je peux vous aider ?

— Je le pense, en effet.

Roarke s'installa à l'extrémité opposée de la banquette en demi-cercle et sourit le plus poliment du monde. Un effort surhumain vu l'énergumène qui lui faisait face.

— D'accord.

Mason s'adossa et croisa lui aussi les bras en regardant Roarke.

— Qu'est-ce que vous me voulez ?

— Que vous payiez votre juste part des frais d'un mariage que vous avez brusquement annulé.

— Vous travaillez pour Annabel ?

Le visage de l'homme restait impassible.

— Oui, je suis son avocat, Roarke Perry.

— Le fils de Sterling ? Le roi de l'arnaque ?

Mason ricana.

Les mains de Roarke se crispèrent sous la table.

— Le fils d'un homme injustement accusé de malversations, corrigea-t-il.

Il haussa les épaules.

— Je vous passe votre maladresse. Celle que je ne peux tolérer, par contre, c'est le culot que vous avez eu de demander à une femme aussi douce et gentille qu'Annabel Currin de vous épouser, étant donné que vous avez eu au moins trois maîtresses durant vos fiançailles. Dont Naomi, ici présente.

— Mase, c'est vrai ?

La blonde se tourna vers Mason, ses yeux gris remplis de colère.

— Tu as d'autres copines ? Et tu étais fiancé ? Depuis quand ?

La femme se tourna vers Roarke pour obtenir la réponse à sa dernière question.

— Il fréquentait ma cliente depuis deux ans, et ils étaient fiancés depuis quasiment une année entière.

— Salaud !

La femme se dressa sur ses pieds chaussés d'escarpins à talons hauts et versa le reste de son dessert constitué d'une épaisse gelée de fruits rouges sur la tête de Mason.

L'homme ne broncha pas. Ni ne chercha à s'excuser.

— Ma grande, je ne t'ai jamais dit que tu étais la seule, lança-t-il d'un ton neutre, comme pour souligner que le tort venait d'elle.

— Parfait, alors la grande se casse et tu n'es pas près de la revoir !

Sur ces mots, la femme attrapa son sac à main sur la table, tourna les talons et s'enfuit.

Mason ramassa le foulard que Naomi avait oublié et essuya autant que possible la sauce sucrée qui dégoulinait de ses cheveux.

— Content d'avoir provoqué cette petite scène ? dit-il en levant les yeux vers lui. J'ai déjà présenté ma démission à Currin Oil, donc vous en prendre à ma carrière n'est plus une option pour vous. Quelle est la suite de votre plan ? Traquer toutes mes copines et répéter votre petit manège ?

Roarke haussa les épaules.

— Cela dépend de vous, monsieur Harrison. Ma cliente vous a fait une demande raisonnable. Acceptez-la et vous n'aurez plus jamais besoin de me revoir.

Mason eut un rire amer.

— Vous pensez que quelques bimbos interchangeables valent une telle somme ?

— J'en doute, dit calmement Roarke. Par contre, je pense que votre réputation est importante pour vous. À la fois professionnellement et amoureusement. Vous aurez besoin que ces deux aspects soient intacts la prochaine fois que vous poserez les yeux sur une héritière.

Mason se renfrogna.

Avec des imposteurs comme Mason Harrison, tout était ludique et léger jusqu'à ce que leurs intérêts soient compromis.

— Très bien, je vais y penser.

Mason roula le foulard souillé en boule et le jeta à l'autre bout de la table.

— Ne réfléchissez pas trop longtemps, Mase.

Roarke se leva et boutonna de nouveau sa veste.

— Je ne sais pas si Annabel restera magnanime quand elle saura que vous l'avez trompée. Vous allez bientôt recevoir une mise en demeure officielle, vous avez sept jours pour vous y conformer. Au huitième, je vous attaque en justice et je demanderai des dommages et intérêts en plus du remboursement des frais du mariage.

Il s'éloigna de quelques pas, puis se retourna.

— Les jurys populaires sont particulièrement sévères quand ils doivent juger d'abrutis infidèles dont les dents rayent le parquet et qui ne cherchent qu'à rafler l'héritage de la petite princesse à papa. Tenez-vous-le pour dit.

Lorsque Roarke repassa devant le maître d'hôtel, celui-ci lui fit un geste amical de la main et lui souhaita une excellente journée.

Roarke ne s'embêta pas à retirer ses lunettes de soleil lorsqu'il prit l'ascenseur jusqu'au onzième étage de l'immeuble abritant les bureaux de Perry Holdings.

Cela faisait au moins quatre ans qu'il n'avait pas mis les pieds dans ces bureaux.

Il arpenta le long couloir aux murs de marbre et se dirigea vers le bureau de sa sœur plutôt que celui où Sterling tenait en général salon.

L'assistante d'Angela lui fit signe d'entrer.

— Elle vous attend, ajouta-t-elle.

— Roarke.

Sa sœur le serra dans ses bras. Elle avait l'air beaucoup plus heureuse que lors de la soirée de gala.

— Comment vas-tu ? J'espère que tu as apprécié ta petite journée à la plage.

— Effectivement, merci.

— Tu devrais le faire plus souvent.

Sa sœur répétait quasiment mot pour mot le conseil d'Annabel.

Un sourire involontaire se dessina sur sa bouche tandis qu'il pensait à elle.

— C'est ce qu'on m'a déjà dit, oui.

Angela plissa les yeux alors qu'elle reprenait place dans son siège derrière son bureau.

— Écoute, je sais que tu es là pour parler du dossier de papa, mais j'ai deux ou trois trucs dont j'aimerais discuter avec toi d'abord.

— OK, j'écoute.

Il s'assit sur une des chaises d'invité face au bureau et croisa une cheville sur son genou.

Angela soupira lourdement.

— Je sais que tu n'as pas envie de montrer à papa le test de paternité, mais je pense que tu te trompes. Si nous pouvons lui faire oublier le vilain mensonge qu'il ressasse depuis toutes ces années, c'est un mal pour un bien. Sans compter que tu as toujours mérité mieux, petit frère.

Il se frotta la mâchoire et soupira.

— Il aurait pu me demander un test de paternité à tout moment. Bon sang, il aurait même pu en faire faire un à mon insu ou à celui de maman ! Mais il ne l'a pas fait. Ce qui veut dire qu'il s'en fiche de la vérité, il se sert juste de cette rumeur pour être infect avec moi.

Angela fit le tour du bureau et s'assit sur la chaise à côté de lui. Elle plaça une main sur la sienne.

— Peut-être qu'il était juste terrifié. Les soupçons sont une chose. Mais avoir la preuve incontestable d'une trahison en est une autre.

Elle prit une profonde inspiration.

— Et peut-être que cette éventualité était trop lourde à supporter.

— Je m'en fiche de toute façon. S'il veut la preuve que je suis son fils, il devrait avoir le courage de me la demander.

Roarke fronça les sourcils, les dents serrées.

Angela retira sa main de la sienne et passa les doigts dans ses cheveux.

— Bon, si tu ne le fais pas pour toi et pour papa, fais-le pour moi, alors.

— Que veux-tu dire ?

Il se tourna vers elle pour lui faire totalement face.

— Ce que je veux dire, c'est que Ryder et moi n'avons presque pas fermé l'œil de la nuit depuis samedi soir. Nous voulons tous les deux que notre couple dure. Ce qui serait vraiment plus facile si…

— Si tu pouvais prouver à Sterling que je ne suis pas le fils de Ryder.

Roarke posa les deux pieds sur le sol et passa les doigts dans ses cheveux. Il secoua la tête.

— Bien. Alors tu lui dis. Je ne veux pas m'en mêler. Comme je n'espère pas que cela déclenche le moindre remords ou sentiment de culpabilité chez Sterling.

— Je sais qu'il a été dur avec toi, Roarke. Mais je crois que tu noircis le tableau. C'est clair qu'il n'a pas été le meilleur père du monde avec toi, mais je crois aussi qu'il a fait de son mieux.

Roarke jeta un regard à sa sœur pour lui faire comprendre qu'ils n'arriveraient pas à être d'accord sur ce point.

— De quoi d'autre voulais-tu me parler ? demanda-t-il, impatient de changer de sujet.

L'expression d'Angela s'adoucit lorsqu'elle se déplaça pour s'asseoir sur le bord de son bureau.

— Ryder m'a dit en passant qu'Annabel n'était pas rentrée samedi soir après le gala. Qu'elle allait à la plage avec un ami. Tu ne saurais pas avec qui, par hasard ?

Ses joues se réchauffèrent.

— Je n'ai pas couché avec Annabel Currin, si c'est ce que tu me demandes.

Angela haussa les épaules.

— Non, ce n'est pas ce que je te demande. C'est juste que c'est la fille de l'homme que j'aime. Et une fille incroyable qui en a déjà bavé en amour. Donc si tu n'as pas envie d'une histoire sérieuse avec elle, il vaut mieux que…

— Ne t'inquiète pas, Angela, je suis parfaitement conscient des risques. Raison pour laquelle j'ai décidé de ne pas aller plus loin avec Annabel.

— Oh ! mon Dieu, s'exclama Angela, les yeux écarquillés.

— Quoi, qu'est-ce qu'il y a ?

— Tu aimes vraiment cette femme. Je pensais que tu venais juste de la rencontrer.

— C'est le cas, et elle me plaît vraiment beaucoup, mais Annabel Currin est aussi une cliente et…

Il remonta nerveusement le nœud de sa cravate.

— Bon, si cela ne te dérange pas, je préfère parler du dossier de papa.

— Nous aussi.

Roarke et Angela se tournèrent tous les deux vers la voix inconnue qui venait de prononcer ces mots.

Une grande femme aux cheveux courts se tenait dans l'embrasure de la porte, vêtue d'un costume gris foncé. Deux hommes l'accompagnaient, et tous les trois sortirent leurs badges.

— Angela et Roarke Perry, je suis l'inspectrice Zoe Warren de la police de Houston.

Elle rangea son badge.

— Ces deux messieurs sont l'agent spécial Dalton et l'agent spécial Rodriguez du FBI. Il y a du nouveau dans l'affaire impliquant votre père.

Roarke se leva.

— Vous voulez dire que vous savez qui est responsable des pertes financières subies par les clients de Perry Holdings ?

— Nous enquêtons toujours sur diverses pistes concernant la pyramide de Ponzi, déclara l'agent spécial Rodriguez. Mais ce n'est pas pour cela que nous sommes ici.

— Alors pourquoi ?

Roarke se pencha en avant sur la chaise.

— Nous avons identifié le corps retrouvé sur le chantier du Club des éleveurs du Texas, annonça Warren. La victime s'appelle Vincent Hamm, c'était un employé de Perry Holdings.

— Ce n'est pas possible, objecta Angela. Nous avons reçu un texto de Vincent bien après la découverte du corps. Il est dans les Caraïbes où il a décidé de tout quitter pour devenir surfeur.

— Ce n'est sans doute pas lui qui vous a envoyé ce message.

La femme étudia sa sœur de plus près, comme si elle voulait jauger sa réaction.

Roarke croisa les bras.

— Ce n'est pas Vincent Hamm qui l'a envoyé ?

— C'est cela, confirma Warren.

L'inspectrice sortit des feuilles de papier de la poche intérieure de sa veste.

— Vous êtes l'avocat, n'est-ce pas ?

Roarke déplia les documents et examina soigneusement les détails du mandat de perquisition avant de le remettre à sa sœur.

— Ils recherchent le téléphone qui a été utilisé pour truquer ces prétendus messages de Vincent Hamm.

Roarke s'assit sur le bord de la chaise.

— Ici ? Pourquoi ?

Angela blêmit.

— Parce que les messages ont été envoyés à partir d'un appareil appartenant à votre entreprise, précisa Warren.

Les yeux d'Angela s'écarquillèrent, et elle pressa ses doigts contre ses lèvres.

Roarke secoua la tête subtilement pour lui indiquer qu'il n'y avait rien à faire pour le moment.

— On va essayer de ne pas trop vous mettre le bazar.

L'inspectrice Warren fixa Angela.

— Madame Perry, vous êtes la personne la plus haut placée ici, alors veuillez ne pas vous éloigner au cas où nous aurions besoin de vous pour accéder à certaines zones de cet immeuble.

La femme alla pour partir, puis se retourna juste avant de passer la porte du bureau.

— Soit dit en passant, je sais qu'il n'est pas là, mais, à la lumière de ces nouvelles informations, nous devrons de nouveau interroger votre père.

— Pourquoi ?

La voix d'Angela était tendue.

— Vous ne pensez quand même pas qu'il a quelque chose à voir avec la mort de Vincent ?

— C'est justement tout ce que nous essayons de découvrir, déclara l'inspectrice avant de disparaître de l'autre côté du bureau.

Roarke laissa les agents du FBI la suivre et referma la porte derrière eux.

— Ils vont essayer de faire porter le chapeau à papa, n'est-ce pas ? lui demanda Angela, paniquée.

Il ne put que lui répondre par un soupir lourd et un regard baissé.

Les yeux d'Angela se remplirent de larmes, et elle se jeta dans ses bras.

— Je ne sais pas ce qui se passe ni qui en veut à papa, mais tu dois l'aider, Roarke. Je t'en prie.

Il soupira de plus belle en tapotant le dos de sa sœur.

— Je ferai tout ce que je peux, Ang. Je te le promets.

- 11 -

Chaussée de santiags usées et vêtue d'un jean et d'un T-shirt graphique délavé, Annabel attendait sur le trottoir à l'extérieur de la future boutique Les Doigts de fée. Elle avait rendez-vous avec un artisan. Le troisième de la matinée.

Elle était prête à rencontrer autant de personnes que nécessaire pour trouver la perle rare. Quelqu'un capable de comprendre l'esthétique qu'elle recherchait avec son architecte d'intérieur. Quelqu'un qui ne lui parlerait pas comme à une ravissante idiote et en profiterait pour la rouler dans la farine de la plus éhontée des manières.

Elle avait promis à Mason qu'elle attendrait après leur lune de miel pour commencer la rénovation. Mais maintenant que leur mariage était parti aux égouts, elle était impatiente de concrétiser son rêve le plus vite possible et d'en documenter toutes les étapes sur son blog vidéo.

Elle avait posté un premier message plus tôt dans la matinée, et ce dernier affichait déjà plus d'un millier de *likes* au compteur, plus des centaines de commentaires. La plupart pour l'encourager. Des lectrices témoignaient de leur propre histoire et lui disaient combien les services qu'elle s'apprêtait à proposer étaient vitaux. D'autres la félicitaient pour son courage et la tenaient pour un modèle à suivre.

Annabel était aux anges.

Un homme d'une bonne soixantaine d'années au volant d'une camionnette blanche flanquée du nom de son entreprise de construction vint se garer devant le bâtiment. Il en sortit et lui sourit. Sa peau brune contrastait avec sa tête blanche et moussue. Il se frotta le menton avant de lui tendre la main.

— Vous devez être Annabel Currin. Je suis Davis Lewiston.

Il hocha la tête vers un beau jeune homme qui venait de descendre du côté passager du véhicule.

— Et voici mon petit-fils, Elliot.

Elle leur serra la main et les conduisit à l'intérieur de la boutique, tout en leur expliquant ses envies et en leur montrant les croquis de l'architecte d'intérieur.

— J'adore cette atmosphère. De l'Art déco classique avec une touche fraîche et contemporaine.

Elliot faisait défiler les images sur la tablette qu'elle lui avait tendue.

— L'intégration des éléments les plus anciens, comme la cheminée en laque noire et la rampe en bois brossé, est excellente. Vos choix de matériaux feront vraiment ressortir leur originalité.

Annabel sourit en voyant l'expression approbatrice du visage du vieil homme qui écoutait son petit-fils.

— Et vous, que pensez-vous du design, monsieur Lewiston ?

C'était une question qu'elle avait posée à chacun des artisans précédents.

— J'adore l'ambiance Old Hollywood.

Le vieil homme sourit d'un air satisfait.

— C'est un excellent moyen de préserver un magnifique bâtiment ancien comme celui-ci et de l'intégrer à la renaissance de ce quartier. J'ai aussi quelques idées pour la boutique de dépôt-vente, si vous me le permettez.

— Volontiers !

Elle tendit la main vers le second espace en question.

— Je vous suis.

Quarante minutes plus tard, Annabel se tenait devant la boutique et serrait de nouveau la main de Davis et d'Elliot Lewiston. Le vieil homme lui avait promis un devis qu'il lui ferait parvenir dans les prochains jours.

À moins d'un coût exorbitant ou d'un autre vice caché, Annabel s'était décidée pour les Lewiston pour le projet. Ils avaient parfaitement compris son projet et ne l'avaient pas bassinée avec des suggestions utiles. Ni l'un ni l'autre n'avaient fait preuve de la moindre condescendance à son égard.

Les Doigts de fée allait être incroyable, et elle n'en pouvait plus d'attendre la grande inauguration dans quelques mois.

Son téléphone sonna. Elle le sortit de sa poche arrière et vérifia l'écran.

Roarke Perry.

Annabel sourit en répondant au téléphone.

— Madame de la tarte au citron Annabel Currin, j'écoute. Que puis-je faire pour vous ?

Roarke éclata de rire.

— J'avais tellement besoin de rire, tu n'as pas idée.

Annabel fronça les sourcils. Quelque chose dans sa voix lui tiraillait le cœur.

— Il y a un problème ?

— Oui, dit simplement Roarke, d'un ton lourd.

— Avec mon dossier ou celui de ton père ?

— Les deux. On peut se voir cet après-midi ?

— Bien sûr, je connais l'endroit parfait.

Roarke se glissa sur la banquette en face d'Annabel au café Chez Farrah.

— Tu m'as commandé une part de tarte caramel et noix de pécan !

— Et du café. Je ne savais pas exactement ce que tu voulais, alors j'ai pris mon mélange de Sumatra préféré. Si tu ne l'aimes pas, je ne le prendrai pas mal, ne t'en fais pas, on pourra changer. Mais comme au téléphone tu avais l'air d'un homme en manque de café et de sucre, j'ai préféré prendre les devants.

— C'est parfait.

Il but une gorgée de café.

— Délicieux mélange, en effet.

— Alors dis-moi.

Elle plaça sa main sur la sienne.

— Encore des problèmes avec le dossier de ton père ?

Roarke regarda brièvement sa main sur la sienne. Il savait qu'il devait discrètement la retirer et ne pas encourager le contact physique entre eux. Sauf que, lorsque la peau d'Annabel touchait la sienne, il ressentait un sentiment de plénitude et de réconfort instantané. Ce dont il avait terriblement besoin.

— Pire. Je crois qu'il est désormais le principal suspect dans une affaire de meurtre. Tu as sans doute entendu parler du corps retrouvé sur le site du Club des éleveurs du Texas ?

— Bien sûr. Tout le monde à Houston est au courant.

— L'identité de la victime a été confirmée. Il s'agit

de Vincent Hamm, qui a travaillé pour mon père chez Perry Holdings.

— Mon Dieu, c'est affreux.

Elle pressa le bout de ses doigts sur ses lèvres. Son regard s'y attarda un instant.

Il se souvint du goût sucré de sa bouche et de la douceur de ses lèvres pleines et généreuses.

— Mais pourquoi la police pourrait penser que ton père y est pour quelque chose ?

— Quelqu'un a essayé de faire croire que Hamm était encore en vie en envoyant des SMS, soi-disant de sa part, disant qu'il avait démissionné et déménagé dans les Caraïbes. Mais quelqu'un a truqué ces messages. En réalité, Vincent était mort depuis longtemps.

— Il devrait être assez facile de prouver qui est le tueur, non ? Il suffit de trouver le propriétaire du téléphone qui a envoyé les textos, déclara Annabel d'un ton neutre.

Un nœud se resserra au creux de son estomac.

— Justement, le téléphone appartient à mon père, indirectement. Il a été acheté par Perry Holdings. Il appartenait à un ancien employé, un ami de mon père qui a pris sa retraite il y a plus d'un an. Le contrat n'a jamais été résilié, et le téléphone a été retrouvé dans le bureau de Hamm.

Annabel lui serra la main.

— Je suis désolée, Roarke. Mais je suis sûre que la police trouvera bientôt le vrai coupable.

— J'aurais aimé être aussi optimiste.

Il but une autre gorgée de son café pour se donner du courage.

— Tu crois qu'ils vont se fatiguer à chercher le vrai tueur quand ils ont un coupable tout trouvé ?

Il ne voulait rien d'autre que reprendre le cours de sa vie et laisser le service juridique de l'entreprise gérer le dossier. Mais il savait aussi qu'il ne devait pas partir, pas maintenant.

— Je suis sûre que M. Perry a les meilleurs avocats du monde, ajouta Annabel d'un ton rassurant.

— C'est le cas, acquiesça Roarke. Mais j'ai promis à Angela d'enquêter de mon côté.

— Ce qui veut dire que tu restes à Houston ? demanda Annabel.

L'élargissement de ses pupilles et l'enthousiasme de son ton la trahirent. Elle avait *vraiment* envie qu'il reste.

— Oui, je travaillerai depuis mon appartement en ville ces prochaines semaines.

— Je ne savais pas que tu avais un pied-à-terre à Houston.

— Mon père m'a offert cet appartement pour fêter mon diplôme de droit. Je suppose que c'était sa manière à lui de me dire qu'il voulait que je vive à Houston.

Roarke fronça les sourcils, et ajouta :

— Sterling Perry est passé maître en manipulation.

— Ce qui n'a visiblement pas fonctionné, nota Annabel. Mais si tu es sûr de faire ta vie à Dallas, pourquoi ne l'as-tu pas tout simplement vendu ?

Il haussa les épaules.

— C'est un excellent investissement. La valeur du bien ne cesse d'augmenter, je serais bête de m'en séparer.

— Et tu le gardes vide ?

— Non, je le loue via une entreprise qui le propose à des cadres en mission courte. Le dernier locataire vient d'acheter une maison et a quitté les lieux samedi. Une équipe de nettoyage et d'entretien est à l'œuvre depuis quelques jours. Je m'y installe au plus tard ce soir. Et j'y reste tant que l'affaire de mon père n'est pas résolue.

— Tu es un bon fils.

Annabel serra de nouveau sa main.

— Qu'il te le dise ou non, je sais que ton père apprécie le sacrifice que tu fais pour lui. Il a de la chance de t'avoir.

Il caressa le dos de sa main avec son pouce.

— Moi aussi, j'ai de la chance de t'avoir.

Annabel sembla se raidir et s'éclaircit la voix.

— Bon, et qu'est-ce qu'il en est de Mason, alors ? J'ai comme l'impression que tu me caches des choses.

Roarke relâcha sa main et se frotta la mâchoire.

— Je suis si transparent que ça ?

— Je ne sais pas, mais moi je lis en toi comme dans un livre, s'amusa Annabel.

— Bon, d'accord, mais je crois que nous allons avoir besoin d'un autre café.

— Ah non, mon cher, tu ne vas pas t'en tirer aussi facilement, dit Annabel en repoussant son assiette. Si j'en crois ton air de chien battu, je vais même avoir besoin d'un dîner et d'une sacrée bonne bouteille de vin.

- 12 -

Annabel se redressa sur la banquette de Chez Farrah. Son dos et sa mâchoire étaient tendus et, sous la table, ses mains s'étaient involontairement crispées sur ses genoux. Plus Roarke parlait de Mason, plus sa respiration devenait difficile.

— Je t'ai engagé parce que je voulais un avocat qui ne me traiterait pas comme un bébé en filtrant la vérité, déclara Annabel. Alors ne me déçois pas.

— D'accord.

Roarke frotta ses paumes sur les jambes de son pantalon sous la table.

— Je voulais surprendre Mason, alors je suis allé le voir pendant qu'il était parti déjeuner.

— Et ?

Son cœur battait de plus en plus vite.

— Il n'était pas seul.

Elle comprenait ce qu'il voulait dire. Mason était avec une femme. Mais ils n'étaient plus ensemble. Pourquoi devrait-elle se soucier des gens avec qui Mason Harrison passait son temps libre ?

— Il est à nouveau célibataire. Il peut faire ce qu'il veut.

Sauf qu'elle ne pouvait s'empêcher d'être un peu en colère.

Roarke baissa les yeux sur la table, mais elle capta

son regard gêné. Allait-elle devoir insister pour qu'il lui dise toute l'histoire ?

— Dis-moi le reste, Roarke. S'il te plaît.

Il tapota la table et acquiesça, rencontrant à nouveau son regard.

— J'ai passé les deux derniers jours à faire des recherches sur ce type. Il n'a pas attendu votre rupture pour fréquenter cette femme. Et il n'y avait pas qu'elle non plus.

Sa gorge devint soudain sèche, et ses yeux la brûlèrent. Elle essuya des larmes qu'elle n'attendait absolument pas.

— Je suis désolé, Annabel. J'aurais voulu que ce ne soit pas vrai, et j'aurais donné n'importe quoi pour te protéger. Mais tu m'as engagé pour te dire la vérité et tu mérites de la connaître.

Le ton de Roarke était contrit. Comme si cela était sa faute et non celle de Mason.

Il tendit la main vers la table et serra la sienne, avant de la caresser du bout du pouce.

— Je suis contente que tu l'aies fait.

Elle força un sourire et essuya ses larmes.

— C'est bien que je sache que tout n'était pas dans ma tête, comme il me l'a fait croire.

Roarke acquiesça.

— Des connards comme Mason Harrison essaient toujours de manipuler les femmes pour qu'elles y croient. Ne t'en fais pas, Annabel. Ce n'est pas ta faute.

— Je sais. Et j'avais besoin de l'entendre. Je ne vois pas ce qui m'empêche de le poursuivre en justice maintenant.

— N'agis pas sous le coup de la colère.

Ses sourcils se froncèrent.

— Ce moins-que-rien n'en vaut pas la peine.

— Ne t'inquiète pas, je ne vais pas rayer sa Mercedes ni mettre le feu à son paillasson, pas de panique. Ce n'est pas mon style. Je voulais juste dire que j'aurais dû lui demander de me rembourser complètement et non pas simplement payer la moitié.

Un large sourire se dessina sur le visage de Roarke.

— C'est ce que je me suis dit, alors j'ai pris la liberté de modifier la mise en demeure. Elle exige le remboursement complet de toutes les cautions perdues et autres dépenses, y compris celle de ta robe de mariée.

— Tu es décidément télépathe.

Annabel éclata de rire, pensant à leur conversation le soir de leur retour de la plage.

— Je pourrais t'embrasser, Roarke Perry.

L'ambiance devint électrique lorsque ses yeux rencontrèrent les siens.

— Encore une fois.

— On n'a pas dit que je te devais un dîner ? demanda Roarke après quelques secondes de silence gênant. Tu voudrais aller où ?

— Chez toi.

Ses joues rougirent en même temps que ses pupilles se dilataient.

— Mais d'abord, il y a quelque chose que je voudrais vraiment te montrer.

Ils avaient parcouru à pied les quelques centaines de mètres séparant le café de la future boutique d'Annabel, Les Doigts de fée. Elle lui fit visiter les lieux et lui montra les premiers croquis de l'architecte d'intérieur.

Roarke fit glisser ses doigts sur la cheminée en marbre noir laquée.

— C'est magnifique, tout comme ce carrelage.

Il se baissa et posa la main sur une zone du sol non recouverte de carton pour le protéger. Puis il se leva et étudia le mur le plus proche.

— Je n'aurais pas pensé à garder les blocs de verre, mais c'est vrai qu'ils se fondent parfaitement dans le décor.

— J'ai su que j'allais les garder dès que je les ai vus, commenta Annabel.

Quand elle se retourna vers Roarke, il la regardait fixement, les mains enfoncées dans les poches.

— Qu'est-ce qu'il y a ?

Elle sembla étudier son expression.

— Rien.

Sa voix n'était guère plus qu'un murmure. Il tourna son attention vers l'escalier.

— J'aimerais voir le reste. On peut monter sans danger ?

— Oui, j'ai d'ailleurs un espace de travail là-haut. Laisse-moi te montrer.

Annabel poursuivit la visite. Le deuxième étage allait accueillir les cabines de spa. Puis, au fond du couloir, ce serait son bureau.

— Ah, mais je vois que tu t'es déjà bien installée, dit-il en désignant le bureau et le canapé.

— En vérité, c'est une table à manger vintage. Je suis tombée amoureuse de son design géométrique, donc j'ai eu envie d'en faire mon bureau, précisa Annabel avec enthousiasme. Le canapé, il vient de mon frère, Xander. Il prenait la poussière dans la grange de notre ranch. Il sera mieux là que laissé aux poules et aux mulots.

— Bonne idée.

Il hocha la tête et embrassa les lieux du regard.

— Tu as déjà choisi un artisan pour les travaux ?

— Officiellement ? Non, mais je suis quasi sûre que ce sera un vieux monsieur que j'ai rencontré plus tôt dans la journée. Avec son petit-fils, ils ont une petite entreprise. J'ai adoré ce qu'ils m'ont montré de leurs réalisations passées. Et ils sont super sympa, ce qui ne gâche rien.

— Je peux jeter un œil au contrat avant que tu ne le signes.

— Ce serait super, Roarke.

Elle s'approcha de lui.

— Merci, vraiment.

Roarke ne s'éloigna pas, et son regard ne quitta pas son visage. Elle était sûre qu'il avait quelque chose à dire.

Elle fit un autre pas en avant et pressa les mains contre son torse.

Depuis qu'ils s'étaient quittés à leur retour de la plage, elle n'avait pas pu s'arrêter de penser à lui.

Peu importe combien elle avait essayé, elle ne pouvait pas oublier son baiser. Ni arrêter de rejouer dans sa tête les moments qu'ils avaient partagés. Ni oublier le désir ardent qu'elle avait pour lui.

Roarke approfondit son baiser, sa bouche et sa langue glissant contre les siennes tandis que ses paumes s'emparaient de ses fesses.

Elle haletait. L'espace entre ses cuisses palpitait, et ses mamelons durcissaient. Annabel ne se souvenait pas d'avoir eu envie de quelqu'un d'autre aussi fort qu'elle avait envie de Roarke Perry.

Sans desserrer son étreinte, elle fit quelques pas en

arrière jusqu'à ce que ses mollets heurtent le canapé. Elle tira son débardeur sur sa tête et le jeta au sol.

Annabel passa ses bras autour de son cou et lui chuchota à l'oreille :

— J'ai tellement envie de toi, Roarke.

Ses mains glissèrent sur son dos où il tâtonna pour trouver son soutien-gorge… qu'il dégrafa à la seconde même où la clochette de la porte d'entrée de la boutique tintinnabula.

— Tu as bien fermé ? demanda-t-il hors d'haleine.

Elle secoua la tête, et ils restèrent tous les deux immobiles, attentifs aux bruits environnants.

— Annabel ? Tu es là ? appela Frankie. Je suis avec Xander, on a apporté les chaises que tu voulais pour ton bureau.

— Et m…, souffla-t-elle. C'est ma copine et…

— Ton frère. Je sais.

Il récupéra en hâte son débardeur et le lui tendit.

— Tu devrais peut-être descendre et gagner du temps car moi je…

Il baissa la tête vers le renflement de son pantalon.

— Je ne suis pas en état, chuchota-t-il.

Elle réprima un fou rire.

— C'est bon, j'y vais, dit-elle en enfilant son débardeur à toute vitesse. Je suis là, Frankie ! Une petite minute.

Annabel jeta un dernier coup d'œil par-dessus son épaule pour voir Roarke qui s'installait sur la chaise derrière son bureau de fortune, les jambes croisées.

— Désolée, je ne m'attendais pas à avoir de la compagnie, murmura-t-elle. Rejoins-nous dès que tu le peux.

Annabel prit une profonde inspiration et descendit l'escalier.

Roarke suivit le son des voix dans l'escalier une fois la tension redescendue.

Lorsqu'il le vit, le grand homme qui partageait une forte ressemblance avec Annabel fronça immédiatement les sourcils.

Annabel cessa de parler et suivit le regard de son frère.

— Xander et Frankie, voici…

— Roarke Perry, coupa Xander en croisant les bras. Je suis au courant, merci. Que fait-il ici ?

— Je suis son avocat, répondit rapidement Roarke en se raclant la gorge.

La lueur de déception dans le regard d'Annabel lui serra la poitrine.

— Nous discutions d'un dossier que je gère pour elle.

— Depuis quand le fils de Sterling Perry est-il ton avocat ?

Xander se tourna vers sa sœur.

— Depuis quelques jours.

Annabel sembla ignorer le ton accusateur de son frère.

— Mais c'est bien que tout le monde soit là, on va monter les chaises plus vite comme ça.

— C'est un plaisir de te rencontrer.

Frankie lui tendit la main, et il la serra.

— Ne faites pas attention à mon fiancé. Il joue juste les grands frères surprotecteurs. D'autant plus après ce qui vient de se passer avec Mason.

— Oui, je comprends parfaitement.

Roarke hocha la tête, puis les suivit tous les trois

jusqu'à la camionnette de Xander, où il aida le frère d'Annabel à apporter quatre chaises à l'étage.

Une fois la dernière installée dans le bureau d'Annabel, le téléphone de Roarke vibra. C'était un texto d'Angela qui lui disait être prête à parler à Sterling du test de paternité. Elle aussi lui demandait de les rejoindre au ranch dès qu'il le pouvait.

En relevant les yeux, il vit Xander qui le dévisageait, debout, les bras croisés devant la porte. Une attitude qui transpirait l'hostilité. Et Roarke n'avait vraiment pas la tête à ça…

Il glissa son téléphone dans sa poche et s'avança vers lui.

— Tu as un problème, tu veux qu'on en parle, Xander ?

— Ouais. Je ne sais pas quel genre de jeu ta famille essaie de jouer avec la mienne…

— Euh, de quoi parles-tu ?

Roarke plissa les yeux vers l'homme.

— D'abord, ta sœur sort avec mon père. Maintenant, je te trouve avec ma petite sœur à faire des cochonneries. Et ne me fais pas le numéro de l'avocat, je n'en crois pas un mot.

Roarke choisit de ne répondre qu'à la première accusation de Xander. L'autre, il ne pouvait pas la nier…

— Personne ne veut jouer avec ta famille, Xander. Ma sœur et ton père…

Il passa une main dans ses cheveux.

— J'étais contre au début, moi aussi. Mais Angela aime vraiment ton père et c'est réciproque. Ils se rendent heureux mutuellement, pourquoi ne pas l'être pour eux ?

— Ouais, ouais, maugréa Xander. Cela ne me dit pas ce que tu fricotes avec ma sœur. Elle a rompu avec son fiancé il y a moins d'une semaine, tu ne perds pas de temps à ce que je vois. Sterling Perry a-t-il tellement envie de mettre la main sur le puits de pétrole que ton grand-père aurait dû lui léguer qu'il envoie ses enfants faire le sale boulot ?

Roarke leva les yeux au ciel. Il était tellement las d'entendre encore et toujours cette rengaine sur le terrain que son grand-père avait donné à Ryder Currin. Celui qui, selon Sterling, aurait dû rester dans leur famille.

— Si tu crois vraiment que c'est ce qui m'anime, alors c'est que tu ne sais pas de quoi tu parles. Ma famille est riche à millions et elle l'aurait été avec ou sans ce puits de pétrole. C'est pour ta famille qu'il a tout changé.

Le regard de Xander s'adoucit momentanément, puis redoubla de défiance.

— Tout ce que je sais, c'est que la pomme ne tombe pas loin de l'arbre.

Ce n'était pas la première fois que quelqu'un qui ne le connaissait pas l'accusait de ressembler à son père.

— Peut-être, mais dans mon cas je crois qu'elle a roulé sur la colline jusqu'à la ferme voisine. Raison pour laquelle j'ai décidé de m'installer à Dallas après mes études de droit. Et c'est aussi pour ça que j'ai toujours refusé de travailler pour Perry Holdings.

Les bras de Xander tombèrent sur ses côtés.

— Alors qu'est-ce que tu fais ici ?

Annabel rentra comme une furie dans le bureau.

— Ça ne te regarde pas ! Laisse-le tranquille et laisse-moi tranquille par la même occasion. Je ne suis plus une gamine, je peux m'occuper de ma vie.

Xander se renfrogna, puis souffla et descendit sans mot dire.

— Moi aussi je t'aime ! cria-t-elle dans le couloir avant de verrouiller la porte de son bureau.

— Je suis désolé, dit-il en enroulant ses bras autour de son cou. Cela ne te dérange pas qu'on reporte le dîner ? Il faut que j'aille voir mon père et ma sœur.

Annabel se raidit.

— Rien de grave ?

— Pas du tout, répondit-il en lui caressant la joue. Juste une réunion de famille qui s'annonce chargée en émotions.

- 13 -

Angela Perry faisait les cent pas dans l'appartement de son père alors qu'il était sorti passer un coup de téléphone.

Malgré ce que son frère avait dit, son père avait besoin de connaître la vérité sur la paternité de Roarke une fois pour toutes. Mais si elle voulait partager les résultats avec son père, ce n'était pas par pur altruisme. Son histoire avec Ryder Currin était sérieuse. Plus elle était avec lui, plus elle pouvait envisager un avenir pour elle avec lui. Un avenir rempli de colère et d'animosité si son père continuait à croire les horribles mensonges au sujet de l'homme qu'elle aimait tant.

— Angela…

Elle sursauta au son de la voix de son père, car elle n'avait pas réalisé qu'il était revenu.

Il fronça les sourcils, puis se versa un autre verre de whisky.

— Tu vas me dire pourquoi tu marches sur des œufs depuis tout à l'heure ?

— Qu'est-ce que tu veux dire ?

Elle passa ses doigts dans ses cheveux et s'assit sur le canapé en cuir.

Sterling sirota son whisky et s'assit en face d'elle.

— Tu n'as jamais su tenir ta langue quand un secret te démangeait. Je ne pense pas que tu vas commencer aujourd'hui. J'ai un rendez-vous avec mon émission préférée et le reste de cette bouteille, alors arrête de tourner autour du pot et crache le morceau !

Angela joignit les mains et leva les yeux pour rencontrer ceux de son père. Elle ne pouvait temporiser plus longtemps. L'impatience de Sterling ne lui permettait pas d'attendre l'arrivée de Roarke. Et son frère, honnêtement, n'avait pas voulu faire partie de cette conversation de toute façon.

— Très bien, papa. Je veux te parler, en effet. Tout d'abord, tu sais que je fréquente Ryder.

Sterling grogna et prit une autre gorgée de son whisky.

— Parce que tu n'as pas encore repris tes esprits, marmonna-t-il.

— Ce n'est pas juste, s'exclama-t-elle en se levant. Tu te trompes sur lui.

— Et en quoi ai-je tort exactement, Angela ? De nous avoir volé ce qui aurait dû revenir à notre famille ? Le terrain auquel il doit sa fortune ?

— C'était la terre de grand-père, et il avait parfaitement le droit de la léguer à qui il voulait. En plus, ce n'est pas comme si nous manquions de quoi que ce soit. Regarde autour de toi, papa. Tu disposes de tout ce que tu as voulu ou eu besoin.

— Sauf de cette parcelle et de son puits de pétrole.

Sterling frappa la table avec son poing, faisant claquer le whisky contre les glaçons à l'intérieur de son verre.

— Ce n'est pas vraiment une question de terre ou de puits de pétrole, n'est-ce pas, papa ?

Elle croisa les bras.

— Mais il s'agit de toi qui te sens dépassé par un jeune homme parti de rien. Un homme que tu ne crois pas digne d'avoir ce que tu as eu. Voilà pourquoi tu lui en veux.

— Il ne la méritait pas !

Il la pointa du doigt et poursuivit :

— Et il ne savait vraiment pas ce qu'elle valait !

Sterling soupira et se réinstalla dans son fauteuil.

— Il ne méritait pas quoi, papa ?

Il resta silencieux, et elle s'avança vers lui.

— Il ne méritait pas maman ?

L'attention de son père se focalisa sur elle, et il fronça les sourcils. Son expression trahissait un mélange de colère et de douleur.

— Tu es au courant ?

Angela se laissa retomber sur le canapé.

— Ne fais pas l'étonné, papa. Tu en as parlé avec Lavinia Cardwell ! Tu devais bien savoir que cela allait un jour m'arriver aux oreilles. Je parie même que tu l'as fait à dessein.

— J'ai toujours fait de mon mieux pour protéger mes enfants de la cruelle vérité.

Il n'avait pas nié…

— Mais je comprends maintenant mon erreur. Si tu l'avais su plus tôt, tu ne te serais pas laissé embarquer avec ce sale type.

— Ryder Currin n'est pas un sale type, papa. Il n'est pas non plus le père de Roarke.

— Tu étais trop jeune à l'époque pour comprendre ce qui se passait.

— Peu importe. Mais je comprenais maman et je sais qu'elle n'aurait jamais fait un enfant avec un autre homme pour essayer de le faire passer pour le tien.

Sterling grimaça, comme si ces mots lui avaient causé une douleur physique.

— Les choses ne sont pas toujours aussi simples qu'elles paraissent, Angela. Et parfois, les gens que nous aimons nous font du mal.

— Tu as tort pour maman. Et tu te trompes aussi sur Ryder. S'il avait pensé un instant que Roarke était son fils, il n'aurait pas permis à un autre homme de l'élever.

Sterling rit amèrement.

— Quelques mois avec cet homme et tout à coup tu crois tout ce qu'il dit, même si cela demande de mettre en doute la parole de ton propre père ? Quel bonimenteur ! J'aimerais avoir le don de Ryder Currin pour convaincre les gens que je suis innocent et incompris.

Il désigna le bracelet électronique à sa cheville.

— Dès que je n'aurai plus à me trimballer cette saleté.

— Je le regrette maintenant, mais je ne me suis pas contentée de croire sur parole Ryder, tu sais.

Angela fouilla dans son sac à main et sortit l'enveloppe que Ryder venait de lui donner au café. Elle la posa entre les mains de son père.

— Vois donc par toi-même.

Les yeux de Sterling s'écarquillèrent, et sa bouche s'ouvrit.

— Tu lui as demandé de passer un test de paternité ?

— Oui. Je n'en suis pas fière, mais c'est ce que j'ai fait.

— Et ton frère a accepté ?

Il n'ouvrit pas l'enveloppe.

— Oui, je pense qu'il est enfin prêt à mettre un point final à cette histoire. Et à comprendre pourquoi tu l'as toujours traité si cruellement.

— Je n'ai jamais été cruel avec Roarke.

Il baissa le regard et laissa tomber l'enveloppe sur la table.

— Tu crois vraiment que j'ai été dur avec lui ? Bien sûr, mais c'est parce qu'il était mon fils unique. Je voulais qu'il soit assez fort pour affronter la dureté du monde. Qui plus est, il était un bébé dans une famille pleine de femmes. Vous auriez pu en faire un pourri gâté ! Je devais m'assurer qu'il ait la force et la volonté des Perry.

— Je n'y crois pas une seconde, papa. Et je sais que toi non plus. C'est peut-être ce que tu te racontes le soir pour réussir à dormir. Mais cela n'explique certainement pas la relation que tu as eue avec Roarke.

— C'est assez !

Le visage de son père était devenu tout rouge, et son visage s'était crispé.

— Tu ne sais pas de quoi tu parles.

— Je sais que ton fils unique refuse de travailler pour toi. Qu'il n'en pouvait plus d'attendre ses dix-huit ans pour quitter la région. Même avec tous tes problèmes judiciaires récents, j'ai dû le supplier de rentrer à la maison. Et je sais que vous vous êtes davantage parlé ces deux dernières semaines que vous ne l'avez fait au cours des cinq dernières années.

Elle se rassit dans un souffle.

— Tu peux continuer à essayer de te convaincre du contraire, papa. Mais tu avais tort. Ryder n'est pas le père de Roarke. Tu as ruiné ta relation avec ton fils et tes dernières chances d'être heureux avec maman. Jamais il n'y a eu un seul morceau de vérité là-dedans.

Ils demeurèrent assis tous les deux en silence. L'air entre eux semblait peser des tonnes.

Il regarda l'enveloppe, et pour la première fois de sa vie elle vit les mains de son père trembler.

— Tu t'es construit toute une vie de souffrance et de douleur sur une fausse supposition que tu aurais pu démentir à tout moment en demandant simplement à Roarke de passer un test génétique. Bon sang ! Quand il était enfant, vous auriez pu faire ce test et il n'en aurait jamais su la vraie raison. Mais non. Tu as maintenant la preuve absolue et incontestable qu'il n'est pas le fils de Ryder. Mais tu hésites toujours à voir les résultats. Pourquoi ?

Il plissa les yeux et soupira. Il finit par ouvrir l'enveloppe et par lire les résultats. Il leva une main vers son front tandis qu'une expression de soulagement intense illuminait son visage.

Angela faisait face à son père.

— Écoute, papa, tu sais combien je t'aime. J'ai consacré ma vie à soutenir Perry Holdings et tes rêves pour l'empire que tu as bâti. Mais j'ai finalement trouvé quelqu'un qui me rend vraiment heureuse. Et je ne laisserai pas ta haine absurde envers Ryder Currin nous séparer. J'espère que tu peux le comprendre.

— Cela prouve qu'il n'est pas le père de Roarke. Cela ne prouve pas qu'il n'a pas essayé de m'éloigner de ta mère. Cela ne change pas non plus le fait que j'avais le droit de…

— Je ne te demande pas la permission, papa, coupa brusquement Angela. Et je ne continuerai pas à tourner autour du pot avec toi à ce sujet. Je suis amoureuse de Ryder et je l'ai presque perdu parce que je t'ai laissé avec Lavinia me pourrir la tête. Et si tu ne peux pas respecter ma décision d'être avec lui, tu vas me perdre. Tout comme tu as perdu Roarke.

Ils se regardèrent en silence pendant quelques instants.

Son père soupira.

— Peut-être que tu as raison. Peut-être que je ne suis pas juste envers Currin. Mais je ne veux pas qu'il te fasse du mal.

Angela serra la main de son père.

— Ce n'est pas ce que je veux non plus. Tu nous as appris à ne jamais prendre de décision sous l'effet de la peur. Si je m'éloigne de lui parce que je crains ce qui pourrait arriver entre nous, je le regretterai toujours.

— J'espère alors que Ryder Currin est bien l'homme que tu crois qu'il est.

Il se pencha et l'embrassa sur la joue.

— C'est pour ton bien.

Angela l'espérait aussi.

- 14 -

Roarke gara son SUV de location à côté de la voiture d'Angela et se précipita à l'intérieur du ranch Perry. Il trouva son père et sa sœur assis dans le salon.

Il frappa des mains, un large sourire sur le visage.

— J'ai de bonnes nouvelles !

— Je sais.

Sterling tapota une grande enveloppe posée sur la table basse. Il reconnut les résultats du test de paternité que Ryder leur avait donné ce jour-là au café.

— Ce n'est pas ce que je voulais dire.

— Alors quelle est ta bonne nouvelle, Roarke ?

Angela s'approcha de lui.

— Il s'agit du dossier de fraude.

Il se tourna vers Sterling.

— J'ai demandé à mes enquêteurs d'examiner les documents d'investissement de certains de tes clients qui ont perdu gros récemment, ainsi que tes informations bancaires. Cette affaire ne répond nullement à la définition légale d'une pyramide de Ponzi. Tu ne garantissais le rendement de personne et tu n'utilisais pas l'argent des nouveaux investisseurs pour payer les précédents. L'action se portait plutôt bien jusqu'à ce que les rumeurs et les insinuations provoquent la panique, ce qui a fait ensuite dégringoler sa valeur. J'ai partagé tout ce que j'ai trouvé avec tes avocats.

— Alors pourquoi les accusations n'ont-elles pas été abandonnées ? demanda Angela, visiblement impatiente.

— Le FBI n'allait certainement pas prendre notre documentation pour parole d'évangile. Ils n'étaient pas non plus pressés de prouver l'innocence de papa quant aux accusations de fraude. Surtout avec l'enquête pour meurtre en cours.

Roarke se dirigea derrière le bar pour se servir un verre de scotch et de soda.

— Mais j'ai appelé l'agent responsable du dossier de fraude et il a dit que Ster… papa sera libéré de l'assignation à résidence dès qu'il pourra faire venir quelqu'un pour lui enlever ce machin.

Roarke hocha la tête vers la cheville de son père.

— Dieu merci.

Sterling leva la jambe de son pantalon et gratta sous le moniteur.

— Ce machin me rend fou, et ne pas pouvoir sortir de la maison n'arrange rien. Je dois retourner à mon bureau dès que possible. Nous devons mettre au point une stratégie pour contrer toute la mauvaise publicité que cette affaire a faite à notre entreprise. Je devrais porter plainte contre la police et les autorités fédérales pour fausse arrestation et leur faire payer les pertes financières que cela a provoquées. Et même ainsi, rien ne dit qu'on reverra un jour la couleur de notre argent.

— Détends-toi, papa.

Angela posa une main sur l'épaule de son père. Puis elle se tourna vers Roarke et le serra dans ses bras.

— Tu es un avocat d'enfer, petit frère. Je ne te remercierai jamais assez.

Elle ébouriffa ses cheveux.

— Merci, Ang.

Parce qu'il avait choisi de ne pas travailler dans leur entreprise familiale, il avait souvent ressenti la déception non seulement de son père mais aussi de ses sœurs. Cela lui faisait donc du bien d'être reconnu comme capable d'amener du positif chez les Perry.

Sterling s'approcha de lui, la main tendue.

— Oui, absolument ! Merci, mon fils. Je ne peux pas vous dire à quel point j'apprécie ce que vous, tu as fait pour moi.

— Heureux d'avoir pu faire ma part.

Roarke serra la main de son père.

— Mais il est trop tôt pour faire la fête. Il y a encore l'enquête pour meurtre.

Angela acquiesça tristement.

— Je sais. Pauvre Vincent. Il n'était peut-être pas le meilleur employé, mais il ne méritait certainement pas de finir ainsi.

— Ils ne croient quand même pas que j'ai quelque chose à voir avec la mort de cet homme ?

Sterling fronça les sourcils.

— Selon les enquêteurs, des gens au sein de l'entreprise pensent que Vincent avait détecté ta pyramide de Ponzi et avait menacé de te dénoncer. Alors tu l'as tué ou tu as engagé quelqu'un pour le faire. Dans tous les cas, tu es leur suspect numéro un maintenant.

— Mais tu viens de démontrer que je n'ai voulu escroquer personne ! Alors, quel motif valable aurais-je eu pour tuer ce type ?

— Et si Vincent est celui qui a lancé les rumeurs au départ ? demanda Angela. L'impression que Perry Holdings a voulu frauder les investisseurs a généré des pertes substantielles pour notre entreprise et nos clients. Cela ne donnerait-il pas à papa un bon motif de vouloir faire taire Vincent ?

— De quel côté es-tu ? grommela Sterling.

— Du tien, bien sûr, assura-t-elle. Mais nous devons regarder cette chose sous tous les angles.

— Elle a raison, papa. C'est la seule façon de garder une longueur d'avance. Nous devons nous mettre dans leur tête et anticiper leurs prochains mouvements.

Roarke était assis dans un fauteuil, et sirotait son scotch et son soda.

— Et maintenant, on fait quoi ?

Sterling ramassa son verre sur la table et vida d'un trait le whisky qui s'y trouvait.

— Tout d'abord, on prie pour que le détective Warren et son équipe soient suffisamment malins pour trouver le vrai tueur, et vite.

Roarke posa son verre sur un napperon de la table.

— Ensuite, on continue à chercher des indices. Pour savoir si quelqu'un pouvait en vouloir à Vincent Hamm. Ou à toi.

Sterling et Angela semblaient estomaqués par cette possibilité. Mais en vérité, son père collectionnait les ennemis comme d'autres pouvaient le faire avec les timbres ou les pièces rares. Il y avait une liste longue comme le bras de personnes à l'extérieur de l'entreprise, et quelques-unes à l'intérieur, qui pouvaient vouloir se venger de Sterling Perry. Son père aurait pu donner des cours sur la manière de se faire détester. Qui le connaissait finissait souvent par le mépriser.

C'était une leçon que Roarke avait apprise de première main.

— Combien de temps tu restes à Houston ? demanda Angela à son frère.

— Jusqu'à ce que cette affaire soit réglée.

Roarke haussa les épaules.

— J'ai pris des dispositions avec mon bureau de Dallas.

— C'est super, Roarke. Tu sais combien j'apprécie cela, mais je ne peux pas m'empêcher de me demander si ton récent rapprochement avec une belle jeune femme a contribué à ta décision.

Elle sourit.

— Si oui, rappelle-toi simplement ce dont nous avons parlé plus tôt.

Ses sœurs ne pouvaient tout simplement pas s'empêcher de l'asticoter au sujet de sa vie amoureuse.

— Non, cela n'a rien à voir avec Annabel.

— Bien sûr, petit frère.

Le sourire taquin d'Angela montra clairement qu'elle n'en croyait pas un mot.

Elle attrapa son sac à main et se leva.

— Je vais dîner avec son père ce soir. Je la saluerai de ta part si je la croise.

— Attendez, c'est de la fille de Currin que vous parlez ?

Le regard de Sterling se déplaça d'Angela à Roarke.

— On est dans une grande ville, tu étais vraiment obligé d'aller frayer avec Currin ?

Roarke soupira et leva les yeux au ciel.

— Merci, ma sœur.

— À ton service.

Elle se mit à siffloter en prenant la direction de la porte d'entrée.

— Bonne soirée, tout le monde.

Roarke termina son verre alors qu'un silence gênant s'abattait dans la pièce.

— Je suis certain que tu as eu une longue journée, alors je vais juste…

Roarke alla pour se lever.

— Tu prendrais un autre verre avec ton vieux père ? demanda Sterling.

— Mieux vaut pas.

Roarke se frotta les paumes sur les jambes de son pantalon.

— J'ai de la route à faire jusqu'à l'appartement. Un Perry sous bracelet électronique, ça suffit, tu ne crois pas ?

— Ce n'est pas faux.

Sterling gloussa.

— Après, tu peux rester dormir ici si tu veux. J'allais pour ma part me mettre quelques vieux westerns. Tu te rappelles qu'on faisait ça tous les samedis soir quand tu étais petit ?

Sa bouche se courba dans un sourire involontaire alors qu'il se souvenait des nuits passées à regarder de bons vieux westerns spaghettis, des Clint Eastwood, Charles Bronson, Lee Van Cleef ou Henry Fonda. Des films violents que sa mère n'appréciait pas.

Un des nombreux sujets de désaccord entre ses parents.

— Cela semble amusant, mais je…

— Allez, mon fils.

La voix de son père était aussi douce que suppliante.

Roarke étudia l'expression de Sterling. Pour la première fois de toute sa vie, son père ne ressemblait pas à l'imposant géant dirigeant son empire d'une main de fer. Le père qui ne laissait entrevoir sa sensibilité qu'avec ses filles.

Peut-être que Sterling Perry ne montrait sa vulnérabilité que tous les soixante-dix ans…

— J'aimerais vraiment que tu restes. Cela nous donnera l'occasion de parler.

Sterling se leva, attrapant son verre sur la table. Il prit également le verre de Roarke.

— Alors, qu'est-ce que je te sers, fiston ?

— Scotch et soda.

Il n'était pas non plus dans les habitudes de son père de l'appeler *fiston*.

— Merci, papa.

Sterling amena leurs verres derrière le bar et versa leurs boissons. Il tendit le sien à Roarke, puis retourna s'asseoir. Ils sirotèrent en silence pendant de longues minutes.

— Donc il faut s'attendre à ce que le FBI abandonne les accusations de fraude liées aux rumeurs d'une pyramide de Ponzi ? demanda Sterling.

Roarke posa son verre sur la table après avoir bu une profonde gorgée.

— Oui, mais, jusqu'à ce que tu sois aussi blanchi de l'enquête pour meurtre, mieux vaut faire profil bas.

— Merci, Roarke. Pour tout ce que tu as fait ces dernières semaines. Je sais que tu as ta vie et ton travail à Dallas. Et, avouons-le, je ne suis pas près de gagner le prix du père de l'année en ce qui te concerne. Je ne t'en aurais pas voulu si tu avais préféré garder tes distances. Mais sache que je t'en suis très reconnaissant

— Content d'avoir pu aider.

Roarke acquiesça et accepta le compliment. Soit une situation aussi peu familière qu'inconfortable pour les deux hommes.

— Roarke, fit Sterling après un autre long silence. Je suis désolé, mon fils. Je sais que j'ai été beaucoup plus dur avec toi qu'envers tes sœurs. Je sais que tu penses que c'est parce que…

Son père baissa les yeux sur l'enveloppe sur la table.

— Ce n'était pas le cas. Au moins, je me suis toujours dit que non. Que j'avais juste besoin de t'endurcir. Pour être sûr que tu deviennes assez fort pour endosser le rôle de patriarche de cette famille.

Roarke analysa soigneusement les paroles de son père. Au fil des ans, il avait appris à enfouir la douleur et la colère que l'attitude de son père provoquait en lui. Il s'était aussi convaincu que l'avis de son père ne comptait gère. Un moyen efficace de se préserver de la honte et de la déception. Parce qu'il n'avait jamais voulu être comme Sterling Perry, de toute façon.

Mais en vérité, cela lui avait fait un mal de chien de voir continuellement de la distance et du regret dans les yeux de Sterling Perry. Comme tout être humain, il aurait voulu que son père soit fier de lui.

— J'apprécie d'apprendre que tu faisais cela pour m'endurcir.

Roarke but une gorgée de scotch et de soda.

— Mais je dois t'avouer que cela n'a pas toujours été facile pour moi.

— Je sais.

Les rides s'étalaient sur le front de Sterling.

— Et je ne peux pas non plus te donner tort. Mais je pense que nous savons tous les deux qu'autre chose rentrait en jeu.

— J'apprécie ton honnêteté, vraiment.

Le cœur de Roarke battait à mille à l'heure alors que les souvenirs se précipitaient dans son esprit.

— Mais si tu pensais vraiment que j'étais le fils de Ryder Currin, pourquoi n'as-tu pas demandé un test de paternité à ma naissance ? Ou à un tout autre moment au cours de ces vingt-huit dernières années ? Tu aurais pu tous nous épargner beaucoup de chagrin.

Sterling joua un temps avec son verre, puis le posa sur la table avec un bruit sourd. Il soupira fortement.

— En vérité, j'étais terrifié à l'idée que ce soit vrai. Qu'une fois que j'en aurais eu la confirmation notre relation n'aurait jamais pu s'en relever.

Roarke réprima la colère et l'amertume qui lui brûlaient les poumons. Des émotions qu'il avait enfouies profondément.

Il ignora la partie de lui-même qui voulait crier et jurer. Frapper des poings sur la table et dire à Sterling Perry ce qu'il pouvait faire de ses excuses arrivées avec deux décennies de retard.

— Je suis désolé, il est tard et j'ai une téléconférence demain tôt.

Roarke se leva brusquement.

— Tu n'as vraiment pas besoin d'y aller, fiston. Pour tout te dire, j'aimerais que tu me tiennes compagnie.

— Le marathon western spaghettis est une super idée, mais un autre soir, d'accord ?

— Roarke.

Son père le suivit jusqu'à la porte.

— Oui ?

Roarke se tourna pour lui faire face.

— Ce qu'Angela a dit… C'est vrai pour la fille de Currin et toi ?

Roarke se frotta la nuque.

— Je l'aime bien, oui. Je l'aime beaucoup, même. Mais je ne sais pas vraiment où tout cela va nous mener. Je ne vois pas l'intérêt de commencer une histoire alors qu'elle ouvre sa boutique ici et que j'ai mon cabinet à Dallas.

— En effet, acquiesça Sterling. Mais Houston, c'est ta maison. C'est là que se trouve ta famille. Tes sœurs et moi adorerions que tu t'y installes.

— C'est gentil, mais je suis très bien à Dallas.

Roarke tapota l'épaule de son père.

— Allez, bonne nuit.

Il sortit et inspira profondément, heureux de la sensation de l'air frais remplissant ses poumons. D'un pas alerte, il se dirigea vers sa voiture. Il n'y avait qu'une seule personne avec qui il avait envie de parler.

- 15 -

Annabel fit glisser dans ses mains quelques bulles parfumées et leur souffla dessus, avant de les regarder se disperser à la surface de l'eau. Elle était adulte, mais elle adorait toujours un bon bain moussant, autant que lorsqu'elle était enfant. Pour son blog vidéo et ses réseaux sociaux, il lui était même arrivé de se filmer depuis sa baignoire pour montrer comment utiliser des produits de beauté faits maison. En portant un bikini, bien évidemment.

Sauf que ce soir il n'y avait ni maillot de bain ni public. Elle se détendait simplement après une longue journée à la boutique, remplie de bonnes et de mauvaises nouvelles.

Il y en avait eu de merveilleuses, comme la rencontre avec les Lewiston… et l'incroyable baiser qu'elle avait partagé avec Roarke. Mais il y avait la nouvelle qui l'avait frappée comme un coup de poing dans le ventre. En ce qui concernait Mason, elle n'avait été qu'une pauvre idiote crédule. Ensuite, il y avait eu la dispute avec son frère au sujet de Roarke qui était son avocat. Et elle ne pouvait s'empêcher de se sentir offensée par le fait que Roarke n'ait pas dit à son frère que leur relation dépassait celle d'un conseil et de sa cliente.

Mais pouvait-elle pour autant définir leur relation ?

Non, elle savait qu'elle avait envie de Roarke Perry

avec une force qui la surprenait elle-même. Et que, malgré sa réticence, Roarke semblait lui aussi ressentir.

Annabel allongea une jambe et s'enduit de son gommage au sucre de mangue exfoliant préféré.

Elle venait à peine de sortir de la baignoire et de commencer à se sécher quand son téléphone sonna. Elle s'enroula dans une serviette et répondit.

— Roarke. Salut.

— Salut, Annabel.

Il n'avait dit que deux mots, mais quelque chose dans sa voix la mettait mal à l'aise.

— Tout va bien ?

Roarke lui donna des nouvelles du dossier de son père, notamment le fait qu'ils s'attendaient à ce que son assignation à résidence soit bientôt levée.

— C'est une excellente nouvelle, non ?

Elle se serait attendue à ce qu'il paraisse plus enthousiasmé par l'abandon des accusations de fraude contre Sterling.

— Oui, acquiesça-t-il. C'est une excellente nouvelle.

Alors pourquoi ne semblait-il pas plus heureux ?

Il y avait quelque chose qu'il gardait sous silence.

— Alors pourquoi n'es-tu pas avec ton père en ce moment, à écluser quelques bières ? demanda-t-elle en se séchant les cheveux.

— Sterling Perry est plus du genre whisky single malt.

Il y avait de l'ironie dans sa voix, mais aussi un accent de tristesse.

— Je viens de quitter le ranch, en fait, et…

L'appel devint soudainement silencieux. Elle commençait

à se demander si la ligne n'avait pas été coupée quand il finit par reprendre la parole.

— Oh ! il est tard. Je dois sans doute te déranger.

— Roarke, que se passe-t-il ?

Annabel s'assit sur le rebord de la baignoire.

— Parle-moi, insista-t-elle.

Il sembla hésiter, puis poursuivit :

— Angela a montré à Sterling les résultats du test de paternité ce soir. Il voulait m'en parler.

— Est-ce qu'il remet en question leur validité ?

Elle n'avait jamais été fan de Sterling Perry. Mais s'il avait causé encore plus de chagrin à Roarke, elle pourrait sérieusement revenir sur sa promesse de ne plus jamais rayer la voiture de personne.

— Non, en fait, il s'est excusé.

Roarke avait l'air de ne pas y croire.

— Il prétend qu'il n'avait pas l'intention de me faire du mal, mais il a quand même admis que le fait que j'aurais pu ne pas être son fils biologique avait beaucoup joué dans notre relation.

Elle pouvait sentir son chagrin. La tristesse, la douleur et la colère contenues sous son ton réservé. Et elle avait énormément envie de le réconforter.

— L'entendre enfin s'excuser après tout ce temps a dû te bouleverser. Je ne peux même pas imaginer ce que tu ressens, Roarke, mais je suis là, si tu as besoin de parler.

— Sterling m'a demandé de rester au ranch ce soir afin que nous puissions regarder de vieux films de cow-boys comme nous le faisions quand j'étais enfant. C'était un beau geste. Une partie de moi a apprécié sa proposition.

— Mais une autre partie trouve qu'il est difficile de

pardonner et d'oublier, comme si rien de tout cela ne s'était jamais produit, n'est-ce pas ?

Elle en avait le cœur brisé.

— Précisément. J'ai l'impression d'être trop indulgent. Trop vite, trop facilement.

Sa voix était basse et triste.

— Une partie de moi se dit aussi qu'il devrait souffrir comme je l'ai fait. Je sais que c'est horrible de penser cela. Que je devrais plutôt accepter le rameau d'olivier qu'il me tend.

— Ce que tu ressens est humain, Roarke. Tu as construit un mur autour de ton cœur en ce qui concerne ton père. C'était ta façon de gérer la douleur. Il n'est pas surprenant que tu aies besoin de temps pour abattre ce mur.

— Merci, Annabel.

— Pourquoi ?

— Pour me comprendre, dit-il simplement. J'écoutais mon père ce soir, en essayant d'absorber ce qu'il disait sans me noyer dans ce déluge de rage que j'ai essayé d'écoper toute ma vie. Et puis la soirée sur la plage de Galveston avec toi m'est revenue à l'esprit, d'un coup. J'ai su que je devais te parler. En fait, j'aurais aimé qu'on puisse se voir tout de suite.

— Si tu m'avais demandé de venir à la plage avec toi ce soir, Roarke, j'aurais dit oui.

— C'est bon à savoir.

Il semblait soulagé.

— Le week-end prochain, peut-être ?

— Oui, peut-être, dit-elle. Mais en attendant, que dirais-tu de dîner chez toi demain ? Je peux me charger du repas. J'ai juste besoin d'une adresse.

Elle rentra les informations qu'il lui dicta dans son téléphone et souhaita une bonne nuit à Roarke.

Annabel ne pouvait pas expliquer la forte attraction qu'elle ressentait pour Roarke. Elle ne pouvait pas non plus expliquer pourquoi ils s'étaient si vite rapprochés l'un de l'autre. Elle savait seulement qu'il y avait quelque chose de spécial dans la relation qu'ils étaient en train de construire. Et l'idée qu'il reparte pour continuer sa vie à Dallas lui semblait tout bonnement insupportable.

Roarke retourna dans son appartement et jeta les clés sur le comptoir de la cuisine. Son esprit bourdonnait toujours de tous les événements de la journée. Il travaillait souvent jusque tard dans la nuit lorsqu'il était au milieu d'une affaire. Pourtant, ce soir, son esprit avait atteint le point d'épuisement.

Il sortit une bouteille d'eau du réfrigérateur et ôta le bouchon.

Sterling Perry s'était excusé.

Roarke était toujours en état de choc et se demandait presque s'il n'avait pas rêvé. Jamais de toute sa vie il n'avait entendu son père prononcer le mot « désolé ». Et il avait depuis longtemps arrêté d'espérer que son père exprime un jour des remords quant à la façon dont il l'avait traité…

Sterling était de l'ancien monde et d'une mentalité estimant que les excuses étaient une marque de faiblesse à éviter à tout prix. C'était une philosophie à laquelle Roarke ne souscrivait absolument pas.

Au contraire, il lui était impossible de respecter quelqu'un qui n'avait pas le courage ou la lucidité d'admettre ses torts.

Mais voir ce soir la fragilité et l'humilité de son père l'avait bouleversé. Avec ses sœurs, ils plaisantaient souvent en disant qu'il allait probablement tous les enterrer car il était trop acariâtre pour mourir. Mais l'homme que Roarke avait vu ce soir était un simple mortel en quête de rédemption.

Roarke se déshabilla et sauta sous la douche, espérant que l'eau chaude battant sur sa peau l'aiderait à calmer son esprit et à nettoyer son corps autant que le désordre embrouillé de son cerveau. De la vapeur se leva et remplit la pièce tandis qu'il se savonnait.

Ses pensées se tournèrent alors vers Annabel.

Son père lui avait demandé s'il était sérieux à son sujet. C'était une question tellement lourde. À laquelle il n'avait aucune réponse simple.

Oui, il ne connaissait pas Annabel Currin depuis longtemps. Alors, pourquoi avait-il l'impression de la connaître depuis toujours ? Et comment se faisait-il qu'elle semblait elle aussi le connaître comme personne d'autre ? Assurément comme personne de sa famille ni aucune femme avec qui il était sorti.

Annabel était espiègle et tendre. Elle faisait ressortir une facette de sa personnalité dont il avait presque oublié l'existence. Et lui faisait comprendre que, même lorsque votre vie est chaotique, il est normal d'être humain. De profiter de la vie et d'essayer d'être heureux. Quelque chose qu'il semblait avoir oublié depuis qu'il avait ouvert son cabinet.

Roarke aimait son travail et il était fier d'aider les autres. Mais les dossiers dont il s'occupait avaient de quoi peser sur sa joie de vivre. Il s'était promis de ne jamais mettre son travail au-dessus de sa vie privée, comme l'avait fait son père. Pourtant, avant de revenir au pays pour aider son père et de rencontrer Annabel, il n'y avait désormais plus aucune différence entre son travail et son existence.

Quand avait-il vraiment pris le temps d'apprécier un repas avant le petit déjeuner qu'Annabel avait préparé à la plage ? Chez lui, il avait pris l'habitude, sans même s'en rendre compte, de se réchauffer quelque chose au micro-ondes avant de l'avaler devant son écran d'ordinateur.

Et ça faisait aussi longtemps qu'il n'avait pas fait quelque chose d'aussi simple et merveilleux que de marcher le long d'une plage par une nuit tranquille, comme il l'avait fait main dans la main avec Annabel.

Il avait parfaitement conscience de toutes les raisons qui lui dictaient de faire attention.

Elle était une cliente. Liée à sa famille. Il devait garder ses distances. Et ne pas ignorer qu'elle venait à peine de rompre ses fiançailles…

Toutes les nuits, il n'arrêtait pas de tourner les mots dans son esprit en fixant le plafond, incapable de trouver le sommeil parce que Annabel l'obsédait.

Roarke ferma l'eau et se sécha avec une épaisse serviette de bain. Sa peau encore partiellement humide, il enfila un T-shirt délavé et un vieux short pour dormir. Un reste des affaires qu'il avait récupérées dans son ancienne chambre au ranch de son père.

Il alla à la cuisine pour dénicher dans le frigo un dernier snack à grignoter avant de dormir.

Quelqu'un frappa à la porte.

Il regarda sa montre. Minuit passé. C'était sans aucun doute sa sœur qui voulait prendre de ses nouvelles après son rendez-vous avec Ryder et voir comment s'était passée la conversation avec leur père.

Il envisagea de ne pas répondre. Après tout, une partie de lui était toujours agacée que sa sœur l'ait obligé à vider son sac avec Sterling.

Il y eut un autre coup à la porte, celui-ci plus insistant.

Roarke se résigna à aller ouvrir.

— Écoute, Angela…

— Eh non, ce n'est pas ta sœur.

Annabel arborait un sourire espiègle, ses yeux bruns débordant de malice. Dans ses mains, elle tenait deux sacs en papier blanc. L'arôme savoureux qui s'en exhalait fit gronder son estomac.

— J'espère que tu n'es pas trop déçu. Puis-je entrer ?

— Bien sûr.

Il s'écarta.

— Nous sommes officiellement demain, donc je suis venue comme convenu avec le dîner. Je crois que tu as besoin d'une amie ce soir.

— Je devais avoir l'air vraiment pitoyable au téléphone.

Il l'embrassa sur la joue et la déchargea des sacs. Son contenu était encore chaud.

— Mais je suis bien heureux de te voir. Qu'est-ce que tu m'as apporté ?

— J'espère que tu es d'humeur pour du chinois. Je ne savais pas trop ce que tu aimes, alors j'ai pris un peu de tout. Du riz cantonais, des nouilles sautées aux légumes, des nems, du porc aigre-doux et des boules coco. J'adore ce restaurant, il est situé dans un quartier un peu interlope, mais il vaut vraiment le détour.

— Je ne peux pas croire que tu aies risqué ta vie pour m'apporter à manger !

Elle éclata de rire.

— Tu verras, une fois que tu auras goûté à ces plats, tu comprendras ma folie.

Elle retira son sac à dos en cuir et le posa sur une chaise. Ses yeux parcoururent l'espace.

— Sympa, l'appart.

— Merci. Assieds-toi.

Il lui indiqua les tabourets de bar dans la cuisine.

— Je vais trouver quelques assiettes, dès que je saurai où elles sont.

Il ouvrit un placard après l'autre.

Annabel sauta du tabouret et se glissa devant lui.

— Ça va peut-être aller plus vite si je m'en charge.

Il allait objecter quelque chose, mais il dut vite se rendre à l'évidence : elle avait raison. Il n'avait pas mis les pieds dans cet appartement depuis des lustres, et ce n'était pas son absence de mémoire visuelle qui allait pouvoir l'aider.

Elle lui fit un signe de la main, indiquant qu'il pouvait s'asseoir pendant qu'elle regardait les placards. Mais alors qu'il se tenait derrière elle, il fut attiré par le doux parfum céleste montant de sa peau caramel.

Il ferma les yeux et répéta silencieusement son mantra familier : cliente, famille, distance, fiançailles, cliente, famille, distance, fiançailles…

Sauf que cela n'eut absolument pas l'effet escompté. Tout son corps se tendit alors que semblait se casser le tout dernier fil qui le liait à une maîtrise de soi civilisée.

Il se rapprocha et entoura de ses bras la taille étroite d'Annabel, puis serra contre lui ses fesses rondes et fermes.

Annabel gémit doucement. Elle posa ses mains sur les siennes. Sa tête pencha sur le côté, et il en profita pour lui caresser le cou et inhaler à pleins poumons son odeur enivrante.

— Tu sens tellement bon, j'aurais presque envie de te croquer.

Son corps fondit contre le sien. Sa poitrine se soulevait et retombait alors que le rythme de sa respiration s'accélérait. Elle fit pivoter ses hanches, ce qui eut comme effet d'augmenter le contact entre eux.

Il l'embrassa sur l'épaule, dévoilée par l'encolure de sa robe.

Quand elle inclina son menton pour rencontrer son regard, il se noya dans ses beaux yeux bruns. Il se pencha et happa ses lèvres sensuelles dans un baiser gourmand.

Il glissa ses mains vers le bas, agrippa l'ourlet de sa robe et l'installa sur le comptoir de la cuisine.

Il avait faim. Infiniment faim d'Annabel Currin.

Et il en avait assez de se priver.

Le cœur d'Annabel battait la chamade et, entre ses cuisses, des pulsations agitaient sa chair humide. Roarke l'allongea sur son lit et se hissa au-dessus d'elle.

Une odeur de propre et un parfum boisé envahirent ses narines. Quel goût pouvait bien avoir sa peau ? Il ôta son T-shirt délavé et son short, libérant son érection. Annabel se mordit la lèvre, tendue de désir. Il déposa des baisers sur ses seins, égratignant sa peau de sa barbe naissante. Lorsqu'il prit l'un de ses délicats mamelons dans sa bouche et se mit à le sucer, elle glissa sa main dans ses cheveux en poussant un doux soupir.

Il continua à descendre en parsemant son corps de baisers, et sourit en découvrant les chaînes en or rose ornées de breloques attachées à sa taille, entre chaque pan de son bikini fleuri.

— Charmant, murmura-t-il, la bouche contre sa peau, en observant les bijoux : des cerises, la lettre X et des lèvres rouges. Mais ce que je préfère, c'est la facilité avec laquelle ça s'enlève.

Il détacha les chaînes sur chaque hanche et parsema de baisers la surface impeccablement épilée. Chaque baiser le rapprochait un peu plus de l'espace entre ses cuisses, qui pulsait de plus en plus violemment, attendant son contact.

Lorsqu'il embrassa du bout des lèvres son clitoris gonflé et humide, elle poussa un gémissement et agrippa ses cheveux. Il se mit à le lécher, puis à le sucer, et elle eut la certitude qu'elle allait exploser. Elle enfonça les talons dans le matelas et souleva les hanches pour être au plus près de sa bouche, avide de cette délicieuse sensation.

Roarke écarta doucement les replis de sa chair et continua de lécher la peau si sensible jusqu'à ce qu'elle se mette à crier de plaisir.

Il remonta à son niveau sur le lit.

— Tu as bon goût partout, murmura-t-il en déposant un baiser près de son oreille.

— Ravie que ça te plaise.

Elle haletait, encore à bout de souffle.

Il allongea le bras vers la table de nuit, et sortit une boîte dont il tira des emballages carrés. Il en déchira un et enfila un préservatif avant de l'embrasser dans le cou et de se replacer au-dessus d'elle.

Elle avait une telle envie de lui que son corps vibra lorsqu'il entra en elle, ses yeux plantés au fond des siens. Elle s'agrippa à ses reins et se mit à gémir en réponse à la sensation de plénitude que Roarke lui procurait. Elle passa les jambes autour de sa taille pour l'attirer plus profondément en elle.

La friction de leurs deux corps ondulant à l'unisson l'amena de nouveau au bord de l'extase, et elle sentit la vague de plaisir revenir, jusqu'à ce que les digues lâchent soudain. Elle cria son nom, la partie la plus intime de son corps secouée de spasmes.

Il continua de bouger en elle, haletant de plus en plus, jusqu'à ce que son corps se raidisse et que lui aussi explose en elle, les yeux dans les siens, son prénom sur ses lèvres.

La pulsation du corps de Roarke à l'intérieur du sien envoya des ondes de plaisir qui la traversèrent, prolongeant l'effet de l'incroyable orgasme qu'il lui avait donné.

Roarke déposa un baiser sur ses lèvres et, du pouce, lui caressa la joue.

— Tu es absolument incroyable, Annabel.

Il s'allongea sur le dos et passa un bras derrière la tête.

— Hum, murmura Annabel d'un ton songeur en se blottissant contre lui, le corps éminemment satisfait.

Elle posa un bras sur son ventre et lui embrassa le torse.

— Toi aussi.

Pourtant, malgré la détente absolue que lui procurait ce moment de plénitude intense de tous ses sens, malgré la tendresse grandissante dont elle sentait son cœur s'emplir, elle ne pouvait s'empêcher de penser à la douleur qui l'attendrait quand le temps viendrait de le laisser partir.

- 16 -

Les yeux de Roarke s'ouvrirent lentement. La pièce était d'un noir absolu, grâce aux lourds rideaux qui l'obscurcissaient. Une configuration que la plupart des cadres qui louaient l'appartement semblaient apprécier. Il retourna son poignet et vérifia sa montre. Il avait ignoré son réveil précédent et il était maintenant près de 8 heures du matin. Bien au-delà de son heure de réveil habituel.

Il tendit son bras libre. L'autre était sous Annabel alors qu'il la ramenait contre son torse.

C'était une habitude qu'il pourrait prendre… Se réveiller avec Annabel dans ses bras.

La nuit précédente, ils avaient fait l'amour deux fois, s'étaient endormis, puis s'étaient réveillés au milieu de la nuit. Ils avaient mangé de la nourriture chinoise au lit et avaient ensuite refait l'amour.

Pas étonnant qu'ils soient tous les deux épuisés.

Roarke déposa un baiser sur le front d'Annabel, et elle marmonna quelque chose avant de se retourner dans la direction opposée.

Annabel Currin était tout ce qu'il avait toujours voulu chez une femme. Elle était magnifique, intelligence, sagace, et elle l'avait tellement fait rire que ses muscles abdominaux étaient encore douloureux.

Ils se connaissaient depuis si peu de temps. Pourtant,

il avait développé une affection si profonde pour elle. Des sentiments qui ressemblaient beaucoup… à de l'amour.

Il laissa échapper un gémissement et glissa son bras sous Annabel avant de sortir du lit. Roarke jeta quelques cartons de nourriture chinoise vides à la poubelle avant d'entrer dans la douche.

Les mains pressées contre le mur, il ferma les yeux et laissa l'eau chaude s'écouler sur sa peau.

Annabel.

C'était une femme remarquable, contrairement à toutes celles qu'il avait connues jusque-là. Si les circonstances étaient différentes, il pourrait dire à Annabel ce qu'il ressentait pour elle. Mais il n'était pas intéressé par une relation à distance. Et un déménagement n'était pas une option, ni pour lui ni pour elle.

Alors, où cela les menait-il ?

Dans une magnifique impasse…

Après leur nuit à la plage, une partie de lui se demandait s'il n'aurait pas mieux valu qu'ils ne se rencontrent jamais. Ils n'auraient pas eu ainsi à surmonter la douleur de se séparer. Mais il avait aussi rapidement compris que passer du temps avec Annabel était un cadeau.

De ceux qu'on ne peut jamais regretter.

La porte de la douche s'ouvrit, et il se tourna pour voir Annabel entrer. Elle enroula ses bras autour de lui par-derrière, le côté de son visage pressé contre son dos.

— Bonjour, beau gosse.

Elle déposa un baiser sur sa peau humide.

— Comment vas-tu ce matin ?

— Mieux. Beaucoup mieux.

Il posa ses mains sur les siennes et tourna une épaule pour l'embrasser.

— Je ne veux pas que tu penses que c'est pour ça que je t'ai appelée hier soir. Mais je suis très heureux que tu sois passée.

— Bien. Parce que moi aussi je suis très contente d'être passée. En fait, j'espère même ne pas m'arrêter là.

Elle l'embrassa dans le dos, sa main descendant pour caresser l'érection qui s'était manifestée à la seconde où il avait posé les yeux sur son corps nu entrant dans la douche.

Il aurait pu rire, mais son cerveau était trop concentré sur le mouvement de sa main et sur la sensation de ses seins nus pressés contre son dos.

— Oh non, marmonna-t-il sous son souffle.

La sensation prit forme, enroulant lentement sa colonne vertébrale. Son besoin devenait incontrôlable. Chaque muscle de son corps se tendait et désirait si ardemment la libération.

— Bébé, non.

Il put à peine prononcer ces mots. Mais il avait besoin qu'elle s'arrête avant qu'il ne soit trop tard. Aussi incroyables que les mouvements de ses mains pouvaient être, il ne voulait pas rester seul dans son plaisir. Il voulait la pénétrer et les emmener tous les deux dans une promenade torride.

Sauf qu'Annabel n'avait visiblement aucune intention de s'arrêter. Elle traînait des baisers sur son dos alors que sa main glissait de haut en bas sur son sexe aussi dur que l'acier et que l'autre le soutenait par en dessous. Il perdit la dernière goutte de volonté de résister quand le cocktail de sensations érotiques le poussa à toute allure sur la route de l'orgasme. Ses mains posées à plat sur le carrelage se crispèrent, et il n'eut plus d'autre option que de se laisser aller. Complètement.

Respirant fortement, il s'effondra contre le mur de la douche. Quand il eut enfin récupéré, il se retourna et l'embrassa en prenant son visage en coupe tandis que sa langue rencontrait la sienne dans un baiser avide de passion.

Inutile de le nier. Il était bel et bien en train de tomber amoureux d'Annabel Currin.

Roarke était assis à côté d'Annabel devant l'îlot de la cuisine et attaquait sa deuxième gaufre. Il commençait à comprendre pourquoi certains de ses anciens amis d'université s'étaient épaissis après s'être mariés. À ce rythme, il arborerait une belle bouée d'ici la fin du mois.

Mais il ne pouvait envisager de meilleure façon de passer ses matinées que de la regarder se mouvoir dans son appartement, simplement vêtue d'un de ses T-shirts.

La télévision allumée diffusait son flot d'informations matinales, mais il n'en avait cure. Tout ce qui lui importait était Annabel et ce qu'ils avaient à se dire.

Alors que le petit déjeuner suivait son cours, elle sortit son téléphone et lui montra les dossiers des possibles candidats au ravalement de sa boutique. Certains avaient été cités par ses followers. Les autres, elle les avait connus grâce aux refuges pour femmes et à d'autres œuvres caritatives locales avec lesquelles elle avait souvent noué des partenariats.

Il n'avait pas encore pris conscience qu'il y avait bien plus dans les histoires de ces femmes qu'un désir de jolis vêtements et de maquillage luxueux. Certaines avaient survécu au cancer. D'autres avaient tout perdu lors d'une catastrophe naturelle. D'autres encore se reconstruisaient après avoir traversé des épreuves indescriptibles.

Soudain, il comprit pourquoi il se sentait tellement d'atomes crochus avec Annabel. Bien qu'ils aient grandi entourés de richesses, ils avaient tous les deux envie de les redistribuer et de faire le bien dans le monde, chacun à sa manière.

— Ce sera difficile de décider qui recevra un relooking complet chaque trimestre. Mais avec les revenus du spa et de la boutique de dépôt-vente, je pourrai sans doute augmenter le nombre de lauréates.

— Tu es une femme incroyable, Annabel.

Roarke lui rendit son téléphone portable.

— Mason Harrison ne t'arrivait même pas à la cheville. Je suis désolé qu'il t'ait fait du mal, mais je peux t'assurer que tu mérites beaucoup mieux.

Il l'embrassa sur la joue.

— Comme peut-être un jeune avocat militant qui se fiche de savoir s'il sera un jour payé pour son travail ?

Un sourire sexy se déploya sur son visage. Il aurait voulu faire glisser ses paumes le long de ses cuisses et l'emmener plus loin sur un tabouret de bar.

— Non.

Il se pencha et l'embrassa doucement, puis lui chuchota à l'oreille :

— Tu mérites aussi bien mieux que lui.

Un froncement de sourcils assombrit sa beauté, mais elle changea rapidement de sujet.

— J'ai hâte de commencer la rénovation des Doigts de fée. J'espère que la boutique sera ouverte quand les travaux du Club des éleveurs du Texas seront terminés.

Je pourrai peut-être envisager une collaboration avec le club.

— Ça me semble être une bonne idée, acquiesça-t-il. Je sais que tu as hâte de commencer la rénovation et que tu aimes Davis Lewiston et son petit-fils…

— Elliot. Il va être génial devant la caméra.

Elle nota quelque chose dans le cahier relié de cuir noir où elle consignait toutes ses idées pour son blog vidéo.

— Et, oui, je les aime vraiment.

— Ne t'attache quand même pas trop avant d'avoir vu leur devis et de vérifier leurs références, suggéra-t-il. J'admire ta passion pour ce projet, mais quand il s'agit de décisions d'affaires, il est préférable d'aborder la situation de manière logique plutôt qu'affective.

— J'apprécie que tu t'en préoccupes, Roarke.

Elle lui jeta un bref coup d'œil avant de reporter son attention sur le carnet de notes en cuir flanqué de ses initiales.

— Mais tu sais que je ne pourrais jamais travailler avec quelqu'un qui ne me comprend pas, n'est-ce pas ?

— Alors c'est une bonne chose que je te comprenne.

Roarke se pencha pour embrasser le sirop d'érable de ses lèvres boudeuses.

— Sans doute.

Son sourire courbait à peine ses lèvres et contrastait avec la tristesse qu'il lisait dans ses yeux.

Il lui caressa la joue avec son pouce.

— Qu'est-ce qui ne va pas ?

— Rien à quoi je veux penser en ce moment.

Elle posa son stylo et reporta son attention sur la télévision. Ses yeux s'écarquillèrent soudainement alors qu'elle désignait l'écran.

— Mais, c'est ton père, non ?

Roarke se tourna vers la télévision, puis se précipita vers la télécommande pour augmenter le son.

Sterling était vêtu d'un costume et portait un stetson. Il se tenait devant les bureaux de Perry Holdings, une mallette à la main et répondant aux questions posées par un parterre de journalistes. Le bandeau défilant au bas de l'écran indiquait que les accusations de fraude avaient été abandonnées contre le P-DG de Perry Holdings, Sterling Perry.

Les journalistes assaillaient son père de questions :

— Où est l'argent ?

— Qui a tué Vincent Hamm ?

— Bon sang.

Roarke passa une main sur son front.

À l'évidence, Sterling était de plus en plus irrité par les rafales de questions accusatrices des journalistes. Cela se voyait dans son langage corporel et le durcissement de son air naturellement renfrogné.

— Ai-je l'air du genre d'homme qui doit recourir au meurtre pour faire avancer les choses ?

Son père bouillonnait.

— Ce n'est pas un démenti, monsieur Perry, souligna une célèbre journaliste d'investigation. Avez-vous quelque chose à voir avec la mort de votre employé Vincent Hamm ? Ma source pense qu'il a découvert une fraude en cours dans l'entreprise et qu'il a été tué pour ne pas risquer que ces informations soient rendues publiques.

— Alors ta source ment, ma petite chérie. Parce que ces accusations sont débiles.

Le visage de son père était cramoisi.

— Arrête de parler et rentre dans le bâtiment tout de

suite ! cria Roarke à la télévision. Ce n'est pas le FBI, tu n'as pas à répondre à ses questions !

Roarke attrapa son téléphone portable et appela Angela. Messagerie.

Il envoya un SMS à son père en majuscules.

ARRÊTE TOUT DE SUITE DE PARLER AUX JOURNALISTES OU TU VAS TE FAIRE COLLER UNE PLAINTE POUR INSULTES PUBLIQUES.

— Bon, il va falloir que j'y aille, ou sa bouche va lui rapporter de nouvelles accusations.

Roarke se tourna vers Annabel, qui continuait de regarder la télévision les yeux grands ouverts.

— Reste aussi longtemps que tu veux, mais en partant il te faut une clé pour verrouiller la porte derrière toi.

Roarke fouilla dans un tiroir et trouva un double de ses clés, puis le remit à Annabel.

— Je sais que tu as probablement une journée bien chargée, mais j'aimerais vraiment te voir plus tard ce soir.

Il l'embrassa à nouveau.

— Et cette fois-ci, je m'occupe du dîner.

Il passa ses cheveux derrière son oreille.

— Je serai là, dit Annabel, avec toujours la même tristesse dans la voix. Mais comme je t'ai offert le meilleur de l'Asie à Houston, j'espère que tu sauras te montrer à la hauteur.

Il s'esclaffa.

— Défi relevé. Et on pourra parler.

À ces mots, il se précipita dans sa chambre et s'habilla en hâte avant de retourner dans la cuisine. Il embrassa une nouvelle fois Annabel et mit une pomme dans sa poche avant de laisser la porte de son appartement se refermer derrière lui.

Annabel était assise sur le tabouret de bar de la cuisine de Roarke. Elle se sentait plus à l'aise, plus chez elle qu'elle ne l'avait jamais été dans l'appartement de Mason. Ils avaient été fiancés depuis près d'un an, et jamais il ne lui avait proposé un tiroir.

Cela aurait dû être un premier indice : Mason était une ordure.

Roarke, lui, lui avait déjà donné ses clés.

Tout semblait plus simple et naturel avec lui.

La nuit avait été incroyable, et elle avait adoré se réveiller dans son lit avant de le rejoindre sous la douche. Elle avait adoré lui préparer le petit déjeuner, parler de leur journée et de leurs entreprises respectives.

Elle aimait tellement la compagnie de Roarke. Sauf que, dès que l'affaire de son père serait terminée, il allait retourner à Dallas.

Leur histoire avait une date d'expiration des plus courte…

À moins que je ne trouve un moyen de le garder à Houston ?

Sa vie à elle était ici, à Houston. Celle de Roarke à Dallas. Il avait fallu une crise familiale et un test de paternité pour ramener Roarke chez lui. Même ses sœurs n'avaient pas réussi à le convaincre de s'installer à Houston.

Alors, quel espoir avait-elle de le convaincre de rester pour voir si ce qui commençait à naître en eux avait un réel avenir ?

Vêtue d'un des T-shirts de Roarke et les pieds fourrés dans des chaussons trop grands pour elle, Annabel faisait les cent pas. Puis elle jeta un coup d'œil à la télévision, et sourit.

Une idée venait de germer dans sa tête.

Il y avait peut-être un moyen de convaincre Roarke de rester à Houston tout en poursuivant le travail qu'il aimait tant.

C'était un plan risqué, mais c'était sa seule chance. Pour laquelle elle aurait pu signer un pacte avec le diable en personne.

- 17 -

Ryder Currin savait parfaitement que sa fille était une adulte et qu'elle avait le droit de passer la nuit où bon lui semblait. Pourtant, cela le dérangeait de savoir qu'elle le faisait avec un mystérieux *ami.*

De ses trois enfants, Annabel avait toujours été celle qui avait été la plus ouverte sur sa vie amoureuse. Il était donc particulièrement troublant qu'elle devienne subitement secrète…

Certes, il n'avait pas besoin de connaître tous les détails. Mais il voulait cependant savoir que sa petite fille était en sécurité.

Ses précédents appels étant restés sans réponse, il était sur le point d'essayer à nouveau lorsque son adjoint l'appela sur son Interphone pour lui dire qu'Annabel était là pour le voir.

— Annabel ! s'exclama-t-il lorsqu'elle entra dans son bureau. Heureusement que tu me donnes signe de vie, j'étais sur le point d'appeler le bureau des personnes disparues.

Ryder fronça les sourcils, ses coudes sur son bureau.

— Oh ! arrête ton cinéma, papa.

Elle l'embrassa sur la joue avant de s'installer sans plus de cérémonie sur le siège en cuir qui faisait face à son bureau, comme elle le faisait depuis qu'elle était enfant. À certains égards, très peu de choses avaient changé.

— De plus, ce n'est pas comme si tu étais à la maison ces temps-ci. Toi aussi, tu as ta petite vie avec Angela.

— Bon, je sais que je suis un gars plutôt décontracté, mais n'oublie pas qui est le père ici.

Il la pointa du doigt.

— Et n'oublie pas que je n'ai plus douze ans.

Elle secoua un doigt et l'imita.

Il ne put s'empêcher de rire. Annabel avait toujours été experte pour le mener par le bout du nez et obtenir tout ce qu'elle voulait. *Idem* avec sa défunte mère. Elle les faisait tellement rire qu'ils en oubliaient souvent ce pour quoi ils voulaient la réprimander.

Annabel avait été une super enfant. Et elle était devenue une adulte intelligente et généreuse qu'il était fier d'avoir comme fille. Souvent, il avait été avec elle bien plus coulant qu'avec son fils aîné, Xander, ou sa fille cadette, Maya. Ce qui n'empêchait pas Annabel de toujours vouloir repousser les limites.

— D'accord, madame l'adulte. Ayons une conversation honnête et franche sur nos vies amoureuses. Je commence.

Il s'éclaircit la gorge et, pendant un instant, il se sentit dans ses petits souliers.

— Hier soir, hésita-t-il, j'ai réalisé que ma relation avec Angela Perry… Eh bien ce n'était pas seulement une aventure. C'est devenu très sérieux entre nous. Annabel, je l'aime. Je peux envisager un avenir avec elle.

— Sensationnel.

Sa fille hocha la tête pensivement.

— Tu en as parlé à Xander ou à Maya ?

— Non, admit-il. Tu es la plus raisonnable de la fratrie, donc j'ai pensé qu'il valait mieux t'en parler en premier.

Elle resta silencieuse, et il en profita pour ajouter :

— Je pensais que tu aimais bien Angela.

— Tout à fait, beaucoup même. Et je pense que vous allez très bien ensemble. Je suis juste surprise, c'est tout.

Il aurait espéré une réaction un peu plus chaleureuse…

— Eh bien…

Ryder se renfonça dans son fauteuil et fit claquer ses doigts.

— Je veux savoir tout ce qui te tracasse en ce moment. Même si tu penses que je n'ai pas envie de l'entendre.

Annabel voulait être heureuse pour son père et, a priori, elle l'était. Mais ses parents avaient partagé une relation si spéciale. Une partie d'elle-même ne pouvait qu'en pleurer la disparition.

La relation de ses parents n'avait pas été parfaite, mais elle avait été sacrément solide. C'était le genre de relation qu'elle espérait pouvoir connaître un jour. Et qu'elle croyait possible avec Roarke.

Elle avait beau être heureuse pour son père, cela l'attristait de penser qu'il laissait la mémoire de sa mère derrière lui.

— Honnêtement, je suis heureuse pour toi, papa. Tu es un super papa et une super personne. Tu mérites d'être heureux. Je sais que les choses vont s'arranger entre toi et Angela parce que tu ne fais jamais rien à moitié.

— Merci, Annabel. Ta bénédiction signifie beaucoup pour nous deux.

Il sourit avec reconnaissance.

— Maintenant à ton tour. Qu'est-ce qui se passe ? Pourquoi ce mystère soudain ? Cela ne te ressemble pas.

— Je sais, et j'en suis désolée.

Elle se dirigea vers les fenêtres du bureau et fixa son regard sur la cime des arbres au loin.

— Alors, qu'est-ce que tu ne veux pas me dire ? Mason et toi, vous vous êtes remis ensemble ? Est-ce là que tu as passé tes nuits ?

— Oh ! grand Dieu, non !

L'idée n'était pas loin de la dégoûter.

— Mason était un véritable serpent, et je suis contente qu'il soit sorti de ma vie et qu'il ait quitté l'entreprise.

Quand elle se retourna vers son père, il semblait vraiment inquiet. Il se dirigea vers elle.

— Si ce n'est pas Mason, alors qui ? Tu viens de mettre fin à tes fiançailles et à une relation de deux ans.

Annabel rencontra le regard de son père.

— Roarke Perry.

— Euh, il n'était pas censé être ton avocat ?

Son père haussa les sourcils.

— Il l'est, confirma-t-elle.

Il passa une main dans ses cheveux blond cendré. Des rides tourmentaient son front, et ses lèvres se pincèrent.

— Vous ne venez pas de vous rencontrer au gala de charité ? Cette nuit où tu étais allée à la plage avec ton mystérieux ami ?

— Oui, mais il s'est comporté en parfait gentleman. J'ai dormi dans ma propre chambre. Même si ce n'est pas comme si je devrais me justifier de quoi que ce soit, ajouta-t-elle dans un souffle.

— Je t'ai toujours fait confiance pour savoir prendre les bonnes décisions, mais je dois être honnête, je crains que Roarke ne veuille profiter de toi. Tu viens de sortir d'une relation à long terme. Tu es vulnérable en ce moment, ma chérie. Ensuite, c'est ton avocat…

Il secoua la tête et s'assit sur l'une des chaises près des fenêtres.

— Ça me semble louche, chaton.

— La vérité est qu'il ne m'a pas fait du rentre-dedans. C'est plutôt l'inverse.

Annabel s'était assise en face de son père et essayait de ne pas rire en voyant la mine de son père après son aveu. Il était visiblement choqué.

— Bon, d'accord, bredouilla-t-il. Tu cherches à rebondir, c'est bien normal.

Son père fronça de plus belle les sourcils.

— Une autre raison de faire preuve de prudence. Ce type de relation peut devenir très moche, très vite. Une personne est toujours plus investie que l'autre. Quelqu'un est inévitablement blessé. Et, Annabel, je ne veux pas que cette personne, ce soit toi.

— Je sais que cela semble soudain. Mais je suis sûre de mes sentiments pour Roarke. Je n'ai jamais ressenti ça pour personne.

— Annabel…

Son père souffla ; il ne semblait pas du tout convaincu.

— C'est toujours comme ça quand une relation est nouvelle.

Elle s'installa sur la chaise à côté de son père et lui prit la main.

— Papa, ce n'est pas un engouement stupide. Roarke est incroyable. Il est brillant et drôle. Et parfois, il est beaucoup trop sérieux parce qu'il veut vraiment rendre le monde meilleur. Et ce n'est pas seulement quelque chose qu'il dit parce que ça a l'air cool ou parce que c'est dans l'air du temps. Il a rejeté une vie beaucoup plus facile et des salaires impressionnants parce qu'il a cet objectif en ligne de mire.

— Cela semble un peu trop beau pour être vrai, ma chérie.

Son ton était désolé.

— Parce qu'il est doux, généreux et gentil ? Il se trouve que je sais pertinemment que des hommes comme ça existent. J'ai été élevé par l'un d'eux.

— J'apprécie le compliment, chaton. Mais cela ne change rien au fait que tout va trop vite entre vous.

— N'est-ce pas ce que vos parents ont pensé lorsque tu as rencontré maman au Kenya et que vous êtes tombés raides dingues l'un de l'autre en quelques semaines ?

Annabel croisa le regard sceptique de son père.

Sa bouche se tordit dans un sourire triste.

— Les choses étaient différentes pour ta mère et moi. D'une part, elle ne venait pas de rompre avec un homme qu'elle avait prévu d'épouser quelques semaines plus tard.

Il la gratifia de son meilleur regard paternel sage.

— Mais vous aviez à peu près le même âge que Roarke et moi maintenant. Vous aussi, vous avez eu une aventure passionnée, puis vous avez décidé de vous marier. Tout le monde dans son village, y compris ses parents, pensait qu'elle était folle de tomber soudainement amoureuse et d'épouser un Occidental qui vivait à l'autre bout du monde.

Annabel raconta dans ses moindres détails l'histoire d'amour de ses parents. Une histoire qu'ils lui avaient racontée plusieurs fois quand elle était petite.

— Et tes amis et ta famille aussi pensaient que tu étais fou d'être tombé amoureux d'une parfaite inconnue en Afrique avant de la ramener à Houston pour qu'elle vive avec toi.

— Ta mère ne s'est jamais sentie étrangère. Dès l'instant où j'ai posé les yeux sur elle…

Il haussa les épaules.

— Il y avait quelque chose de si familier en elle. Et ses yeux noirs malicieux… C'était comme s'ils pouvaient voir à travers moi. Je le jure, parfois j'avais l'impression qu'elle savait ce que je pensais avant moi.

— Exactement.

Annabel sourit, les larmes lui piquant les yeux.

— Mais elle n'a jamais regretté ce choix, papa. Pas même une minute.

— Moi non plus.

Son sourire était devenu grave, douloureux même.

— Je suis heureuse qu'aucun de vous deux n'ait écouté ses amis et sa famille, même si tout ce beau monde avait les meilleures intentions. Parce que ces conseils se sont avérés terriblement faux.

— D'accord, Annabel.

Il se leva pour lui prendre la main.

— Tu as fait valoir ton point de vue. Après un peu de temps passé avec un avocat, on pourrait presque croire que tu en es une.

Oui, peut-être avait-elle appris deux ou trois choses de Roarke…

— Mais que sais-tu vraiment de lui ? Angela parle toujours de son frère en termes élogieux, mais elle pourrait facilement être biaisée. En plus, il vit à Dallas depuis des années. Il pourrait très bien avoir un côté de sa vie que tout le monde ignore. Une part sombre !

— Roarke est vraiment un mec bien, papa. Si tu

passais un peu de temps avec lui, tu le saurais. C'est l'évidence même.

— Et pourquoi n'ai-je pas encore eu cette opportunité ?

Il relâcha sa main.

— Je sais, je sais, c'est ma faute. Mais la relation entre nous est compliquée. Pour être honnête, je crois qu'aucun de nous n'a encore admis que nous étions réellement ensemble.

— Alors vous deux, c'est juste une aventure ?

Le regard de Ryder se durcit.

— Que se passera-t-il quand il aura sauvé son père et qu'il sautera dans le premier 747 pour Dallas ? Que deviendra cette relation qui n'en est pas une ?

— C'est la raison pour laquelle je suis là. J'ai une idée qui résoudrait ce problème de distance.

Son père se rassit et croisa une cheville sur son genou, les mains jointes sur son abdomen.

— J'ai le sentiment que je vais regretter ce que je viens de dire. Mais je t'écoute, Annabel.

- 18 -

Roarke s'était levé tôt et s'était retiré dans son bureau pour préparer une requête pour la Cour suprême du Texas au profit d'une petite association qu'il représentait.

L'organisation intentait une action au civil contre une entreprise qui les avait escroqués. Cependant, une autre affaire pénale engagée par une autre agence contre l'association était allée jusqu'à la Cour suprême de l'État. Elle avait donc été invitée à déposer une requête afin de fournir aux juges qui allaient statuer sur le dossier une vision plus large de l'affaire.

Un sourire apparut sur son visage alors qu'il se souvint qu'Annabel était toujours allongée nue dans son lit, ses cheveux enveloppés dans une écharpe en soie colorée.

Depuis une semaine, Annabel avait passé la plupart des nuits dans son lit. Se réveiller avec son visage doux et ses courbes généreuses était un luxe qu'il chérissait.

Ils avaient passé leurs soirées à cuisiner ensemble ou à regarder la télévision. Parfois, ils avaient même travaillé chacun de leur côté dans le silence de son bureau. Soit une vie dans laquelle il pouvait facilement s'imaginer…

Sauf qu'ils avaient aussi passé une semaine à éviter de parler d'un certain sujet.

Ce qui allait se passer à la fin de son séjour à Houston.

Les pensées de Roarke furent interrompues par la notification d'un courriel. Signé Mason Harrison.

Comment être surpris qu'un salaud arrogant comme Mason Harrison ait attendu le tout dernier jour pour répondre à leur demande de remboursement intégral des frais qu'Annabel et sa famille avaient engagés dans la planification de leur mariage ?

Roarke s'attendait à traiter avec son avocat, mais c'était Mason qui lui avait directement répondu. Il acceptait d'indemniser Annabel pour le montant total, à une condition. Qu'il puisse lui présenter ses excuses en personne.

Roarke se frotta le menton. Il n'aimait pas ça. Pourquoi un homme aussi malin que Mason n'engageait-il pas un avocat ? Pourquoi ne négociait-il pas les conditions ? Et quelles étaient les excuses qu'il entendait faire à Annabel ?

Roarke ferma la fenêtre de sa messagerie. Il en discuterait avec Annabel à son réveil.

Le bruit de la douche attira son attention. Depuis la première douche qu'ils avaient prise ensemble, c'était un son qui suscitait en lui un réflexe presque pavlovien au creux de ses cuisses. Pendant un instant, il envisagea de la rejoindre.

Mais la sonnerie du téléphone l'en empêcha.

— Salut, papa, fit Roarke en décrochant.

— Bonjour, fiston.

Sterling semblait hésitant. Il s'éclaircit la gorge.

— Je t'appelle avec une proposition.

— Quel genre de proposition ?

Roarke se rassit dans son fauteuil.

Sterling se racla de nouveau la gorge. Encore un indice que quelque chose ne tournait pas rond.

— Tu sais que nous ouvrons une nouvelle succursale du Club des éleveurs du Texas ici, à Houston ?

— Oui. Et alors ?

— J'ai une double demande à te faire. Tout d'abord, j'aimerais que tu rejoignes le club. Je parrainerai ton adhésion, bien sûr.

— Mais pourquoi ? En plus, quel intérêt ? J'habite à Dallas.

— Oui, hésita Sterling. Justement, j'en viens à la seconde partie de la proposition. Écoute-moi bien avant de refuser.

Roarke passa une main dans ses cheveux et hocha la tête.

— D'accord, je t'écoute.

— Dans le cadre des activités caritatives du club, j'aimerais créer un fonds juridique pour ceux qui n'ont pas les moyens de se faire représenter. Mais plutôt que d'embaucher des avocats au petit bonheur la chance, ces fonds serviront à payer un seul avocat de talent. Toi.

— Tu voudrais que je devienne l'avocat attitré du club ?

La proposition ne ressemblait à rien de ce à quoi son père aurait pu penser tout seul. D'où venait cette demande ?

— Mais je croyais que le nouveau président du club n'avait pas encore été nommé, ajouta Roarke. Je doute que Ryder Currin acceptera un tel plan s'il est nommé président.

— Pour tout te dire, je lui en ai déjà parlé et il est d'accord. Qu'importe celui de nous deux qui devient président, ce plan est accepté.

Roarke n'en croyait pas ses oreilles.

— Tu en as parlé à Ryder ?

— Indirectement.

Son père était avare de ses paroles.

L'eau dans la douche cessa de couler. Soudain, l'étrange incursion de son père dans l'humanitaire prit tout son sens.

— Laisse-moi deviner, tu as eu une conversation avec sa fille, Annabel. C'est elle qui a eu cette idée, pour que je reste à Houston ?

Sterling resta un temps silencieux, puis enquilla :

— C'est ce que tu aimes faire. Quelle importance que tu fasses de l'aide juridictionnelle à Dallas ou ici ?

Roarke serra les poings.

— L'important, c'est que personne ne complote dans mon dos pour décider ce que je dois faire de ma vie.

— Arrête, fiston, Annabel semble réellement convaincue et moi je…

— Mais qu'est-ce que tu ne comprends pas, papa ? tempêta Roarke. Personne ne veut être manipulé ! Et surtout pas par des êtres chers qui pensent avoir les meilleures intentions du monde.

— Roarke…

— Épargne-moi ta charité, Sterling. Si je décide de revenir à Houston, ce sera parce que je le veux et selon mes propres conditions. Pas parce que cela vous amuse tous les trois de jouer au maître de marionnettes.

— Réfléchis, fiston, je t'en supplie. En plus, j'aimerais beaucoup que tu viennes travailler pour Perry Holdings. Je sais que l'entreprise a pris un coup. Mais les accusations de fraude ont été abandonnées et, avec la campagne de relations publiques sur laquelle nous travaillons, le cours de l'action va sûrement bientôt remonter.

— Nous en avons déjà discuté, papa. Je ne suis pas intéressé. Pas tant que tu traites les règles et l'éthique par-dessus la jambe.

— Justement, qui de mieux qu'un Perry pour tout nettoyer chez Perry Holdings et repartir sur des bases saines ? J'y pense depuis la conversation que nous avons eue au ranch l'autre soir. On peut prendre un nouveau départ, fiston.

— J'en ai envie aussi, papa, mais cela ne change rien au fait que nous avons des philosophies commerciales diamétralement opposées.

— Je te fais confiance, tu auras carte blanche.

Des mots qui séchèrent Roarke sur place. Son père… lui faisait confiance ? Aveuglément ?

— Papa, il faut que je te laisse, on en reparlera plus tard, j'ai du travail.

À ces mots, Roarke raccrocha. Il avait effectivement du travail, mais aussi deux ou trois mots à dire à Annabel.

Annabel frappa légèrement à la porte entrebâillée du bureau de Roarke. Depuis une semaine, elle avait passé quasiment toutes ses soirées dans son appartement, mais elle essayait toujours d'être respectueuse de sa vie privée, surtout quand il travaillait.

Il n'y eut pas de réponse.

Elle toqua une nouvelle fois. Elle ne voulait pas déranger Roarke au cas où il serait en train de dicter ses notes à son assistante, Marietta, qui était restée à Dallas.

— Entre.

La voix de Roarke était tendue. Rien de comparable avec l'accent ludique et sexy avec lequel il la saluait le matin.

Annabel se rapprocha d'un pas hésitant et en espérant qu'il n'avait pas reçu de mauvaises nouvelles.

Elle se glissa sur ses genoux, comme elle le faisait souvent, et déposa un baiser sur sa bouche.

Il ne l'embrassa pas en retour. Ni n'enroula ses bras autour d'elle comme il le faisait d'habitude.

Quelque chose clochait…

— Annabel, on doit parler en cliente et avocat, alors si cela ne te dérange pas…

Il lui fit signe de prendre place dans le fauteuil de l'autre côté du bureau.

Elle s'exécuta, lissant sa jupe.

— D'accord, que se passe-t-il ? Mason a-t-il fini par répondre à notre courrier ?

— Oui. À ma grande surprise, il accepte de te dédommager pour toutes les sommes perdues. Y compris la robe de mariée.

Roarke déplaça sa souris sur l'écran et ouvrit ce qui était vraisemblablement le message en question.

— C'est surprenant, mais c'est une bonne nouvelle, non ?

Qu'ils pourraient fêter de préférence au lit. Ou sous la douche. Ou sur le canapé. Ou…

— Oui, c'est une bonne nouvelle. Mais quelque chose me chiffonne, car il conditionne son offre à des excuses qu'il veut te faire en personne.

— Pourquoi ne décroche-t-il pas simplement son téléphone ? Je n'ai pas besoin de le voir.

Roarke resta silencieux un instant avant d'ajouter :

— Pourquoi ? Tu as peur d'avoir encore des sentiments pour lui, Annabel ?

— Oui, des sentiments qui me donnent envie de le couvrir d'injures.

Elle s'agita nerveusement sur sa chaise.

— Quand et où veut-il qu'on se donne rendez-vous ?

— Il ne le dit pas. Prépare-toi à ce qu'il te contacte directement. Mais si tu n'es pas à l'aise, on peut…

— Non, aucun souci.

Elle haussa les épaules.

— C'est un abruti, mais il n'est pas dangereux.

Elle se pencha en avant.

— Mais tu sembles stressé. Mauvaise nouvelle sur un autre de tes dossiers ?

— Non.

Ses sourcils se froncèrent selon une expression qui ressemblait beaucoup à de la déception.

— Mais j'ai eu des nouvelles perturbantes ce matin.

— Qu'est-ce qui ne va pas ? Est-ce que ta famille va bien ?

Tous ces mystères commençaient elle aussi à la perturber.

— J'ai parlé avec mon père ce matin. Il semble que lui et Ryder aient décidé que la succursale de Houston du Club des éleveurs du Texas doive avoir un service de protection juridique pour les démunis.

Il ne la quittait pas du regard.

— Excellente idée, il t'a proposé de t'en occuper ?

— Parfaitement. Comment tu as deviné ?

Son ton semblait des plus ironique.

— Parce que c'est un projet qui te correspond, voilà tout.

— Oui, étrange, presque sur mesure, poursuivit-il d'une voix blanche.

Il se leva et posa deux mains sur le bureau avant de la fusiller du regard.

— Sauf que j'ai déjà un tel projet, à Dallas. Qu'est-ce

qui pourrait faire penser à mon père ou au tien que j'ai envie d'abandonner mon cabinet de Dallas et de l'échanger contre un autre ici ?

Des mots qui la frappèrent comme un poids lourd lancé à pleine vitesse. Sans qu'elle ne puisse rien y faire, ses yeux se mouillèrent de larmes.

— Je suppose que tu as compris que l'idée venait de moi, dit-elle en baissant la tête.

— Oui, Annabel, et l'idée que tu n'as même pas pris la peine de m'en parler pour aller manigancer avec mon père me donne envie de vomir !

C'était un cauchemar. Elle allait vite se réveiller.

— Je ne comprends pas ta réaction, Roarke. Ce n'est pas comme si ton père t'obligeait à faire quelque chose qui ne te plaisait pas.

— C'est une question de principe, de confiance, ma belle !

La voix de Roarke était aussi tranchante qu'un poignard.

— Et mon père n'a rien fait du tout, poursuivit-il en la pointant du doigt. C'est toi, toi qui as voulu me manipuler !

Les joues d'Annabel la brûlaient. Oui, elle savait qu'elle prenait un risque avec ce plan, mais elle espérait aussi que Roarke y voie une preuve d'amour.

Car elle était bien tombée amoureuse de lui.

— Je suis désolée. J'ai mal évalué la situation.

— Écoute, Annabel, je suis honnête avec toi depuis le début. Je pensais que tu avais compris.

— Oui, je sais. Tu n'as pas arrêté de me dire que notre histoire était vouée à l'échec.

Sa voix tremblait, mais elle décida de ne pas s'arrêter.

— Mais j'ai pensé qu'après l'autre nuit, qu'après cette semaine, tu aurais peut-être envie de…

— De quoi, Annabel ? coupa-t-il. De quitter Dallas ?

Un nouvel afflux de larmes lui embua les yeux.

— Oui, c'est ce que j'ai pensé. Mais là je comprends que tu as peur.

Il croisa les bras sur sa poitrine.

— Peur de quoi ?

— De ce qui se passe entre nous. Mais sache que moi aussi j'ai peur, mais j'ai aussi peur de rater quelque chose d'incroyable par trouille d'essayer.

Elle leva les yeux vers lui.

— Parce que je t'aime Roarke.

— Arrête, Annabel, pas maintenant. J'ai un travail très important à terminer dans deux jours, je dois rester concentré et ne pas me laisser distraire. Que la distraction soit ou non jolie.

Il répétait les mots qu'il avait utilisés le soir où ils étaient allés à Galveston. Quand elle lui avait dit que le rencontrer avait été une distraction heureuse.

Durant cette nuit qui avait ressemblé à une vie.

— Alors, rien n'a changé pour toi ? C'est tout ce que nous sommes ? Une distraction ?

Elle ravala ses larmes et la fierté blessée qui lui serrait la poitrine.

— Eh bien, d'accord. Je ne vais pas te distraire plus longtemps.

À ces mots, elle se précipita hors du bureau de Roarke, rassembla ses affaires et laissa sa clé bien en évidence sur le comptoir de la cuisine avant d'aller prendre l'ascenseur pour descendre au parking.

Elle avait dit à Roarke qu'elle était amoureuse de lui, et il n'avait même pas tiqué.

Dans sa poitrine, son cœur battait lourdement et des larmes salées coulaient sur ses joues. Elle les essuya d'un geste rageur.

Après tout, mieux valait découvrir au plus vite qu'elle s'était trompée au sujet de Roarke. Et que jamais il ne pourrait l'aimer comme elle l'aimait déjà.

- 19 -

Angela marchait main dans la main avec Ryder après une soirée au théâtre pour voir la comédie musicale *Hamilton*. C'était une belle nuit, et ils avaient quasiment parcouru un kilomètre jusqu'au Spindletop, un restaurant tournant aux parois de verre qui offrait une vue à 360 degrés sur la ville. Avec des mets les plus délicieux les uns que les autres au menu.

Ryder était particulièrement bien mis ce soir. Il avait abandonné son stetson brun habituel et avait laissé pousser ses cheveux blond cendré. Il savait qu'elle adorait y passer les doigts.

Il n'était pas un fan des costumes, mais il était si beau dans son complet trois-pièces gris, avec sa chemise blanche impeccable, des boutons de manchette et une cravate noire aux rayures diagonales grises et blanches.

Après avoir fini leur repas, il tendit la main vers la table et prit ses mains dans les siennes.

— Je sais que je te l'ai déjà dit, mais tu es magnifique dans cette robe bleue.

Il lui serra les mains de plus belle.

— Ce fut une soirée parfaite.

— Oui, acquiesça-t-elle. Le spectacle était fabuleux. La nourriture délicieuse. Je n'aurais pas pu rêver mieux.

— Je ne sais pas, la nuit n'est pas encore finie.

Il lui fit un clin d'œil.

— J'ai commandé un dessert.

— Quand ?

— Tout à l'heure, quand je suis allé aux toilettes.

Il sourit.

— C'est gentil de ta part.

Angela posa une main sur son ventre. Il était déjà rempli à pleine capacité. Ils avaient partagé des amuse-gueules aux crevettes sauce bourbon-barbecue et un carpaccio de saumon fumé. Ensuite, ils avaient choisi un pot-au-feu de la mer pour deux.

— Honnêtement, je crois que je suis incapable d'avaler autre chose.

— C'est parfait, car je n'ai pris qu'une part de gâteau à partager.

Il lui lâcha les mains et se rassit à l'approche de la serveuse.

La femme était tout sourires quand elle posa l'assiette contenant une tranche de cheese-cake puis s'éloigna.

Angela baissa les yeux sur le dessert et remarqua un scintillement brillant au milieu.

— Mais qu'est-ce que… ?

Elle en eut le souffle coupé.

— Oh ! mon Dieu, Ryder !

Son cœur battait la chamade, et elle n'arriva plus à articuler autre chose que :

— Oui, c'est oui !

Il prit de nouveau ses mains dans les siennes et les porta l'une après l'autre à sa bouche pour les embrasser.

— Ces derniers mois que nous avons passés ensemble ont été incroyables. Je ne pensais pas pouvoir retrouver l'amour. Je ne le cherchais pas non plus. Mais tu as tout bouleversé dans ma vie. Et tu as su réveiller mon cœur endormi. Tu m'as fait réaliser que l'amour était de nouveau possible. Que je pouvais être de nouveau heureux.

Il effleura le dos de sa main avec son pouce.

— D'expérience, je sais que, lorsque l'amour frappe à votre porte, il ne faut pas hésiter à lui ouvrir car il peut repartir du jour au lendemain. Et je ne veux pas manquer une autre minute à tes côtés.

Il retira l'anneau de son perchoir au sommet du cheese-cake. Son large et rond diamant central et l'anneau de platine serti de diamants scintillaient à devenir aveugle.

Ryder se mit alors à genoux devant elle.

— Angela, chérie, veux-tu m'épouser ?

— Mais oui, évidemment ! s'écria-t-elle.

Angela hocha la tête rapidement, des larmes coulaient sur son visage.

— J'avais commencé à me dire que mon cow-boy charmant n'allait plus jamais venir. Et tu es arrivé. L'homme que j'attendais depuis toute ma vie. Tu es tout ce dont je rêvais et bien plus encore. Et je suis tellement amoureuse de toi !

Ryder glissa la bague à son doigt. Quand elle se pencha et l'embrassa, les clients et le personnel du restaurant applaudirent à tout rompre.

Elle allait se marier avec Ryder Currin !

Angela pouvait à peine contenir sa joie.

Mais comment allaient réagir leurs familles ?

Tout ce qu'elle espérait, c'était que leurs familles soient au moins aussi heureuses pour eux que les parfaits inconnus du restaurant.

Cela faisait deux jours qu'Annabel avait quitté l'appartement de Roarke et qu'elle n'avait aucune nouvelle de lui.

Elle s'était à l'évidence surestimée en pensant que sa manigance pour que Roarke reste à Houston en vienne à marcher. Certes, son motif n'avait absolument rien de diabolique. Elle voulait simplement qu'il soit dans sa vie, à Houston, entouré de leurs deux familles.

Elle n'aurait jamais pensé qu'il réagisse aussi violemment face à son ingérence.

Elle s'était donc jetée à corps perdu dans le travail pour se convaincre elle-même que le monde ne s'était pas écroulé sous ses pieds. Si elle avait pu ressentir du soulagement quand Mason avait rompu leurs fiançailles, depuis que Roarke avait disparu de sa vie, elle avait l'impression d'être amputée d'un organe vital.

Sa vie n'était tout simplement pas la même sans lui.

Elle se tenait au centre de la cuisine de leur ranch familial lorsque des rires retentirent dans toute la maison.

C'étaient son père et Angela.

— Salut, chérie.

Son père l'embrassa sur la joue en entrant dans la cuisine, tenant toujours la main d'Angela dans la sienne.

— On dirait que vous avez passé une super soirée.

Elle se força à sourire. Ils étaient allés au théâtre puis au restaurant. À la façon dont ils riaient tous les deux, elle en déduit qu'ils n'avaient pas lésiné sur le vin texan.

— C'était incroyable.

Angela se perdit rêveusement dans les yeux de son père.

Annabel avait beau adorer cette femme, leur explosion de bonheur à ce moment précis de sa vie faillit lui donner la nausée.

Angela lui tendit la main que son père ne tenait pas.

— Nous nous sommes fiancés !

— Quoi ? Vous allez vous marier ? Mais c'est génial !

De grosses larmes brûlèrent ses yeux et s'étalèrent sur ses joues. Elle les serra dans ses bras, la joie et la jalousie rivalisant dans sa poitrine.

— Je suis vraiment heureuse pour vous deux.

— Merci, Annabel.

Angela lui serra la main alors qu'elle embrassait son nouveau fiancé.

— Ton soutien et ta bienveillance dès le début de notre histoire ont été très importants pour nous.

Les larmes continuaient de couler sur les joues d'Annabel. Elle ne pouvait qu'imaginer les tensions que sa relation avec Ryder avait créées avec Sterling, et probablement même avec ses sœurs et son frère.

Mais contrairement à Roarke, Angela était prête à se battre pour obtenir ce qu'elle désirait.

Son père alla sortir une bouteille de champagne du réfrigérateur.

— Je suis content de te trouver là. Tu as passé tellement de temps avec Roarke récemment que je ne savais pas quand j'allais pouvoir te l'annoncer en personne.

— Moi aussi, je suis heureuse d'être ici.

Elle se força de nouveau à sourire. Elle n'avait pas parlé à son père de sa dispute avec Roarke. Et le moment n'était pas idéal pour le faire.

— Bon, et si on sortait tous pour fêter ça ?

Son père lui serra la main.

— Quand nous le dirons à Sterling, on l'invitera aussi à notre mariage. Qu'il accepte ou non n'est pas notre problème.

Angela hocha la tête, pleine d'espoir.

— Il est tard. Je vais plutôt le dire à ma famille demain soir.

— Tu es sûre que tu ne veux pas qu'on le fasse ensemble ? Je ne veux pas que Sterling essaye encore je ne sais quelle entourloupe pour nous séparer.

— Non, je pense qu'il faut que je lui parle seule à seul. Mais je te promets qu'il n'y aura pas d'entourloupe. On ne se séparera plus jamais.

Elle déposa un baiser furtif sur ses lèvres.

Annabel eut fortement l'impression de tenir la chandelle.

Le ranch était grand, et la chambre de son père était dans une aile de la maison différente de la sienne. Mais cela ne l'empêchait pas de se sentir de trop.

— Bon, je vais y aller, je ne voudrais pas vous gêner, les tourtereaux, les taquina Annabel.

— Non, ne pars pas.

Angela attrapa sa main.

— C'est ta maison. C'est moi l'intruse.

Annabel sourit.

— Oh non, tu fais partie de la famille à partir de maintenant.

- 20 -

Annabel entra dans le café Chez Farrah et scanna les lieux pour y repérer Elliot Lewiston. Il n'était pas encore là pour leur réunion, mais elle avait quinze minutes d'avance.

— Mam'selle, qu'est-ce que je te sers ? demanda la femme derrière le comptoir avec un accent texan à couper au couteau.

Avant qu'elle ne puisse répondre, une voix grave le fit pour elle :

— Une tranche de tarte au citron meringuée et une grande tasse de Sumatra.

Elle n'avait pas besoin de se retourner pour savoir à qui appartenait cette voix faisant autorité.

Que faisait—il ici ?

La serveuse tourna son regard vers Annabel pour confirmer que c'était bien ce qu'elle voulait. Elle hocha la tête et sortit sa carte de crédit, mais Roarke tendit plus vite la sienne.

— Non, tu n'as vraiment pas besoin de faire ça.

— Cela me fait plaisir, s'il te plaît.

Son ton était doux, presque implorant.

Annabel le remercia, puis se dirigea vers l'autre bout du comptoir pour attendre sa commande. Roarke la rejoignit après avoir précisé la sienne.

— Alors… Ton père a demandé la main de ma sœur,

dit Roarke alors qu'ils se tenaient côte à côte et regardaient les baristas préparer leurs commandes. Ce sont de belles personnes. Je suis content pour eux.

— Moi aussi. C'est bon de revoir mon père heureux et amoureux.

Annabel fit défiler les commentaires de son flux Instagram.

— Comment ton frère et ta sœur ont-ils pris la nouvelle ? demanda Roarke après quelques trop longues secondes de silence gênant.

— Ils sont aussi contents pour eux, dit-elle sans lever les yeux. Et ton père et tes sœurs ?

— Melinda et Esme ont très bien réagi. Quant à mon père, je dois dire qu'il m'a surpris. Je suis très fier de lui, précisa Roarke. Tu as déjà rencontré Mason ?

— Non.

Elle se tourna pour lui faire face entièrement.

— Il avait une urgence familiale et a dû quitter la ville. Il m'a dit qu'il me contacterait à son retour.

— C'est bien au-delà de la date limite indiquée. Tu aurais dû me dire que Mason n'avait pas respecté le contrat.

Elle haussa les épaules.

— Je pensais que tu ne voulais plus entendre parler de moi.

— Je suis toujours ton avocat, Annabel. Je ne laisserai pas…

Il souffla. Était-il agacé à cause d'elle ou de lui ?

— C'est toujours mon travail de protéger tes intérêts dans cette affaire.

— Eh bien, monsieur l'avocat, considérez-vous comme informé. Tu sais tout, maintenant.

— Et j'attends toujours que tu me fasses parvenir ton contrat de rénovation.

— Écoute, Roarke, je sais que tu as des dossiers plus urgents à gérer. Je peux trouver un autre avocat, si cela te convient mieux.

Elle glissa son téléphone dans la poche arrière de son jean, ramassa sa commande et mit un pourboire dans la tirelire prévue à cet effet.

Roarke lui attrapa le coude.

— Je me sentirais mieux si je revoyais ce contrat. J'ai vu beaucoup de clauses bidon que des entrepreneurs sans scrupules essayent de faire passer en douce.

— Bien. Dès que je l'aurai, je te l'enverrai par e-mail.

Elle se libéra de son étreinte.

— Merci encore pour la tarte et le café.

Annabel se glissa sur une banquette à l'autre bout du café. Ses mains tremblaient sous la table.

C'était la première fois qu'elle voyait ou parlait à Roarke depuis qu'elle avait quitté son appartement. Elle avait essayé de faire comme si de rien n'était, comme si leur rencontre impromptue ne l'avait pas bouleversée jusqu'au plus profond de son être, mais en réalité elle pouvait à peine respirer.

Quand il l'avait touchée, elle s'était souvenue de la sensation qu'elle avait au réveil dans ses bras.

— Annabel, je pense que nous devrions parler.

Roarke se glissa sur le siège en face d'elle. Elle sursauta.

— Je déteste la façon dont nous nous sommes quittés l'autre jour. J'ai réagi de manière excessive.

— Oui, moi aussi.

Elle saisit sa tasse de café.

— Et je m'excuse encore, je n'aurais pas dû me mêler

de ta vie. J'ai dépassé les limites. Tu avais parfaitement le droit d'être en colère.

— Annabel !

Elliot s'approcha avec un large sourire sur son visage, son porte-documents sous le bras.

— Désolé pour le retard, il y avait un accident sur la route.

— Pas de souci. Tu es là, c'est le principal.

Elle lui sourit chaleureusement.

— Elliot Lewiston, voici mon avocat, Roarke Perry. Il examinera le contrat une fois qu'il sera prêt. Roarke Perry, voici Elliot Lewiston, la moitié de mon équipe de rénovation.

Il se pencha et serra la main de Roarke.

— Ravi de vous rencontrer, monsieur Perry.

— Elliot et moi avions une réunion, alors peut-être que nous pourrons continuer notre conversation plus tard ?

Elle regarda Roarke avec insistance.

— Bien sûr. Tiens-moi au courant de l'évolution avec Mason.

Il se leva et boutonna sa veste de costume grise.

Elliot se glissa sur le siège que Roarke venait de quitter et ouvrit son ordinateur portable.

— Roarke ! l'appela Annabel alors qu'il s'éloignait.

Il se tourna vers elle, les yeux grands ouverts et pleins d'espoir. Elle souleva le sac blanc et le gobelet en carton qu'il avait laissés.

— Ta tarte et ton café !

— Oh merci !

Sa voix débordait de déception. Il fit marche arrière pour les récupérer.

— Bonne réunion !

Annabel le regarda sortir, le cœur lourd et le ventre noué.

— Annabel, tout va bien ? demanda Elliot. Si ce n'est pas le bon moment pour toi…

— Non, c'est parfait maintenant, Elliot.

Annabel se força à sourire et se frotta les mains avec empressement.

— J'ai hâte de voir ce que vous avez préparé pour moi avec Lewiston !

— En fait, ce sera plus facile si je viens de ce côté de la table.

Elliot tourna son ordinateur portable ouvert vers Annabel et la rejoignit de l'autre côté de la table.

Annabel ferma momentanément les yeux et soupira silencieusement, bien déterminée à chasser toutes les pensées concernant Roarke Perry de son esprit assez longtemps pour se concentrer sur l'avenir des Doigts de fée.

Roarke retourna à son SUV de location et frappa rageusement sur son volant.

Annabel avait raison. Il était un lâche. Il avait eu peur d'admettre ses sentiments pour elle, même à lui-même. Peur de considérer qu'il avait réellement envie de s'engager avec elle. Parce que, depuis qu'elle avait franchi la porte de son appartement, il avait l'impression que son monde était subitement devenu sombre et froid.

Il y a encore quelques semaines, il vivait une vie simple et solitaire. Sans complications familiales ou romantiques. Mais il faisait énormément de bien dans le monde et cela le satisfaisait.

Mais ensuite, Annabel Currin lui avait souri dans ce

maudit café et cela avait chamboulé tout son monde. Elle lui avait rappelé qu'il pouvait à la fois faire du bien dans le monde et être heureux. Que ce n'était pas parce que l'histoire d'amour de ses parents n'avait pas eu une fin heureuse qu'il était condamné à un tel destin.

Roarke s'était toujours considéré comme quelqu'un de raisonnable et de lucide. Il avait de nobles idéaux, ce qui l'avait empêché de travailler avec son père chez Perry Holdings. Pourtant, il avait aussi les pieds sur terre et la tête sur les épaules. Il savait comment le monde fonctionnait.

Rien de tout cela ne l'avait préparé à la tornade d'une femme comme Annabel. Jamais il n'aurait pu imaginer en tomber amoureux… si vite.

Le pragmatique qu'il était n'était pas du genre à rêver. Sauf qu'Annabel n'avait rien d'un rêve, elle était parfaitement réelle. Féerique, oui, mais réelle. Comme le trou qu'il avait désormais au fond de son cœur depuis qu'il l'avait laissée filer.

Son cœur et son appartement étaient vides sans elle.

Annabel lui avait manqué depuis le moment où elle avait quitté son appartement. Mais il avait été trop fier et têtu pour la retenir ou décrocher le téléphone et appeler. Alors peut-être qu'il y avait en lui plus de Sterling Perry qu'il n'était prêt à l'admettre…

Il avait donc préféré aller dans son café préféré deux fois par jour et espérer que leurs chemins en viennent à se recroiser. Qu'ils puissent se parler en terrain neutre. Son rendez-vous avec Elliot Lewiston en avait décidé autrement.

Provisoirement.

Car il avait pris une autre décision : il ne la laisserait

plus repartir. Il allait mettre son cœur en danger et lui dire la vérité.

C'était un risque énorme, mais Annabel Currin en valait la peine.

- 21 -

Annabel sortit de sa voiture pour rejoindre le futur site de son entreprise, et ouvrit son coffre. Après son rendez-vous au café avec Elliot Lewiston, elle était allée dans un magasin de bricolage pour se renseigner sur les peintures. Elle en avait rapporté une multitude d'échantillons dans les trois teintes que l'architecte d'intérieur avait proposées.

Il ne lui restait plus qu'à les tester sur le terrain.

Elle glissa son téléphone dans sa poche arrière, puis attrapa la boîte d'échantillons de peinture et de pinceaux dans son coffre.

— Laisse-moi t'aider avec ça.

Elle se tourna au son de la voix qu'elle connaissait si bien.

— Tu me traques maintenant, Perry ?

Une voix qui provoquait encore bien des sensations dans son corps. Qu'importe qu'elle ait adoré pouvoir prétendre le contraire.

— Je n'aurais pas pensé que tu étais du genre *harceleur.*

— Non, je ne le suis pas, mais j'ai vraiment besoin de te parler.

Roarke s'empara d'un carton dans le coffre.

— De quoi parles-tu ? Tu as dit tout ce que tu avais à dire sur tes sentiments à mon égard. Ou plutôt ton absence de sentiments.

Elle claqua le coffre et se dirigea vers la porte latérale du bâtiment avec des sacs dans les mains.

— Comme je te l'ai dit, j'ai réagi de manière excessive. Cela m'a fait penser aux nombreuses fois où mon père avait essayé de me manipuler. J'ai paniqué. Je suis désolé.

Elle le regarda.

Son expression torturée tirailla son cœur.

Elle ouvrit la porte de la boutique et entra en silence.

— Où est-ce que tu poses cela ?

Roarke souleva légèrement la boîte en dévisageant l'espace du regard.

— Tout cela monte à l'étage dans mon bureau.

Il tendit la boîte pour lui indiquer qu'elle devrait aussi y mettre ses sacs.

Elle s'exécuta.

— À un endroit en particulier ? demanda-t-il.

— Par terre, où tu trouves de la place, ce sera parfait. J'arrive, je vais juste récupérer le courrier.

Il acquiesça.

— D'accord, j'espère que nous pourrons ensuite parler parce que je tourne ce que j'ai à te dire dans ma tête depuis des jours et j'ai hâte d'en finir.

Un nœud se resserra dans le ventre d'Annabel.

Le besoin de confession de Roarke était ambigu.

Était-il prêt à tenter sa chance pour leur histoire ? Même s'ils devaient faire des compromis et essayer d'abord une relation à distance ? Ou bien voulait-il purement et simplement rompre ?

— Bien sûr, j'ai hâte moi aussi.

Elle prit une profonde inspiration, puis expira bruyamment en allant récupérer le courrier qui avait été déposé dans la petite fente idoine.

Annabel passa rapidement en revue les enveloppes. La plupart étaient adressées au propriétaire précédent ou n'étaient que de la publicité. Une enveloppe rose vif au parfum de fraise attira cependant son attention. L'adresse était soigneusement calligraphiée, et le pli était destiné à *Mme Annabel Currin – Les Doigts de fée*.

Elle se redressa lentement, un large sourire s'étalant sur son visage.

— Mon premier courrier officiel !

Son rêve d'ouvrir cette boutique devenait réalité.

Annabel aurait voulu crier de joie.

Mais on frappa soudain à la porte d'entrée, et elle sursauta. Elle jeta un œil à travers la porte vitrée, puis eut du mal à la déverrouiller. La vieille serrure rouillée allait devoir être changée.

— Mason, que fais-tu ici ? Je pensais que tu allais m'appeler quand tu serais revenu en ville.

— Je viens tout juste de rentrer et je passais dans le quartier quand j'ai vu ta voiture.

Il s'appuya contre le cadre de la porte et la regarda intensément, comme s'il la voyait pour la première fois.

Une douce brise amena à ses narines le parfum dispendieux qu'il appréciait. Comme toujours, il était tiré à quatre épingles dans son costume et ses chaussures de créateur.

— J'aurais préféré que tu m'appelles, je n'ai pas ta bague de fiançailles sur moi si c'est ce que tu es venu chercher.

Il rit amèrement.

— Oh non, je sais que tu ne vas pas me la rendre tant que je n'aurai pas signé ton chèque.

Il tapota la poche de poitrine de sa veste comme le grossier personnage qu'il était.

— Alors pourquoi es-tu passé ?

Annabel croisa les bras.

— Tout d'abord, je voulais te dire à quel point je suis désolé. J'étais un petit ami affreux et un fiancé encore pire. Mais je voulais que tu saches que je t'ai aimée, Annabel. Et que je t'aime encore. Je n'ai jamais eu l'intention de te faire du mal. Je me suis dit que tu méritais de l'entendre en personne.

— Merci, Mason.

Malgré l'effort que Mason avait fait pour avoir l'air contrit et sincère, ses excuses la laissaient complètement indifférente.

Avait-il été sincère un seul instant au cours des deux années qu'ils avaient passées ensemble ? Alors qu'elle le dévisageait, elle ne pouvait qu'en douter.

Et l'idée de garder la bague de fiançailles en otage tant qu'il ne l'aurait pas remboursée lui parut excellente.

— Pour la suite, tu peux contacter mon avocat, Roarke Perry.

— Annabel, attends !

Il posa sa main contre la porte alors qu'elle tentait de la fermer.

— Je voulais aussi te demander de réfléchir…

— À quoi ? Un paiement échelonné ?

— Non. Écoute, je sais que mon comportement est impardonnable, mais… Je ne savais pas ce que tu représentais pour moi jusqu'à ce que…

— Attends, coupa Annabel, tu n'es pas sérieusement en train de me demander qu'on se remette ensemble, n'est-ce pas ? Parce que si c'est un moyen de te défiler de ce que tu me dois, tu peux espérer longtemps.

— Non, je suis sincère. Je veux bien remettre un genou à terre si tu le veux, dit-il.

Elle s'esclaffa.

— Arrête ton char, même la première fois tu n'as pas mis un genou à terre, lui rappela-t-elle.

Encore un autre signe qu'elle avait ignoré.

— Oui, c'est encore autre chose que je regrette dans notre relation. Je ne savais pas à quel point tu étais importante pour moi. J'aurais dû soutenir ton rêve comme tu as soutenu le mien. Et si tu me donnes une seconde chance, je le jure, je me rattraperai.

— Mason, s'il te plaît, va-t'en. Que tu veuilles payer ou non, je m'en fiche, mais c'est avec mon avocat que tu devras traiter dorénavant.

— Annabel ! cria-t-il alors qu'elle le poussait et fermait à double tour la porte entre eux.

Elle fit quelques pas en arrière et le fixa en gardant les bras croisés. Il finit par jurer et s'en aller.

— Pourquoi est-ce que les hommes de ma vie ne semblent fascinés par moi qu'une fois que je ne suis plus avec eux ? marmonna-t-elle en montant l'escalier.

— Je ne peux pas parler pour Mason, mais tu avais raison à mon sujet. J'étais terrifié à l'idée que mes sentiments pour toi changent ma vie.

Roarke sortit dans le couloir, ses mains enfoncées dans les poches de son pantalon de costume gris.

— Tu as entendu tout ce que Mason a dit ?

Il acquiesça.

— Oui. En tant qu'avocat, j'applaudis la façon dont tu as géré la situation. Mais en tant qu'homme qui est tombé complètement et follement amoureux de toi, je ne suis pas très rassuré.

— Qu'est-ce que tu viens de dire ?

Son cœur sembla manquer un battement.

— Que je t'aime Annabel. Plus que tout, plus que je n'ai jamais pu et su aimer. Je t'aime. D'une manière que je ne pensais même pas possible. Tu as tout changé pour moi. Je ne veux plus jamais revenir à l'existence solitaire que je menais avant de te connaître. Sans toi, j'ai l'impression d'être mort.

Le pouls d'Annabel s'accélérait et ses larmes lui piquaient les yeux.

— Maître, qu'en est-il de votre longue liste ? Que je viens tout juste de rompre avec un autre homme ? Que tu vis à Dallas et que moi je viens d'acheter cette boutique à Houston ? Nos pères qui se détestent ? Tu es en train de me dire que rien de tout cela n'a plus d'importance ?

Il prit sa joue en coupe.

— Oui, je dis que rien d'autre que toi n'a d'importance. Tant que tu seras à mes côtés, Annabel, ensemble, nous trouverons un moyen de tuer tous ces dragons.

Roarke se pencha et captura sa bouche dans un baiser passionné.

Dieu que cet homme lui avait manqué.

Roarke fut surpris de sentir Annabel s'éloigner brusquement de lui.

— Et ton cabinet à Dallas ? Je ne peux pas te demander de renoncer à quelque chose d'aussi important pour toi. Et je sais que tu n'es pas intéressé par une relation longue distance.

Roarke pressa un autre baiser sur ses lèvres douces.

Puis il glissa sa main dans la sienne et la conduisit vers le canapé de son bureau, où ils s'assirent tous les deux.

— Qu'est-ce que c'est ?

Il indiqua l'enveloppe rose et épaisse dans sa main.

Un sourire de fierté éclaira ses yeux.

— Mon premier courrier officiel !

Elle le tint devant lui pour qu'il puisse voir l'adresse.

— Je ne peux pas croire à quel point je suis excitée par un morceau de papier que je n'ai même pas encore lu !

— Ouvre-le.

— Maintenant ? Au milieu de notre discussion ?

— Oui, c'est un moment spécial pour Les Doigts de fée et pour toi, Annabel. Je veux le partager avec toi.

— D'accord.

Elle ouvrit soigneusement l'enveloppe pour la préserver autant qu'elle le pouvait. Elle lut la carte à haute voix. C'était une lettre de remerciement d'une fillette de douze ans dont la mère avait profité d'un des relookings d'Annabel.

Leur famille avait tout perdu après la mort de son père d'une longue et douloureuse maladie qui avait eu raison des économies de la famille. Ils vivaient dans un logement insalubre, et sa mère avait du mal à trouver un emploi. Elle avait perdu le sien en prenant soin de son mari malade. La fille expliquait que sa mère avait eu un entretien d'embauche un mois après son relooking. Et que, trois mois plus tard, la famille était sur le point d'emménager dans son propre appartement.

— C'est incroyable.

Les larmes mouillèrent les joues d'Annabel.

— Je pourrai offrir cela à plus de femmes une fois que mon entreprise sera opérationnelle. J'ai même envie d'aider des hommes, en particulier des anciens combattants dont la vie a été ravagée par le stress post-traumatique.

— Moi aussi, je suis tellement heureux pour toi.

Son cœur se gonfla de fierté.

— Tu es un cadeau pour le monde, Annabel. Et je ne veux pas te perdre. Même si cela signifie que je doive changer de vie.

Elle renifla et essuya ses larmes.

— Quoi, quel genre de changement ?

— Les fausses accusations de fraude contre mon père lui ont fait prendre conscience de problèmes qu'il refoulait depuis bien trop longtemps. Enfin, il m'a écouté et il est prêt à nettoyer tout Perry Holdings sur un plan éthique. Et c'est moi qui vais m'en charger.

— Pour de vrai ? Les réformes ne seront pas que cosmétiques ?

Roarke sourit. Annabel connaissait bien son père et ses manières de filou.

— Non, c'est une réforme en profondeur. Je vais bâtir un département d'éthique de zéro. Nous avons signé un contrat détaillé, et mon père a accepté toutes mes conditions. On peut dire que j'ai carte blanche.

— C'est fantastique, Roarke. Mais est-ce vraiment ce que tu veux faire ?

— Oui. J'essaie de convaincre mon père depuis des années.

— C'est ce qui t'a fait accepter son offre ?

— Non, c'est autre chose. Il m'a dit que, si je pensais que Perry Holdings avait besoin d'un grand nettoyage, j'étais le seul homme qui pouvait s'en charger. Qu'ainsi j'allais faire de Perry Holdings une entreprise que je serais fier de léguer un jour à mes enfants.

Annabel lui serra la main.
— Et c'est ce que tu veux ?
Il lui caressa la joue.
— Oui, si c'est avec toi que je les fais.
Il déposa un doux baiser sur ses lèvres.
— Ce qui m'amène à ma question suivante. Je n'ai jamais connu personne comme toi, Annabel. Tu es la femme de ma vie.
Il lui embrassa la main.
— Veux-tu m'épouser ?
Elle le regarda, la tête penchée, et cligna des yeux.
— Tu es sérieux ?
Roarke se mit à genoux.
— Je n'aurais jamais cru au coup de foudre si je ne t'avais pas rencontrée Chez Farrah ce jour-là, tarte au citron. Personne au monde ne me convient mieux que toi. Je veux passer le reste de ma vie avec toi. Veux-tu devenir ma femme et faire de moi le plus heureux des hommes ?
— Oui, tarte au caramel.
Elle sourit, des larmes ruisselant sur ses joues.
— Oui ! répéta-t-elle.

Épilogue

Angela et Ryder sont fiancés. Annabel et Roarke le sont aussi. Mais les Perry et les Currin paieront pour ce qu'ils ont fait à ma famille.

Les mariages entre ces deux familles vont tisser une alliance encore plus solide.

J'ai essayé de respecter les règles. De travailler dur et d'attendre mon tour. Mais ma vie ne cesse de partir à vau-l'eau tandis que les Perry et les Currin deviennent de plus en plus riches et puissants.

J'ai perdu mon père bien-aimé, et mon enfant m'a été volé. Sterling Perry et Ryder Currin et leur engeance sont à l'origine de tout cela.

Je voulais juste qu'ils ressentent un peu le mal que j'ai. Le mal qu'ils m'ont fait. Un meurtre n'a jamais fait partie du plan. Mais Vincent Hamm ne m'a pas laissé le choix. Je ne pourrai plus jamais effacer de mon cerveau l'image de son visage mourant ou celle de son sang sur mes mains. C'était aller trop loin. Je ne peux pas dévier de mon plan. Ou bien le pauvre Vincent sera mort pour rien.

Il n'y aura plus de mort, je l'espère. Mais il y a des choses pires que la mort que l'on peut faire subir à autrui.

Les Perry et les Currin règnent sur leurs royaumes enchantés et affichent leur bonheur obscène. Mais cela ne durera pas longtemps, à commencer par Melinda Perry.

Pourquoi diable devrait-elle être heureuse et enceinte quand son père a détruit ma vie ?

Elle ne le sera pas. Pas si j'ai mon mot à dire.

JOANNE ROCK

La flamme retrouvée

Traduction française de
TATIANA ANDONOVSKI

PASSIONS

HARLEQUIN

Titre original :
HER TEXAS RENEGADE

Prologue

Miranda Dupree se préparait mentalement à faire face à ses ex-beaux-enfants à l'occasion de la lecture du testament de leur père, Buckley Blackwood. Sachant qu'ils la détestaient depuis le jour où elle était devenue leur belle-mère, elle ne se faisait pas d'illusions sur l'ambiance qui régnerait à ce rendez-vous.

Ce ne serait pas une partie de plaisir, et l'appréhension qu'elle éprouvait était à son comble.

Elle avait pris l'avion de New York, son lieu de résidence, pour se rendre à Royal, au Texas, à cause des desiderata de son ex-mari, Buckley, un Texan riche et puissant. Connaissant la teneur du testament, la seule idée d'imaginer la réaction de ses ex-beaux-enfants la rendait malade, mais elle comprenait le rôle que Buckley lui demandait de jouer, et pour rien au monde elle ne se soustrairait à ses obligations.

Kace LeBlanc, l'avocat de Buckley, avec qui elle était devenue amie, lui avait bien dit qu'elle n'était pas obligée d'être présente. Toutefois elle préférait être là en personne, même si cela signifiait s'exposer au courroux des héritiers.

L'heure de la réunion approchait.

Pour se faire à l'idée de ce qui l'attendait, elle imagina qu'elle était sur le point de se retrouver… face à un peloton d'exécution !

Elle n'était pas revenue à Blackwood Hollow, le ranch de la famille Blackwood, depuis trois ans, et elle tentait de reprendre ses marques.

Beaucoup de choses avaient changé depuis son départ de Royal, après son divorce. Seule une chose était restée intacte : l'animosité que lui vouaient ses ex-beaux-enfants. Et ils ne manqueraient pas de la détester plus encore lorsqu'ils apprendraient la teneur du testament laissé par leur père. La première version, du moins.

Elle se trouvait en ce moment avec Kace dans la pièce qui lui servait de bureau pendant son mariage avec Buckley, et n'en menait pas large.

— Miranda, tu es sûre de tenir le coup ?

— Buckley savait qu'il pouvait compter sur moi, et j'assumerai ma mission jusqu'au bout, répondit-elle, aussi bien pour rassurer Kace que pour se rassurer elle-même.

— Comme tu voudras.

— J'aurais aimé qu'il n'y ait pas autant de cachotteries, mais il est trop tard pour faire machine arrière.

La stratégie de Buckley était pour le moins peu conventionnelle, mais il n'avait pas pensé à mal en dictant les termes de son testament. Il avait même fait de très bonnes actions. Comment lui en vouloir d'avoir voulu ajouter un peu de piment pour bousculer les choses, même après sa mort ?

Il avait toujours été imprévisible et, même dans sa tombe, il réservait une sacrée surprise à ses héritiers.

— Tu as raison, reconnut Kace. Tu sais, je lui ai demandé de faire la paix avec ses enfants avant de mourir, mais il a soutenu que c'était la seule façon pour lui de régler ses comptes avec eux et il n'a pas voulu en démordre. Tu sais comme c'était difficile de lui faire entendre raison.

— On pourrait même dire impossible.

Tant bien que mal, elle se préparait au rôle qu'elle devrait jouer jusqu'à ce que le véritable testament de Buckley soit enfin dévoilé.

Elle n'avait pas été en contact avec la famille Blackwood depuis qu'elle avait quitté Royal, après son divorce, et personne n'avait pris de ses nouvelles. Ce qui était logique, car dès le départ les enfants de Buckley avaient mis leur venin en commun et ne lui avaient jamais pardonné d'avoir épousé leur père.

Étonnamment, leur haine ne s'était jamais estompée, même quand elle avait divorcé de Buckley et quitté le ranch sans rien emporter avec elle, hormis ce avec quoi elle était venue.

En effet, elle avait toujours tenu à son indépendance et avait insisté pour que cela soit écrit noir sur blanc dans leur contrat de mariage afin de ne pas être accusée d'avoir épousé Buckley pour son argent.

— Cela ne va pas être évident pour toi. Tu te sens prête ?

— Je ferai de mon mieux pour honorer les vœux de Buckley, mais tu sais comme moi qu'il risque d'y avoir une émeute dans ton cabinet, quand tu annonceras la teneur du testament.

— Oui, j'en suis conscient. En tout cas, sache que tu as mon soutien inconditionnel. Je sais que Buckley croyait en toi. Il savait que tu serais à la hauteur de ce défi.

Elle acquiesça en silence.

C'était un sentiment réconfortant, mais elle aurait

aimé que les enfants de Buckley n'aient pas à subir cette épreuve.

Ils allaient d'abord avoir la lecture d'un faux testament qui lui léguait tout, à elle. Et elle n'avait pas le droit de leur dire qu'un jour tout leur reviendrait.

En effet, que ce soit le ranch, la banque ou les autres biens de Buckley, rien ne lui reviendrait, hormis une somme très généreuse que Buckley avait donnée à l'œuvre de charité qu'elle avait créée et qui venait en aide aux jeunes femmes traversant un moment difficile dans leur vie. Cette somme était une façon de la remercier d'accepter le défi qu'il lui avait lancé.

D'un côté, elle était flattée qu'il ait à ce point confiance en elle, mais, de l'autre, elle n'aimait pas l'idée qu'il ait eu envie de faire des cachotteries à ses enfants, d'autant qu'elle serait en première ligne de leurs tirs groupés.

Toutefois, elle saurait surmonter l'épreuve qui n'allait pas tarder à se présenter à elle. En mémoire de Buckley. Ce dernier n'avait pas été le meilleur des maris, mais il l'avait toujours soutenue dans ses efforts professionnels et ils s'étaient séparés en bons termes.

C'était en partie grâce à lui si, aujourd'hui, elle volait de ses propres ailes. Sans son soutien moral et financier, elle n'aurait jamais pu créer son premier centre de remise en forme, Goddess. Son projet avait rapidement remporté un grand succès, et elle avait par la suite créé une chaîne du même nom.

En plus de sa chaîne de centres de remise en forme et de sa fondation caritative, elle était l'une des vedettes d'une émission de téléréalité, *La Vie secrète des ex-épouses de NYC*. Le jour où elle avait décidé de se rendre à Royal, et ce, pour une durée indéterminée, elle avait prévenu son producteur, Nigel Townshend, qu'elle ne pourrait pas être à New York pendant une partie de la nouvelle saison de l'émission.

Quelques jours plus tard, Nigel l'avait recontactée en lui annonçant qu'il avait décidé que l'émission se poursuivrait à Royal pour le restant de la saison.

Ce changement de plan l'inquiétait un peu, car elle craignait que l'arrivée de l'équipe de télévision à Royal attise la colère de ses ex-beaux-enfants.

Mais un problème à la fois.

Aujourd'hui, elle allait se concentrer sur la lecture du testament et gérer au mieux l'animosité qui en découlerait quand les enfants de Buckley apprendraient que leur père lui avait légué toute sa fortune.

- 1 -

Cinq mois plus tard

Miranda avait espéré que le brunch d'aujourd'hui consisterait en une réunion à huis clos partagée avec ses amies et covedettes de *La Vie secrète des ex-épouses de NYC*. Seulement Nigel Townshend, le producteur de l'émission, en avait décidé autrement, jugeant qu'il était nécessaire, pour varier un peu le contenu de l'émission, de filmer des moments plus intimes de leur quotidien.

Jusqu'à présent, depuis les débuts du tournage dans la ville texane de Royal, l'équipe avait avant tout été conviée à des événements publics, placés sous le signe du strass et des paillettes. En plus de quelques scènes de drame et d'hystérie, il y avait également eu des fêtes de fiançailles.

Il y avait de l'amour dans l'air, à Royal.

L'ex-beau-fils de Miranda, Kellan Blackwood, l'aîné de la tribu, s'était marié à Irina, et ils attendaient un heureux événement. La sœur de Kellan, Sophie, avait épousé Nigel Townshend quelques semaines auparavant. Leur frère, Vaughn, venait de se fiancer, ainsi que deux covedettes de l'émission.

Quant à Darius Taylor-Pratt, le fils illégitime de Buckley, il n'avait pas perdu de temps pour filer le parfait amour après son apparition à Royal et son incorporation à la famille Blackwood. Le hasard faisant bien les choses, il avait retrouvé son ancien flirt du lycée, Audra, et ils étaient aussitôt retombés dans les bras l'un de l'autre.

Donc tout le monde ne parlait que de mariage, surtout Lulu Shepard, la meilleure amie de Miranda dans l'émission, qui ne pensait qu'à l'organisation de ses noces imminentes avec Kace LeBlanc, l'avocat de Buckley.

— Alors, Lulu, as-tu enfin trouvé le lieu de tes rêves pour ton mariage ? s'enquit Miranda alors qu'elles étaient attablées face à la piscine de la maison d'amis du Blackwood Hollow, sous la tonnelle, à l'abri du soleil.

Depuis qu'elle était rentrée à Royal cinq mois auparavant pour la lecture du testament de Buckley, elle avait pris ses quartiers dans la maison d'amis.

Après le choc du premier testament, et depuis que Kace LeBlanc avait annoncé aux trois enfants de Buckley qu'ils étaient en réalité les véritables héritiers de leur père, la mission de Miranda s'était révélée beaucoup plus simple.

Les enfants avaient fini par enterrer la hache de guerre, et elle avait pu mener à bien les diverses passations de pouvoir, et ce, dans un environnement serein et chaleureux.

Elle avait été surprise et touchée quand Kellan lui avait proposé de s'installer dans la maison d'amis du ranch familial, qui appartenait dorénavant officiellement à Kellan et à sa femme Irina, le temps qu'elle termine ce qu'elle avait à faire à Royal. Mais le bien le plus précieux dont elle avait hérité depuis la lecture du vrai testament, c'était d'avoir pu créer un lien avec ses ex-beaux-enfants, chose qui avait été impossible durant son mariage avec Buckley.

Jour après jour, elle appréciait de pouvoir approfondir ce lien. Même s'il y avait un peu trop de fiançailles et de mariages à son goût. En effet, elle qui n'avait jamais eu l'âme d'une grande romantique, elle éprouvait parfois des petits pincements d'envie en voyant les gens autour d'elle tomber amoureux et se marier.

Lulu la ramena dans la conversation.

— Ohé ! Miranda, on t'a perdue ? s'enquit son amie.

— Lulu, tu dois absolument te marier à New York ! s'exclama Rafaela Marchesi, l'une des covedettes, faisant rebondir sa masse de cheveux d'un côté, toujours soucieuse de montrer son meilleur profil à la caméra.

Cinq fois divorcée, en quête de son sixième mari, Rafaela aimait semer la zizanie et jouer les divas.

Henry, le cameraman, s'attarda sur elle tandis que Sam, l'autre cameraman, tournait sa caméra vers Lulu pour avoir sa réaction.

— Non. Figurez-vous que j'ai une annonce à vous faire. Nous allons nous marier à Royal, répondit Lulu, levant son verre de champagne en direction de Rafaela, et montrant au passage l'énorme diamant de sa bague de fiançailles.

— Quelle bonne nouvelle ! s'exclama Miranda, désireuse de mettre fin au plus tôt à cette conversation qui risquait vite de s'envenimer, surtout avec le tempérament de feu de Rafaela.

Les téléspectateurs étaient certes friands de ce genre d'échanges féminins virulents, mais Miranda voulait éviter que les préparatifs de mariage de Lulu donnent lieu à des scènes dignes d'un marché à la criée.

— Et on peut savoir pourquoi tu trouves que c'est une bonne nouvelle ? lui demanda Rafaela.

— Oui. C'est ici qu'ils se sont rencontrés, donc je trouve que c'est symbolique que nos deux tourtereaux décident d'organiser leurs noces à Royal.

Miranda avait beau être divorcée et mener sa vie comme une célibataire endurcie, elle avait néanmoins un faible pour les belles histoires d'amour, comme celle de Lulu et de Kace.

L'amour n'avait pas été au rendez-vous de son mariage avec Buckley et, même si elle voyait cela comme l'un des plus grands échecs de sa vie, elle avait réussi à en prendre son parti.

D'autant que ces derniers temps son esprit était essentiellement occupé à penser à l'homme qui avait été maître de son cœur avant sa rencontre avec Buckley…

Kai Maddox, un expert en cybersécurité à qui elle venait de faire appel pour qu'il aide la banque Blackwood à revoir ses mesures d'encryptage numérique et son système de sécurité des données.

Après avoir passé des années à tenter de l'oublier, elle avait été effarée de constater qu'en l'espace d'une semaine Kai avait pris le devant de la scène dans sa vie, occupant une place disproportionnée dans ses pensées. Nuit et jour.

Évidemment, le fait qu'ils aient échangé un baiser torride lors de leurs retrouvailles n'arrangeait rien à la situation.

L'entrevue avait rapidement tourné au vinaigre, et Kai avait refusé son offre de partenariat avec la banque.

Dans la mesure où elle n'en était pas à son premier refus, elle avait décidé de ravaler sa fierté et de réitérer sa demande sous de meilleurs auspices et en gardant ses distances, cette fois.

Kai était l'homme de la situation. Bien qu'ayant un passé assez trouble dans le piratage informatique, il n'en restait pas moins l'expert numéro un dans son domaine. De plus, la compagnie qu'il avait créée, Madtec, était une entreprise locale, implantée à Deer Springs, la ville où il avait grandi et qui se situait non loin de Royal.

Zooey Kostas, la plus jeune des covedettes de l'émission, âgée tout juste de trente ans, la tira de ses rêveries.

— Portons un toast à Lulu, notre future mariée du Texas !

— À Lulu ! renchérit Seraphina « Fee » Martinez, qui s'était récemment fiancée à un cow-boy du Texas.

Les cinq femmes assises autour de la table levèrent aussitôt leur verre en l'honneur de Lulu.

Miranda savoura sa gorgée de champagne tandis que Rafaela levait les yeux au ciel.

— Zooey, ma chérie, comment peux-tu te réjouir que Lulu se marie au Texas ? demanda cette dernière. Pourquoi s'évertuer à gâcher notre potentiel en essayant de dégoter des cow-boys dans l'État de l'Étoile solitaire alors que l'on pourrait choisir qui on veut à Manhattan parmi les milliardaires de Wall Street ?

Miranda s'adossa à son siège, agacée par l'attitude de Rafaela mais ne souhaitant pas mettre de l'huile sur le feu.

Découragée, elle se demanda si sa vie se résumait uniquement à échanger des piques avec ses amies en sirotant du champagne.

Lulu semblait prête à se lancer dans une kyrielle de représailles quand Zooey les prit par surprise en éclatant de rire.

— Gâcher notre potentiel ? Avoue plutôt que tu es jalouse de ne pas avoir réussi à trouver l'homme de ta vie au Texas, comme Lulu et Fee, déclara-t-elle, avant de se lever.

— Tu pars ? lui demanda Lulu, étonnée.

— Oui. Cette conversation m'a coupé l'appétit.

Miranda se tourna vers Lulu, aussi étonnée qu'elle de ce départ théâtral qui ne ressemblait guère à Zooey.

— Quelle pimbêche ! lança Rafaela, moqueuse.

Après cette scène pimentée, Lulu relança la conversation sur les lieux potentiels où elle aimerait organiser son mariage.

Miranda, quant à elle, réfléchit à son objectif de la journée.

L'équipe de production avait sans aucun doute filmé assez de contenu pour l'épisode de cette semaine. De plus, comme il y avait eu quelques passages croustillants dont les téléspectateurs raffolaient, elle espérait pouvoir disparaître pour l'après-midi.

Elle avait besoin de rencontrer Kai de toute urgence afin de le convaincre d'accepter de prendre la banque Blackwood comme client, même si l'idée d'une autre entrevue avec l'ancien amour de sa vie la mettait dans tous ses états.

Elle regrettait le moment de faiblesse qui l'avait poussée à se laisser aller à l'embrasser dès leur première entrevue.

Seulement Kai était le seul homme sur terre capable de lui faire tourner la tête en moins de temps qu'il n'en fallait pour le dire !

Maintenant que Vaughn était l'héritier officiel de la banque, il était temps de lui passer le relais. Avant cela, elle devait trouver quelqu'un qui pourrait vérifier les irrégularités qu'elle avait remarquées en passant les comptes en revue.

Buckley n'était plus là pour vérifier ce qu'elle faisait, mais, pour avoir la conscience tranquille, elle ne pouvait passer les rênes qu'une fois s'être assurée que tout était en ordre. Elle commençait tout juste à avoir une bonne relation avec les enfants de Buckley et ne voulait pas tout risquer en commettant un faux pas ou en omettant de régler un problème.

Persuadée que Madtec était la compagnie idéale, elle avait décidé de tenter une nouvelle approche, quitte à ce que son ex-petit ami beau comme un dieu la rejette une seconde fois alors qu'elle lui demandait son aide.

Il avait pris congé de manière très abrupte, la dernière fois qu'elle avait tenté de lui parler de son projet, juste après le baiser qu'ils avaient échangé et dont le souvenir l'enflammait chaque fois qu'elle y repensait.

Cette fois, elle allait se rendre au siège de Madtec.

La situation était compliquée, et elle ignorait si Kai accepterait qu'elle passe seulement les portes de son bureau.

Si elle y arrivait et qu'il lui laissait le temps de lui parler, elle était résolue à lui faire une offre qu'il ne pourrait refuser.

Kai Maddox traversa la terrasse construite sur le toit du nouveau siège de Madtec qui offrait une superbe vue sur la ville de Deer Springs. Une fois au niveau des vitres qui servaient de cloisons de sécurité sur le pourtour du toit, il inspecta le parking et le panorama alentour. Il venait de conclure un rendez-vous assez intense et avait besoin de se dégourdir un peu les jambes.

En ce moment, les températures commençaient à monter en journée, mais aujourd'hui une brise légère venue de l'ouest parvenait à rafraîchir l'air ambiant. Bientôt, il ferait trop chaud pour recevoir des clients sur la terrasse, mais Kai comptait profiter de cette oasis autant que son travail le lui permettait, conscient des bienfaits de l'air pur et de la verdure sur l'esprit.

Grâce à une discipline de fer, il avait appris à faire de son équilibre physique et mental une priorité. Après avoir passé son adolescence collé à son écran d'ordinateur et consacré chaque minute de sa vie à développer ses compétences en tant que codeur et développeur – en s'adonnant occasionnellement au piratage informatique —, il avait eu besoin de changer de mode de vie. Aujourd'hui, il avait trouvé son équilibre.

Son passé de hackeur le hantait parfois et lui causait quelques soucis professionnels, mais le piratage faisait partie de l'apprentissage du métier, car le seul moyen de concevoir le meilleur encryptage numérique possible était de réussir à pirater les encryptages numériques des autres.

Madtec avait pris ses quartiers à Deer Springs au début du mois de janvier, dès que le bâtiment high-tech avait été terminé. Doté de cinq étages et d'une terrasse sur le toit, cet emplacement offrait à Kai et à son frère, Dane, plus de place qu'il ne leur en fallait pour le moment. L'immobilier à Deer Springs étant encore abordable, ils en avaient profité pour prendre leurs aises. De plus, ils comptaient vite développer leur activité et accepter de nouveaux clients.

En parlant de nouveaux clients, il avait ignoré l'appel

de Miranda Dupree qui l'avait contacté en vue d'une collaboration.

Il n'avait aucune envie de collaborer avec une femme qui l'avait laissé tomber dès l'instant où un homme plus riche que lui était apparu dans sa ligne de mire.

Son assistant personnel le tira de ses rêveries.

— Vous avez encore besoin de moi, Kai ?

Amad avait commencé récemment chez Madtec et il s'avérait être quelqu'un de très fiable, de très organisé et désireux d'être à la hauteur de chacune des situations qui lui étaient présentées.

— Non, merci, ça ira, Amad. Je dois voir Dane un peu plus tard, mais j'aimerais d'abord prendre le temps de passer en revue les tests sur la pénétration des données.

Kai et son frère avaient mis au point un nouveau logiciel de protection anti-fraude, qui était prêt à être commercialisé. Kai avait néanmoins demandé à l'un de leurs amis et fidèles collaborateurs de faire un dernier test pour s'assurer de n'avoir omis aucune faille.

— Entendu, alors je vous laisse, dit Amad en remettant les dossiers dans un classeur en cuir.

Alors que son assistant s'apprêtait à rentrer dans le bâtiment, son téléphone sonna.

Quelques secondes plus tard, Amad se tourna vers lui.

— Kai, la réception me dit que quelqu'un demande à vous voir.

— Qui ça ?

— Miranda Dupree. Elle n'était pas prévue au planning.

Kai jura en silence.

Miranda avait fait irruption dans sa vie la semaine dernière, après dix ans d'absence, et ils avaient rapidement perdu le contrôle de la situation. Il ignorait encore comment il en était arrivé à l'embrasser. Tout ce qu'il savait, c'est qu'il ne voulait pas retomber dans ses filets. Il lui en voulait encore de l'avoir quitté, dix ans auparavant, et il n'était pas question pour lui de renouer des liens avec elle. Même professionnels.

Il aurait préféré l'ignorer pour toujours, mais ce n'était pas forcément la solution la plus judicieuse.

Jusqu'à présent, il avait ignoré scrupuleusement tous ses appels. Maintenant qu'elle se présentait à la réception du siège de sa compagnie, s'il la renvoyait, elle saurait à quel point il lui en voulait encore, et cela pourrait aussi avoir un effet néfaste sur l'image de Madtec.

Après tout, c'était une femme d'affaires renommée, donc il se devait au moins de la recevoir pour un entretien placé sous le signe de la courtoisie, même s'il avait bien l'intention de refuser ce qu'elle était venue lui proposer. Le moyen le plus rapide d'en finir était donc de lui accorder cet entretien.

— Je vais la recevoir, dit-il. Dites-lui de monter dans mon bureau. Dans cinq minutes.

— Entendu, répondit Amad avant de quitter la terrasse.

Quelques instants plus tard, Kai retourna à l'intérieur à son tour et se rendit dans son bureau.

Avec Dane, ils avaient partagé le dernier étage du bâtiment en deux bureaux présidentiels séparés par une salle de réunion.

De leurs bureaux, ils avaient une vue imprenable sur la ville, et par temps clair Kai pouvait apercevoir le toit de l'humble logement où il avait grandi.

Deer Springs avait pour lui son lot de souvenirs malheureux et heureux, mais à présent c'était la ville de l'espoir et de l'avenir. Madtec était une entreprise modèle. Dane et lui avaient créé des centaines d'emplois pour la communauté, et cela lui avait procuré énormément de satisfaction.

Bien plus qu'il n'allait en retirer de son entrevue avec Miranda.

Le temps qu'il arrive dans son bureau par une entrée privée, Amad arrivait avec Miranda.

En la voyant, toutes ses bonnes résolutions disparurent.

Sa chevelure rousse flottait sur ses épaules en une masse sauvage, et une mèche tombait légèrement sur son visage. Elle était vêtue d'un tailleur noir très près du corps qui mettait en valeur sa silhouette, même si ce n'était pas du même effet que la robe rouge sans bretelles qu'elle portait lors de leur dernière entrevue.

Cette robe l'avait torturé nuit après nuit, lui offrant les fantasmes les plus fous.

Sa posture reflétait sa pratique régulière du yoga, qu'elle avait découvert à l'adolescence. Elle avait la chance d'être dotée d'un corps de danseuse étoile, avec des membres fins et élancés, et des courbes féminines alléchantes, si bien que sa silhouette avait toujours fait baver plus d'un homme.

Y compris lui.

Il s'efforça de croiser son regard bleu océan où il s'était maintes fois perdu.

— Bonjour, Kai. Merci de me recevoir à la dernière minute, dit-elle en offrant un sourire chaleureux à Amad qui quittait la pièce.

— Tu ne m'as pas vraiment laissé le choix. Je t'en prie, assieds-toi.

Elle choisit de rester debout, comme lui. Même avec

ses talons aiguilles, elle restait moins grande que lui, mais il émanait d'elle une force qui lui donnait une certaine autorité, sans compter que son sex-appeal jouait en sa faveur.

Du point de vue professionnel, Miranda avait réussi à asseoir sa réputation de femme d'affaires. Cela ne le surprenait pas ; il avait toujours été très admiratif de son ambition et de son énergie. Même si elle avait sans aucun doute bénéficié du soutien financier de Buckley Blackwood, cela n'enlevait rien à sa réussite. Cependant, il ne pouvait s'empêcher de comparer son expérience à celle de son frère et lui. Avant de réussir à monter Madtec, ils avaient dû lutter pour trouver des investisseurs. Rien ne leur était tombé du ciel.

Grâce à son mari, Miranda avait non seulement bénéficié de la fortune des Blackwood, mais elle avait aussi eu accès à un monde privilégié, celui des gens riches et connus.

Kai, lui, quand il sortait avec elle, n'avait pu lui offrir que des dînettes dans son appartement et des virées à moto quand il avait le temps de s'échapper de ses projets informatiques rarement bien rémunérés.

— Tu aurais pu m'ignorer, comme tu as ignoré mes appels, dit-elle, inspectant son bureau. Joli espace.

— Merci.

Il avait volontairement opté pour un ensemble aéré aux lignes épurées, afin de pouvoir y travailler en toute sérénité. Les murs étaient gris pierre, et des vitres sur toute la longueur amenaient une source de clarté qui venait s'ajouter aux puits de lumière du plafond. Sa table de travail était constituée d'une structure métallique légère et d'un plateau en verre. Sobre et fonctionnel.

Il fut touché que Miranda apprécie son bureau. D'ailleurs, s'il poussait la réflexion plus loin, il se demandait ce qu'elle pensait de lui. Dix ans auparavant, quand elle l'avait quitté, il évoluait encore dans un monde de piratage informatique, avec peu de moyens, agissant parfois à la limite de la légalité. Aujourd'hui, il avait réussi.

De six ans son aînée, Miranda s'était montrée bien plus ambitieuse que lui, ce qui n'avait fait que renforcer l'admiration qu'il avait pour elle. De plus, la façon dont elle avait de jouer de sa sensualité pour arriver à ses fins l'avait toujours impressionné et surtout… irrésistiblement attiré.

Seulement elle l'avait quitté dès que Buckley Blackwood lui avait proposé sa fortune sur un plateau.

C'est pourquoi il n'était pas près de lui redonner une chance, même s'il ne pouvait nier l'effet qu'elle avait sur lui.

— Deer Springs est une petite ville, reprit-il. Loin de moi l'idée d'alimenter les rumeurs en passant pour le goujat qui aurait refusé de recevoir Miranda Dupree, une célébrité locale.

Elle éclata de rire.

— Tu oublies que, techniquement, je suis de Sauder Falls, lui fit-elle remarquer.

C'était une ville-satellite qui jouxtait Deer Springs et qui n'avait jamais eu bonne réputation. D'ailleurs, la presse disait toujours que Miranda venait de Deer Springs.

Ils s'étaient rencontrés quand elle travaillait comme serveuse à mi-temps, tout en essayant de lancer un cours de yoga et en animant des séances de fitness dans une salle de sport à Royal. Déjà à l'époque, elle avait cette soif d'agir, de réussir, d'aller plus loin.

— Toujours est-il que tu es très connue, par ici.

Elle s'était rapprochée de lui, et il pouvait à présent sentir son parfum qui lui évoquait des fleurs à la tombée de la nuit…

Plus vite il en aurait terminé avec elle, mieux il se porterait. Cette fois, il n'y aurait pas de baiser surprise.

— Je peux savoir quel bon vent t'amène ? s'enquit-il. Si mes souvenirs sont bons, je crois t'avoir dit clairement que travailler pour toi ne m'intéressait pas.

Inutile d'y aller par quatre chemins ou de lui faire croire qu'il pourrait un jour lui pardonner sa trahison.

— Comme tu le sais, je suis encore à la tête de la banque Blackwood, répondit-elle. En qualité de directrice intérimaire, j'aimerais mettre à jour le système de sécurité avant de passer les rênes au futur directeur, Vaughn Blackwood. Donc techniquement, il ne s'agirait pas de travailler pour moi mais pour Vaughn.

Il la regarda un instant, surpris.

Au départ, il avait cru qu'elle le contactait pour sa chaîne de centres de remise en forme, Goddess.

Une banque, c'était une tout autre histoire. Qui plus est la banque Blackwood.

L'encryptage d'un établissement financier était un processus extrêmement complexe, et il aurait facilement pu se laisser tenter par le projet s'il ne lui avait pas été présenté par Miranda.

— Tu as dit que tu étais directrice intérimaire, donc cela signifie que nous devrions être en liaison pour ce projet. Or je refuse catégoriquement de travailler pour toi, décréta-t-il, croisant les bras tout en la toisant.

Puis il attendit.

Elle ne baissa pas les yeux. Son pouls semblait battre

frénétiquement dans son cou gracile, attirant son regard et lui donnant envie de l'embrasser à cet endroit précis.

Il était prêt à parier qu'il pourrait la faire chavirer en un clin d'œil… Non. Mieux valait ne pas tenter l'expérience de peur de vouloir aller plus loin.

— Tu ne travaillerais pas pour moi mais pour la banque. J'ai amené un contrat, dit-elle, sortant une enveloppe kraft de son sac.

— C'est non.

— Non ? Kai, c'est une offre en or. La banque a besoin d'un système de protection des données, et c'est votre spécialité. De plus, vous êtes locaux, ce qui…

— Nous sommes très occupés.

Il préférait se montrer abrupt plutôt que de risquer de perdre la tête en passant plus de temps avec elle.

— Je vais quand même laisser le contrat ici en espérant que tu le liras et que tu y réfléchiras, dit-elle. Peut-être que Dane sera d'un autre avis.

Si Dane apprenait qu'il avait refusé la banque Blackwood, il serait furieux.

— Merci d'avoir pensé à nous, mais c'est non, répliqua-t-il sur un ton un peu plus formel qu'il ne l'aurait voulu.

— Je pourrais nommer une personne qui serait responsable de gérer la situation avec Madtec. Tu n'aurais plus à me revoir, après l'acceptation du contrat.

L'offre était alléchante, et Miranda l'était encore plus… Seulement il ne supportait pas de sentir qu'il n'était pas maître de ses réactions en sa présence.

— C'est non, Miranda.

Elle croisa les bras et le scruta d'un regard perçant, comme si elle arrivait à lire dans ses pensées.

— Je peux savoir pourquoi tu refuses aussi catégoriquement ? demanda-t-elle.

— Je n'ai rien à ajouter.

— Moi, je crois savoir. Tu ne veux pas travailler avec moi de peur de céder à la tentation, décréta-t-elle avant de tourner les talons et de sortir de son bureau avec la même assurance qu'à son arrivée.

Il ne reprit sa respiration que lorsqu'elle eut disparu de son champ de vision et il se dirigea vers les baies vitrées, furieux.

Il enrageait de sentir qu'elle avait raison.

Jamais aucune femme n'avait eu autant d'effet sur lui.

Jamais aucune femme ne l'avait autant blessé.

Miranda était furieuse.

Elle s'en voulait d'avoir perdu son temps en venant jusqu'à Deer Springs pour entendre Kai Maddox rejeter son offre sans même prendre la peine de regarder les termes du contrat qu'elle lui avait apporté !

De plus, elle ne supportait pas le fait qu'il ait le pouvoir de lui enflammer les sens au point de raviver la flamme qui avait jadis brûlé entre eux.

Depuis toujours, elle perdait la tête dès qu'elle était en sa présence, et ses mécanismes de défense se mettaient aussitôt à l'arrêt, la laissant seule se dépêtrer avec le flot d'émotions et de désir qui l'assaillait.

Pour redescendre à la réception, elle choisit de prendre l'escalier. Dès qu'elle le pouvait, elle évitait les ascenseurs. Descendre ou monter des marches était un bon moyen de muscler les fessiers, d'ajouter des pas sur son Fitbit, et en cas de frustration ultime c'était aussi le moyen idéal de faire baisser la tension et la colère qui l'animaient.

La cage d'escalier de Madtec semblait conçue pour le bien-être des employés. Il y avait des expressions de motivation peintes sur les murs, et les marches étaient assez larges pour que plusieurs personnes puissent se croiser. Il y avait même un couloir délimité pour ceux qui voulaient monter ou descendre l'escalier à vive allure.

Elle croisa une jeune femme qui montait et qui s'arrêta aussitôt en la voyant.

— Mademoiselle Dupree ? J'adore votre émission ! C'est vrai que vous allez bientôt quitter Royal ? C'était vraiment sympa de voir une émission tournée dans la région.

Malgré sa contrariété, Miranda lui sourit chaleureusement, connaissant l'importance d'avoir une relation positive avec les téléspectateurs qui prenaient du temps pour regarder l'émission.

— En principe, nous allons rester à Royal pendant encore quelques semaines, mais la saison prochaine nous retournerons à New York, expliqua-t-elle.

— Vous allez vraiment nous manquer, dit la jeune femme en sortant un stylo et un morceau de papier de son sac.

— Oh ! c'est gentil.

— En plus, vous avez grandi ici, donc c'est plus symbolique. Je peux avoir un autographe ?

— Bien sûr.

— Merci. Ma mère n'en reviendra pas quand je lui dirai !

Miranda signa au dos d'un reçu de supermarché, puis elle poursuivit son chemin.

La phrase de la jeune femme lui fit penser à sa mère, Virginia. Elle ne lui avait pas rendu visite, depuis son retour au Texas. Elle n'en avait pas eu le courage. Leur relation était tellement compliquée que chaque entrevue se terminait en crise de nerfs.

Elle se souvenait de la fois où sa mère l'avait harcelée pour avoir un rôle à ses côtés dans *La Vie secrète des ex-épouses de NYC*. Sa mère lui en avait terriblement voulu de ne pas avoir cédé à son caprice.

Mais ce n'était rien comparé à la fois où Miranda l'avait appelée pour lui annoncer qu'elle se séparait de Buckley. Sa mère l'avait traitée de tous les noms d'oiseau. Heureusement qu'elle n'avait pas été en face d'elle, sinon des objets auraient sûrement volé dans les airs ! Oh non. Virginia « Ginny » Dupree n'avait rien d'une mère tendre et attentionnée.

On inspire par le nez et on expire par la bouche.

Le yoga avait été son compagnon de route depuis l'adolescence. Une pratique quotidienne lui avait permis d'équilibrer sa vie. Il ne s'agissait pas seulement de rester en bonne santé, encore fallait-il réussir à garder un esprit sain.

Le temps qu'elle arrive au rez-de-chaussée, elle avait oublié sa mère et n'était presque plus énervée contre Kai.

De plus, observant le décor design et zen autour d'elle, elle ne pouvait qu'admirer les efforts mis en œuvre pour offrir un environnement de travail agréable et sain aux employés : des affiches vintage, des fauteuils confortables, des touches de couleur, une cafétéria lumineuse, et des espaces verts qui permettaient aux employés de travailler dehors s'ils le souhaitaient

Kai Maddox avait beau être un ancien pirate informatique qui avait plus d'une fois dépassé les limites de la légalité, on ne pouvait que saluer son sens communautaire et le succès de son projet.

De plus, il s'était montré très généreux envers sa ville natale. Non seulement il avait choisi d'y construire le siège de son entreprise, mais il avait aussi fait des dons à diverses associations caritatives. Il avait aussi personnellement veillé à la construction d'une maison des jeunes non loin du restaurant où elle travaillait en tant que serveuse, là où ils s'étaient rencontrés…

Poussant la porte de Madtec alors que le soleil brillait encore en cette fin d'après-midi, elle décida de tirer un trait sur Kai Maddox. Du moins pour aujourd'hui.

D'après son évaluation à distance, son corps athlétique semblait encore plus ferme et musclé que dix ans auparavant. Ses yeux verts étaient toujours inquisiteurs, et sa balafre sur la joue, héritée d'une de ses frasques à moto, lui conférait ce petit côté mystérieux d'homme qui avait vécu. Même caché par son costume italien taillé sur mesure, elle se souvenait de chaque parcelle de son corps fabuleux…

Stop !

Pas question de passer une seconde supplémentaire à penser à ce voyou devenu homme d'affaires. Il avait visiblement tourné la page, et elle se devait d'en faire autant.

Kai avait refusé de l'aider ? Tant pis pour lui ! Elle trouverait quelqu'un d'autre pour la mise à jour de la sécurité numérique de la banque Blackwood !

C'était quand même rageant de penser qu'elle s'était trompée en espérant qu'il accepterait l'offre alléchante qu'elle était venue lui faire.

Il l'avait ni plus ni moins congédiée. Et sans même lui demander d'autographe !

- 2 -

Le lendemain après-midi, Dane entra comme un ouragan dans le bureau de Kai. Dans une main, il tenait une tasse de café ; dans l'autre, des papiers qu'il ne tarda pas à jeter sur la table en verre.

— J'ai trouvé ça sur le bureau d'Amad, dit-il.

En voyant le logo de la banque Blackwood, Kai sut aussitôt de quoi son frère était venu lui parler.

— C'était pour la déchiqueteuse.

— Tu as perdu la tête ?

Décidant qu'il ne pourrait pas se remettre à travailler avant d'avoir réglé ce problème, Kai ferma son ordinateur et se leva pour aller à la rencontre de Dane.

Son frère avait beau être son cadet de deux ans, il était aussi doué que lui au niveau technologique. De plus, il avait un sens des affaires beaucoup plus développé que le sien.

Kai était fier de lui, même s'il avait un don tout à fait exceptionnel pour l'énerver, parfois.

— Tu t'attends vraiment à ce que je réponde à la question ou tu as déjà une idée de la réponse ? s'enquit-il.

— Ni l'un ni l'autre. Tu as un problème, et je suis là pour t'en parler.

— Ah oui ? Alors je t'écoute.

— Tu es vraiment obstiné au point de ne pas

reconnaître que ce contrat est une véritable aubaine ou tu as brusquement sombré dans la bêtise ?

— Madtec est en pleine expansion. Je ne vois pas l'intérêt de nous affilier à des gens qui…

Comment formuler les réserves qu'il avait à l'encontre de Miranda ? Comment expliquer à Dane ce qu'il éprouvait pour elle ?

— Des gens qui quoi ? demanda son frère, comme il ne terminait pas sa phrase. Des gens qui te proposent un contrat en or ?

— Nous n'avons pas besoin de ces gens, marmonna-t-il, à court d'arguments.

— Ce n'est pas un contrat avec *des gens*. Bon sang, Kai, c'est un contrat de partenariat avec l'une des dix plus grosses banques privées du pays !

Kai le savait parfaitement, seulement l'idée de voir Miranda plus souvent lui nouait la gorge.

Sa beauté mise à part, elle avait eu un effet diabolique sur son cœur.

Et pas seulement.

À l'époque de leur relation, l'ascendant qu'elle avait sur lui avait eu un effet néfaste sur un projet qu'il était en train de développer avec son frère.

Trop occupé à la courtiser, il avait laissé Dane prendre les rênes du projet, et ce dernier, sans la surveillance de son aîné, avait dérapé. Au final, ils avaient été accusés de piratage, et Dane avait fait de la prison. Kai ne se pardonnerait jamais son erreur. En tant que frère aîné, il avait failli à ses devoirs.

Alors fréquenter de nouveau Miranda, même professionnellement, même temporairement, non. Il ne prendrait pas ce risque.

— Dane, quand nous avons lancé notre entreprise, nous nous sommes mis d'accord sur un principe : accepter des projets parce qu'on les trouvait intéressants et non pas nécessairement parce qu'ils étaient lucratifs, donc…

— Je t'arrête tout de suite. Quand nous avons développé notre business plan, nous nous sommes mis d'accord sur ce principe : collaborer avec des entreprises qui partageaient nos valeurs. Je ne vois pas pourquoi on refuserait ce contrat en or avec un établissement financier réputé. C'est parce que tu as des comptes à régler avec la personne qui nous l'a proposé, c'est ça ?

— Je ne vois pas ce que tu veux dire.

— Menteur. Tu vois très bien ce que je veux dire.

Kai décida de ne pas rebondir sur ce sujet, choisissant de changer son angle d'approche.

— Et toi, tu voudrais que l'on accepte ce projet à tout prix, même si l'on a atteint notre capacité maximum et que l'on doit consacrer toute notre énergie à la commercialisation de notre logiciel de sécurité ?

— Kai, ta mauvaise foi est pitoyable. On a atteint notre capacité maximale parce que nous n'avons pas pourvu tous les postes que nous pourrions créer. On a précisément construit ce siège pour s'agrandir, alors si on acceptait le contrat de la banque Blackwood, cela nous permettrait justement d'embaucher.

Kai laissa échapper un soupir de frustration.

Son frère avait raison sur toute la ligne. Ce qui l'énervait au plus haut point.

Mais ce qui l'énervait davantage, c'était le fait que depuis que Miranda avait quitté son bureau, la veille, il n'avait pas cessé de penser à elle…

— Kai, au fond de toi, malgré toutes tes réticences, tu es parfaitement conscient que ce contrat avec la banque Blackwood serait un moyen pour Madtec d'obtenir la reconnaissance que nous cherchons depuis nos débuts. Si on réussissait à remplir le contrat, tous les P-DG du pays seraient prêts à faire confiance à deux anciens pirates informatiques reconvertis. Je me trompe ?

Comment nier l'évidence ? Et comment refuser à son frère l'occasion d'asseoir sa réputation et de gommer les dernières traces de son séjour en prison ?

— Non, marmonna-t-il. Tu as raison.

— Donc tu veux bien signer ?

Pour toute réponse, ne voyant pas d'autre choix, Kai prit un stylo et signa ce fichu contrat. Il le porterait lui-même à Miranda. Peut-être qu'avec un peu de recul et de philosophie il trouverait un moyen de faire la paix avec elle. Tout au moins pour la durée du contrat.

Plus vite ils en auraient fini avec cette mission, plus vite il pourrait clore le chapitre « Miranda Dupree » et le mettre derrière lui une bonne fois pour toutes.

Miranda tenait une lettre de Buckley Blackwood dans ses mains. C'était la troisième et dernière lettre que son ex-mari lui avait écrite et fait remettre après sa mort. La première lui avait expliqué les véritables intentions de son faux testament, qui n'était pas le testament final, et le rôle qu'elle devait jouer.

La deuxième lui avait donné des instructions pour retrouver la trace de son fils illégitime, Darius, et le mettre en contact avec le reste de la famille.

Cette troisième missive comportait son dernier souhait.

Chère Miranda,

Merci d'avoir accepté de mener à bien ces missions délicates et d'avoir accompli à ma place ce que je n'avais pas réussi à faire de mon vivant. J'espère que cette dernière requête sera un peu plus facile que les autres. J'aimerais que tu organises un bal de charité dont les recettes seraient reversées à l'Organisation nationale pour le cancer. Mes enfants ont perdu leur mère à cause d'un cancer et, même si je n'ai pas été un mari à la hauteur pour Donna-Leigh, j'aimerais offrir ce bal en son honneur. Je sais que tu feras ça bien. Après cette dernière faveur, tu pourras retourner à ta vie à New York et je pourrai reposer en paix.

Bien à toi,

Buck

Miranda reposa la lettre sur le secrétaire de la deuxième chambre de la maison d'amis qui lui servait de bureau temporaire.

Elle prit quelques instants pour réfléchir aux implications de la lettre que Kace LeBlanc était venu lui apporter le matin même, lui assurant qu'il s'agissait là de la dernière missive de Buckley.

Cela avait été pour elle une bonne et une mauvaise nouvelle. Elle avait été soulagée d'apprendre que Buckley ne lui réservait plus de surprises, mais triste aussi de devoir bientôt quitter Royal, et surtout de vivre éloignée des enfants de son ex-mari. Elle avait parfois l'impression que le lien entre eux, même encore récent, était plus solide et sincère que celui entre sa mère et elle.

Son regard se posa sur une photo de mariage de Sophie, la cadette. On la voyait entourée de Kellan, Vaughn et Darius, leur demi-frère. Buckley aurait été fier de les voir tous les quatre enfin réunis.

Elle sourit, émue. Elle était contente d'avoir participé à leur rapprochement. Buckley n'avait pas été un très bon père de son vivant, mais il avait assuré l'avenir de ses enfants.

Pour sa part, elle avait perdu son père à l'âge de trois ans, donc elle n'avait pas de souvenirs de lui. Au début, sa mère avait pris deux emplois pour arriver à joindre les deux bouts, puis elle avait abandonné son devoir de mère quelques années plus tard, laissant leur logis à l'abandon.

Miranda se souvenait des coupures d'électricité, des vêtements récupérés à l'Armée du salut et des repas pas toujours réguliers et pas du tout équilibrés. Le peu d'argent que sa mère avait, elle le dépensait en pilules de substitution auxquelles elle était rapidement devenue accro.

Sa mère ne l'avait jamais frappée ; elle lançait juste des objets quand elle se mettait en colère et elle pouvait se montrer très cruelle verbalement. Si bien qu'en grandissant Miranda avait appris à prendre ses distances et à mettre des barrières pour ne pas souffrir de la cruauté maternelle.

Quand elle voyait la relation très étroite entre les enfants de Buckley, l'amour qu'ils se vouaient, elle ne pouvait réprimer un sentiment d'envie.

Parfois, elle se demandait si ce n'était pas justement le manque d'amour dans sa vie qui l'avait jetée dans les bras de Kai. Leur relation lui avait fait découvrir un nouveau monde. C'était tellement bon de sentir que son cœur se réchauffait à son contact et qu'elle comptait à ses yeux…

Leur relation avait été passionnelle.

Puis, progressivement, Kai avait commencé à prendre ses distances. Et Buckley était arrivé.

Étant donné l'attitude de Kai aujourd'hui, il lui en voulait sûrement encore de l'avoir quitté. Elle aurait pourtant juré qu'il s'était éloigné d'elle le premier.

Buckley Blackwood était certes plus riche que Kai, beaucoup plus riche même, mais d'une certaine façon elle s'était dit que les sentiments qu'elle éprouvait pour cet homme, bien plus âgé qu'elle, étaient finalement plus raisonnables et donc plus gérables.

Avec le recul, elle se rendait compte que ce qu'elle avait éprouvé pour Buckley n'était pas vraiment de l'amour. En revanche, avec Kai, c'était différent…

La preuve : elle ne l'avait pas vu depuis dix ans, et il occupait à présent la plupart de ses pensées, faisant remonter à la surface des émotions qu'elle pensait avoir enfouies il y a très longtemps. Impossible de nier l'attirance qu'elle éprouvait toujours pour lui. Impossible de nier l'effet qu'il avait sur elle.

La nuit passée, elle avait rêvé qu'il la caressait de ses mains brûlantes en lui jurant un amour éternel. Elle s'était réveillée en sursaut, le cœur battant la chamade, l'esprit confus. Surtout, elle avait été terriblement déçue de découvrir qu'elle était seule dans son lit.

Finalement, le souhait de Buckley arrivait à point nommé. L'organisation de cet événement caritatif lui occuperait l'esprit, et elle aurait l'impression de se rendre utile.

Elle referma l'écran de son ordinateur et alla passer sa tenue de yoga. Avec son esprit dans un tel état d'ébullition, elle devait d'abord se calmer avant d'envisager de se remettre au travail.

Quelques instants plus tard, allongée sur le ventre, dans la posture du cobra, elle se cambra et étira les épaules en arrière pour bien ressentir les bienfaits de sa séance de yoga.

Elle inspira profondément et lentement tout en étant pleinement consciente du travail qu'accomplissait chaque muscle de son corps.

Pour pouvoir s'adonner à sa pratique quotidienne, elle s'était aménagé une salle de yoga dans le jardin d'hiver attenant à la maison d'amis du Blackwood Hollow.

Au calme, seule, elle pouvait se concentrer sur ses postures préférées, ou du moins celles qui lui faisaient le plus de bien, même si aujourd'hui elle avait tout particulièrement du mal à libérer son esprit… de Kai.

Continuant ses étirements, elle tourna la tête de chaque côté tout en se forçant à chasser les images de l'homme qui la mettait dans tous ses états.

L'arrivée d'un véhicule dans l'allée attira son attention.

Apparemment, elle avait de la visite. Fin de sa séance de yoga ! songea-t-elle en se relevant pour aller jeter un coup d'œil par la fenêtre.

C'était une voiture de sport gris métallisé qu'elle reconnut aussitôt.

Kai sortit de sa Jaguar. Vêtu d'un jean clair, d'une veste de costume bleue et d'une chemise pâle, il avait l'air plus décontracté que la veille. Plus séduisant aussi, hélas.

Aussitôt son corps fut parcouru de frissons tout à fait agréables.

Elle dut se rappeler que ses fantasmes de la nuit n'avaient été qu'un rêve et que Kai n'était certainement pas venu pour la prendre dans ses bras et l'embrasser fougueusement, compte tenu de son attitude distante et limite hautaine de la veille.

Comme il était trop tard pour qu'elle se change et mette une tenue plus affriolante, elle enfila une paire de sandales et sortit à la rencontre de Kai.

— Bonjour, Miranda, dit-il, la transperçant de son regard vert émeraude.

— Bonjour, Kai, répondit-elle, le cœur battant à toute allure.

— J'espère que je ne te dérange pas.

— Je suis surtout très étonnée de te voir.

S'il était venu pour lui dire qu'il avait changé d'avis à propos du contrat, elle ne pouvait pas refuser de le recevoir, mais pas question de lui faciliter la tâche.

Elle avait dû ravaler sa fierté durant leur entretien infructueux, et elle comptait bien lui rendre la pareille.

— Quand j'ai quitté le siège de Madtec, j'aurais juré que tu ne voulais plus jamais me voir de ta vie, fit-elle remarquer.

— Justement, je tenais à m'excuser de mon comportement. J'ai apporté quelque chose pour me faire pardonner, dit-il, prenant une boîte blanche dans sa voiture, qu'il lui tendit.

Elle reconnut aussitôt le logo du restaurant de Deer Springs où elle avait été serveuse.

Un flot de souvenirs l'envahit…

C'est là qu'ils s'étaient rencontrés, là qu'ils avaient

passé de longs moments à refaire le monde, confortablement collés l'un à l'autre dans leur alcôve préférée. Ils y avaient aussi partagé de nombreux petits déjeuners après de longues nuits passées à faire l'amour.

Elle sut ce qu'elle trouverait à l'intérieur avant même d'ouvrir la boîte.

— Une part de tarte au citron meringuée, une part de gâteau pommes-caramel, dit-elle en regardant à l'intérieur, l'odeur délicieuse de leurs desserts préférés attisant sa mélancolie.

Elle aurait aimé ne pas éprouver autant de sentiments en présence de cet homme. Non pas parce que ce n'était pas agréable mais parce que cela rendait tout tellement plus compliqué.

Son premier réflexe fut de lui rendre les gâteaux et de lui demander de partir, pour ne plus être happée par ce tourbillon d'émotions.

Mais elle se ravisa.

Elle avait besoin de lui pour une mission professionnelle et, s'il était venu pour lui en parler, elle devait l'écouter. Elle devait être capable de mettre ses sentiments personnels de côté.

— Tu veux entrer les manger avec moi ? lui proposa-t-elle.

Croisant son regard, elle se rendit compte à quel point ils étaient proches. Assez proches pour toucher sa barbe naissante si elle tendait le bras. Assez proches pour être troublée par la fragrance musquée de son parfum.

Instinctivement, elle recula d'un pas.

— Oui, merci, avec plaisir, répondit-il. Nous pourrons fêter notre collaboration future puisque j'ai apporté le contrat signé.

Décidément, elle allait de surprise en surprise !

— Ah bon ? C'est un sacré revirement de situation et, surtout, une excellente nouvelle.

Pour la banque Blackwood, bien sûr.

Pour elle ? L'idée de travailler avec lui était à la fois tentante et angoissante.

— Alors ravi d'être porteur d'une bonne nouvelle.

— J'avoue que je suis curieuse de savoir ce qui t'a fait changer d'avis puisque pas plus tard qu'hier tu semblais catégoriquement opposé à l'idée. Suis-moi, dit-elle, en rentrant dans la maison.

— J'ai décidé de faire la part des choses entre ma vie personnelle et ma vie professionnelle.

— Je vois, murmura-t-elle, tournant légèrement la tête pour le regarder, sans pour autant s'arrêter.

Il semblait sincère, même si les deux fois où ils s'étaient revus la tension sexuelle entre eux avait atteint des sommets sans précédent.

Comptait-il ignorer ce détail ?

Elle fut contente de retrouver l'espace frais de la maison.

Le plancher sombre de la pièce contrastait avec les murs blancs, et les meubles en bois donnaient une élégance rustique chaleureuse. Ils entrèrent dans le salon où le sol était couvert de tapis orientaux. Des canapés en cuir ornaient l'espace central, et la lumière naturelle apportait une touche de calme non négligeable.

— J'avais peur que tu ne veuilles pas me recevoir, dit-il.

— J'avoue que j'ai été échaudée par ton attitude, la dernière fois que l'on s'est vus. Je ne peux pas dire que je m'attendais à ce que tu m'accueilles à bras ouverts après la façon dont nous nous sommes séparés il y a dix ans mais…

— Oublions tout ça, l'interrompit-il, alors qu'ils venaient d'arriver dans la cuisine.

— Oui, je crois que, si l'on veut pouvoir travailler ensemble, cela vaut mieux.

S'ils voulaient avoir une chance d'établir un lien professionnel sain et équilibré, ils devaient tirer un trait sur leur relation passée afin qu'elle ne vienne pas entacher leur jugement.

Elle posa les gâteaux sur le plateau de l'îlot central et sortit deux assiettes en porcelaine et des couverts en argent.

— Je me suis vraiment comporté comme un goujat hier et je m'en excuse, dit Kai. D'autant que tu étais venue discuter d'un projet qui représente une excellente occasion pour Madtec.

— C'est Dane qui t'a convaincu de changer d'avis ?

Avant de répondre, il sortit de la poche intérieure de sa veste le contrat plié en quatre.

— Disons que nous en avons parlé et qu'il m'a fait comprendre que ce serait idiot de refuser, répondit-il. Il était furieux que je n'aie pas encore signé. Nous avons hâte de nous mettre à l'ouvrage.

Miranda prit deux bouteilles d'eau pétillante dans le réfrigérateur et les posa sur un plateau en bambou, à côté des assiettes et des couverts.

Alors qu'elle s'apprêtait à soulever le plateau, Kai s'empressa de le prendre, l'effleurant au passage.

Ce léger contact provoqua en elle une étincelle d'une force inouïe.

On inspire profondément, on expire doucement.

— Nous allons aller sous la treille, dit-elle dans un souffle, espérant qu'il ne remarquerait pas son trouble.

— Montre-moi le chemin, je te suis.

Kai posa le plateau sur la table en fer forgé et lui tira une chaise couverte d'un coussin, l'invitant à s'asseoir.

— Merci, dit-elle. J'espère que, même si ton frère t'a forcé la main, tu n'as pas accepté de mauvaise grâce.

Il s'assit à côté d'elle.

— Pas du tout. Mon frère et moi avons toujours eu un dialogue très ouvert. Je sais jouer au frère aîné quand il le faut, et il sait imposer sa volonté quand la situation le requiert. Surtout que dans ce cas Dane a eu raison de suivre son instinct. Le logiciel que nous avons développé est taillé pour une plate-forme financière complexe comme la banque Blackwood.

Miranda ouvrit les bouteilles d'eau tandis que Kai s'occupait de distribuer les parts des gâteaux qu'il avait pris soin de couper en deux.

C'étaient des gestes simples, qu'ils avaient répétés maintes fois par le passé, mais aujourd'hui ils prenaient un autre sens et réveillaient en elle des souvenirs enfouis depuis longtemps.

Étouffant le flot d'émotions qui montait en elle, elle prit un petit moment pour recouvrer ses esprits.

— J'ai suivi l'ascension de Madtec avec intérêt, tu sais. Je me suis dit que vous correspondiez au profil que je recherchais. Sinon je ne t'aurais pas contacté.

— J'en suis conscient. Et je te remercie infiniment de ta confiance.

Ils levèrent leur bouteille d'eau et trinquèrent.

— À la réussite de notre partenariat ! dit Kai en la scrutant intensément.

Elle ne baissa pas les yeux, même si son regard empli de confusion attisait les doutes qui l'assaillaient.

Malgré leur aventure passée et quels que soient les souvenirs qui ne manqueraient pas de la submerger, elle trouverait un moyen de collaborer sereinement avec Kai Maddox, pour le bien de la banque Blackwood.

— À notre nouveau départ ! lança-t-elle, curieuse de savoir ce que l'avenir leur réservait.

- 3 -

Kai n'arrivait pas à ôter son regard des lèvres pulpeuses de Miranda, qui semblaient toujours prêtes pour un baiser. Plus il tentait de ne pas y penser et plus son esprit le bombardait d'images où il en prenait possession goulûment.

Jamais il n'avait vu une femme avec une bouche aussi sexy. Jamais il n'avait eu autant envie d'embrasser une femme.

Se retrouver assis face à Miranda dans un ranch qui avait jadis appartenu à son rival lui semblait complètement surréaliste. Mais il était venu à Royal avec des intentions professionnelles, espérant faire la paix avec Miranda afin qu'ils puissent envisager de collaborer amicalement.

Il n'en revenait pas de l'avoir surprise en tenue de yoga, sans maquillage, délicieusement sensuelle, au naturel.

Sans le vouloir, il était instantanément retombé sous son charme.

Et cette sensation l'avait transporté dix ans en arrière !

En cet instant, il aurait donné n'importe quoi pour emporter cette créature de rêve sur sa moto, serrée contre lui, comme il l'avait fait des dizaines de fois par le passé.

Par certains côtés, il retrouvait la Miranda qu'il avait connue, avant sa carrière à succès. Cependant, il devait se rendre à l'évidence : ils avaient changé, tous les deux, et ils n'étaient plus les mêmes personnes.

— Et si nous commencions à parler du planning ? demanda-t-il, désireux de poser rapidement les bases de leur nouvelle relation qui ne serait que professionnelle. D'après le contrat, les délais sont serrés. On peut savoir pourquoi ?

Miranda acquiesça en silence alors que des mèches de cheveux lui balayaient le visage.

— Parce que j'ai de bonnes raisons de croire que la sécurité numérique est obsolète, répondit-elle. La plupart des domaines d'activité de la banque ont été bien gérés depuis la mort de Buckley, mais le directeur de la sécurité des données internes m'a fait part de ses inquiétudes. D'après lui, il y a des défaillances dans le système.

— En effet, la compagnie que la banque Blackwood utilisait avant nous a eu quelques incidents, ces deux dernières années, donc je pense qu'ils n'ont pas réussi à se mettre à jour.

— Je vois que tu as potassé la question avant de venir.

— C'est mon boulot. Nos services nécessitent des mises à jour continuelles et agressives pour rester dans la course d'un environnement en constante évolution.

— Je me disais que Dane et toi étiez l'exemple d'une belle réussite, surtout pour…

Elle se tut et piqua sa fourchette dans un morceau de tarte au citron.

— Surtout pour d'anciens pirates informatiques comme nous ? termina-t-il pour elle. Impossible d'être à la pointe de la cybercriminalité sans avoir étudié tous les paramètres. Des deux côtés.

— Je comprends. Mais je me souviens aussi de l'épisode avec Dane. J'imagine que ça a dû être dur quand il a été poursuivi en justice.

Kai serra les dents. Lui qui voulait tirer un trait sur les sujets qui fâchent…

Il était avec Miranda quand Dane avait été mis en accusation, mais elle était en train de célébrer ses fiançailles avec Buckley Blackwood quand Dane avait été arrêté. Il lui en avait terriblement voulu, même si c'était lui qui était responsable de son frère depuis la mort de leur père. Il avait dix-sept ans, Dane quinze. Leur mère avait quitté le navire, épuisée d'avoir dû s'occuper de leur père pendant de longues années.

— Je m'en suis surtout voulu de ne pas lui avoir accordé plus d'attention durant les mois qui ont précédé son arrestation, dit-il. Il venait d'avoir dix-huit ans, il était encore inexpérimenté.

Au lieu de travailler avec son frère durant le week-end de l'incident de piratage qui avait donné lieu à une enquête approfondie puis à l'arrestation de Dane, il avait emmené Miranda quelques jours à Galveston, au bord de la mer.

Il avait appris par la mère de Miranda que Buckley Blackwood commençait à porter un intérêt tout particulier à sa petite amie, et à lui envoyer régulièrement des fleurs. Il s'était dit qu'en consacrant davantage d'attention à Miranda il pourrait inverser la tendance et tenter de la retenir.

Orgueil mal placé ou rêve ridicule ? Il n'avait pas fait le poids face à la fortune colossale de Buckley.

Miranda se souvenait-elle de l'enchaînement des

événements qui avaient précédé l'arrestation de Dane ? Savait-elle à quel point il avait été inquiet pour son frère ?

Imaginait-elle à quel point il s'en voulait de ne pas avoir mieux veillé sur lui ?

S'était-elle demandé pourquoi il s'était brusquement montré distant avec elle ?

Prenant sa bouteille d'eau, elle but une longue gorgée.

— Tu ne devrais pas t'en vouloir, dit-elle. Dane était un jeune prodige, c'est normal que tu aies cru qu'il était plus âgé que ce qu'il n'était en réalité. Et tu as dû assumer le rôle de ta mère, ce n'était pas évident. Après tout, tu n'avais que vingt ans.

— Tiens, d'ailleurs, en parlant de mère, comment va la tienne ?

Miranda se rembrunit et pinça les lèvres.

Il reconnaissait sa réaction d'autodéfense quand quelque chose la contrariait sans qu'elle veuille le montrer.

Il n'avait jamais bien compris la relation qu'elle entretenait avec sa mère, mais elle avait toujours été davantage axée sur son avenir, parlant rarement de son passé.

— Franchement, je ne sais pas, avoua-t-elle. Elle se bat depuis de nombreuses années contre sa dépendance aux pilules de substitution et cela a toujours rendu nos échanges difficiles.

— Je suis désolé de l'apprendre.

Il était surtout très étonné, d'autant que Ginny Dupree avait eu un rôle clé dans sa rupture avec Miranda. Lui avait-elle fourni des informations erronées dans le but de l'éloigner de sa fille ?

— Ne sois pas désolé, tu n'y es pour rien, répondit-elle.

— Je n'ai jamais vu de signe de sa dépendance.

— Elle a développé tout un art pour la masquer. Mais

si tu veux tout savoir, elle n'a jamais été là pour moi, et elle dépensait tout l'argent qu'elle gagnait pour acheter ses fichues pilules. C'est pour ça que j'ai commencé à travailler si jeune.

Tout à coup, elle lui donnait une autre vision de leur passé en commun.

Le manque d'argent dont Miranda avait souffert pendant son enfance l'avait-il poussée à accepter l'offre de mariage de Buckley ? Sa mère avait-elle vu dans le riche propriétaire de ranch une façon de se mettre à l'abri pour le restant de ses jours ?

Il y avait prescription, donc les réponses importaient peu. Cela mettait quand même en lumière des détails importants dont il ne prenait conscience qu'aujourd'hui.

— J'ai toujours admiré ton ambition, mais je ne savais pas qu'elle était guidée par un besoin de compenser, reprit-il, s'avançant pour recouvrir sa main de la sienne.

Aussitôt, le courant électrique entre eux augmenta d'un cran. Mais Miranda ne retira pas sa main. Elle lui jeta juste un regard furtif d'une intensité rare.

— Le milieu familial dans lequel on grandit nous façonne, Kai. J'aime penser que les problèmes de ma mère ont eu un effet positif sur mon évolution personnelle.

Pour ne pas abuser de la situation, il retira sa main, à regret.

Elle leva les yeux vers lui, confuse.

Lui aussi était confus, ignorant comment interpréter le bouquet d'étincelles qui éclataient entre eux.

Même s'il n'avait de cesse de se répéter que leur relation devait se jouer uniquement au niveau professionnel, il n'en restait pas moins irrésistiblement attiré par elle.

Ce moment de complicité partagée lui donna envie

d'en savoir plus sur elle, de savoir ce qu'elle avait fait les dix dernières années. Il s'en abstint. Le moment serait mal venu de se lancer dans une discussion de ce genre.

— Tu te sers de ton exemple personnel quand tu parles aux jeunes femmes qui ont la chance d'être aidées par ton association ? s'enquit-il.

— Je vois que l'on ne peut rien te cacher.

En plus d'avoir enquêté sur la banque Blackwood, il avait aussi enquêté sur l'association qu'elle avait fondée cinq ans auparavant et qui offrait des programmes de soutien aux jeunes femmes venant de milieux difficiles.

Il vit son expression changer du tout au tout quand il mentionna son association caritative, et il lut dans ses yeux non seulement son ambition mais aussi la passion qu'elle mettait dans chacun de ses projets.

— Tu dois être fière de cette réussite.

— Je suis fière de tout ce que j'ai accompli, mais j'avoue que cette association est le projet qui me tient le plus à cœur.

Ses yeux brillaient d'une lueur nouvelle, reflétant son engagement pour cette cause noble.

— Si ton planning le permet, tu devrais passer à la maison des jeunes que nous avons montée à Deer Springs, suggéra-t-il. Tu pourrais voir les programmes que l'on propose après l'école.

— Pourquoi pas ? répondit-elle avant d'empiler leurs assiettes pour les remettre sur le plateau.

Comprenant le signal, il prit le plateau et la suivit dans la maison, trop heureux d'avoir le loisir d'admirer ses formes féminines si alléchantes. Son regard descendit le long de ses jambes élancées, et il aperçut un papillon tatoué au-dessus de sa cheville droite. Bon sang ! Il aurait donné n'importe quoi pour avoir le plaisir d'explorer le reste de son corps.

— En tout cas, j'ai trouvé que c'était une belle initiative de mettre votre siège à Deer Springs, fit-elle remarquer alors qu'il posait le plateau.

— Dane et moi avions envie de stimuler l'emploi dans la région et si possible d'attirer d'autres entreprises potentielles. On a aussi voulu faire quelque chose pour les jeunes.

— C'est un bel exemple de réussite.

— Merci.

— Pour ce qui est de ma visite à la maison des jeunes, je verrai quand je peux me libérer.

Sentant que leur entrevue touchait à sa fin, Kai décida de ne pas s'attarder. Il avait apporté le contrat signé, et ils s'étaient tacitement mis d'accord pour faire la paix en vue de leur collaboration professionnelle, donc inutile de tenter le diable et de risquer de tout ruiner en restant plus longtemps.

— Entendu. Pour ce qui est de la banque, Dane et moi allons contacter le directeur de la sécurité des données dès aujourd'hui afin de mettre en place un nouveau protocole d'encryptage.

Devait-il lui serrer la main pour sceller leur accord ?

Ou partir sur un simple « à bientôt » ?

Ses pieds restaient cloués au sol. Leur échange avait remué trop de choses en lui, et la tête lui tournait.

— Je suis contente que tu aies changé d'avis, Kai. Merci.

Il était grand temps de partir.

Qu'attendait-il ?

La réponse était simple : il ne pensait pas pouvoir

se montrer poli et distant envers elle chaque fois qu'ils se verraient s'il ne réglait pas un dernier sujet qui le turlupinait, même après tout ce temps.

— Kai ?

Prenant son courage à deux mains, il se jeta à l'eau.

— Miranda, j'aimerais savoir une chose.

— Je t'écoute.

— Pour moi, c'est assez étrange d'être ici avec toi, après la façon dont notre relation s'est terminée. Mais toi, ça te fait quoi d'être dans la maison d'amis du Blackwood Hollow et de gérer les biens de Buckley, tout en étant entourée de ses enfants ?

— Buckley m'a demandé de les aider après sa mort, et c'est ce que je fais.

— Tu restes loyale envers lui, même après votre divorce ?

La question sembla plus cruelle qu'il ne l'aurait voulu. Mais il avait besoin de savoir.

Le regard de Miranda se fit soudain plus intense, plus sévère aussi.

— Je ne vois pas en quoi ça te regarde, répliqua-t-elle froidement.

Quel idiot ! En quelques instants, il venait d'anéantir tous les efforts qu'il avait mis en œuvre pour aplanir les choses entre eux et espérer une collaboration fructueuse et dénuée de tension.

Il devrait peut-être charger Dane de la communication avec Miranda, s'il n'arrivait pas à s'empêcher de revisiter le passé chaque fois qu'il était avec elle.

— Tu as raison, cela ne me regarde pas, reconnut-il. Toutefois, cela n'enlève rien au fait que la… maladresse qu'il y a entre nous risque de compliquer les choses le temps que nous trouvions notre rythme de croisière, tu ne crois pas ?

Elle serra les lèvres tout en hochant la tête.

— Oui, il va bien falloir trouver notre rythme de croisière, murmura-t-elle. Et je vais te dire deux choses. Tout d'abord, pour répondre à ta question, c'est aussi très étrange pour moi d'être de retour à Royal et au Blackwood Hollow. Mais ce qui a été encore plus étrange, c'était de découvrir que mon ex-mari me faisait confiance au point de me donner les rênes de son empire pendant la période de transition après sa mort. Deuxièmement, dans la mesure où nous sommes tous les deux adultes et conscients de nos actes, à nous de gommer la maladresse ambiante pour que tout se déroule pour le mieux.

Il sourit, amusé.

— En fait, ce n'est pas le mot « maladresse » que j'aurais dû employer, précisa-t-il.

Elle le regarda sans comprendre.

— Et quel mot aurais-tu dû employer ?

— « Attirance ».

Il se tut, lui laissant le loisir d'intégrer cet élément. Il se devait d'être honnête envers elle, même si cela ne faisait que compliquer leur relation professionnelle.

— Et où veux-tu en venir, au juste ? demanda-t-elle.

— Je voudrais que tu reconnaisses que notre attirance est mutuelle et que nous ne pouvons pas faire comme si elle n'existait pas.

Cette fois, elle resta bouche bée.

Il avait lui-même été choqué de son aveu, mais il n'était pas du genre à y aller par quatre chemins.

Elle ferma la bouche et plongea son regard dans le sien.

— Dans ce cas, je propose que nous en restions là

pour aujourd'hui et que nous en reparlions une autre fois, dit-elle, passant devant lui pour aller ouvrir la porte d'entrée.

Le message était clair. Il était temps pour lui de prendre congé.

Après leur entrevue de la veille, il avait pour la deuxième fois failli à son éthique professionnelle.

Pour ce qui était de son franc-parler, il ne craignait pas qu'elle en prenne ombrage. Après tout, même si leur relation avait pris fin il y a dix ans, ils avaient partagé assez de moments pour qu'elle se souvienne de son tempérament direct.

— Au revoir, Kai.

Se décidant à quitter les lieux, il sortit.

— Miranda, viens me rendre visite à Deer Springs et tentons de mettre les choses à plat une bonne fois pour toutes. Peut-être que par la suite ce sera plus facile d'envisager notre collaboration professionnelle, conclut-il, tout en sachant qu'il se trompait.

Sentant qu'il était sur le point de commettre l'irréparable, il n'attendit pas sa réponse et se dirigea vers sa voiture.

Il démarra, heureux de mettre de la distance entre Miranda et lui.

Du moins aujourd'hui.

Trois jours plus tard, Miranda était installée sur la terrasse de la maison d'amis du Blackwood Hollow, une tasse de café fumant devant elle, ainsi que son carnet de notes en vue de l'organisation du gala de charité souhaité par Buckley.

Avant de se mettre au travail, elle passa en revue les nouvelles photos de lune de miel postées par Sophie

Blackwood Townshend. Le mois dernier, Sophie, la cadette des enfants de Buckley, avait épousé Nigel Townshend, le producteur de *La Vie secrète des ex-épouses de NYC*. Pour leur lune de miel, ils avaient choisi de faire un tour d'Europe. Après Paris et Venise, ils étaient maintenant à Florence.

Les toiles de fond étaient toutes plus époustouflantes les unes que les autres, mais ce qui frappait Miranda, c'était l'amour et le bonheur émanant du couple.

Sophie avait rencontré Nigel pendant une mission d'intérim qu'elle avait faite dans les locaux de Green Room Media, à New York. À l'époque, son but était d'enquêter sur Miranda et d'espionner sa vie privée, et elle avait utilisé une fausse identité. Heureusement, elle n'avait rien trouvé sur son ex-belle-mère, et Nigel lui avait vite pardonné son petit subterfuge.

Comme tout cela lui semblait loin, songea Miranda. À présent, Sophie et ses frères étaient devenus une vraie famille pour elle.

Reposant son téléphone sur la table en fer forgé, elle pensa à sa mère. Elle regrettait de ne pas avoir eu une relation complice avec elle, et d'avoir toujours été soumise aux caprices émotionnels de celle qui aurait dû la protéger et l'aimer sans condition.

Puis elle repensa à l'invitation de Kai à Deer Springs, et à ce qu'il avait dit à la fin de leur dernier échange.

Il avait affirmé avec aplomb que l'attirance entre eux était encore d'actualité et, qui plus est, indéniable.

Elle lui en voulait de faire remonter à la surface des sentiments qu'elle avait tant de fois tenté d'enfouir profondément en elle. Cependant, elle ne pouvait qu'admirer sa franchise.

Elle aurait aimé pouvoir prétendre que l'étincelle entre eux n'existait plus depuis longtemps, cela aurait simplifié les choses. Mais comment nier l'évidence ?

Elle aurait eu envie de croire qu'elle réussirait à mettre ses sentiments pour lui de côté, le temps de leur collaboration, pour ne pas compliquer les choses et ne pas influencer ses décisions.

Seulement, en toute honnêteté, elle ne voyait pas comment cela pourrait être possible alors que, chaque fois qu'elle le voyait, son estomac papillonnait comme le premier jour où elle l'avait vu dans le restaurant où elle travaillait…

C'était l'heure du déjeuner, et la salle était comble.

Elle n'oublierait jamais ce qu'elle avait éprouvé en arrivant à la table de Kai. Il lui avait offert un sourire à couper le souffle, et tout le stress, toute la tension qu'elle avait accumulés depuis la veille après une nouvelle altercation avec sa mère avaient disparu comme par enchantement.

Sans cesser de sourire, il lui avait dit qu'il ne passerait sa commande que si elle se joignait à lui pour déjeuner.

Elle avait accepté et lui avait apporté un verre d'eau qu'il n'avait pas touché avant 14 heures, heure à laquelle elle terminait son service.

Et ils étaient devenus inséparables pendant des mois.

Jusqu'à ce qu'il la quitte.

Techniquement, c'est elle qui avait rompu, même s'il l'avait déjà quittée en prenant ses distances.

Des années plus tard, en y repensant, elle en était arrivée à la conclusion que c'étaient le stress de son activité et le poids de ses responsabilités envers son frère qui lui avaient fait prendre ses distances avec elle.

À cette époque, il était entièrement absorbé par son travail, et elle, elle avait envie qu'il s'occupe d'elle et uniquement d'elle.

Elle rêvait de stabilité, d'une vie prévisible. Certes, cela n'avait rien d'excitant, mais elle avait eu tout le loisir de goûter à l'instabilité en grandissant avec sa mère. De plus, Kai avait six ans de moins qu'elle, et il menait une vie bien trop dangereuse à son goût.

Quand elle avait mis fin à leur relation, il n'avait pas cherché à la retenir, ce qui pour elle était la preuve qu'elle avait pris la bonne décision. Et, surtout, qu'il ne l'aimait pas autant qu'il le disait.

Allons ! C'était le passé. Aujourd'hui, elle avait un gala à préparer !

Mais son esprit était trop occupé à penser à Kai… Elle n'arriverait pas à travailler efficacement, dans ces conditions.

Il lui avait proposé de venir le rejoindre à Deer Springs afin de mettre les choses à plat entre eux ?

Elle allait le prendre au mot !

- 4 -

Vêtue d'un tailleur bleu marine près du corps, chaussée de talons aiguilles framboise et munie de son sac à main de luxe, Miranda s'apprêtait à sortir quand elle tomba nez à nez avec son amie Lulu.

— Lulu ! Quelle surprise ! Tout va bien ?

— Oui. Tu es superbe, dis-moi !

— Merci. Quel bon vent t'amène ?

— J'ai des doutes concernant l'organisation de mon mariage et, comme tu sais toujours trancher sans hésiter, j'ai décidé de me tourner vers toi. Mais comme tu es sur le départ, je ne voudrais pas te mettre en retard.

— Non, c'est bon. Viens, mettons-nous sur la terrasse. J'ai toujours le temps pour écouter une amie.

— Merci.

Une fois installées, Miranda sourit à Lulu.

— Dis-moi, qu'est-ce qui te tracasse ?

— Voilà. Nigel m'a dit que l'on pouvait organiser le mariage au ranch. Seulement il a aussi dit que le prochain épisode porterait sur l'essayage des robes des demoiselles d'honneur… pour *toutes* les participantes !

— Oui, j'ai vu. C'est formidable que tu puisses te marier ici, mais j'imagine que tu n'as pas forcément envie de toutes nous inviter à ton mariage.

— Tu as compris. J'aimerais inviter Fee et toi, mais pas Rafaela.

— Pas de panique. Tu as le droit de décider qui tu as envie d'inviter à ton mariage. Attends… Maintenant que j'y pense, Nigel a peut-être fait ça pour pimenter la saison en te forçant à régler tes comptes devant la caméra ?

— Tu crois vraiment qu'il s'attend à nous voir nous crêper le chignon dans un magasin de robes de mariée ? s'exclama Lulu, horrifiée.

— Oui, c'est fort probable. Tu sais que c'est ce genre de scènes d'hystérie qui plaît au public et fait monter le taux d'audience. Et c'est d'ailleurs pour cela que j'ai moins de temps d'écran que d'autres, car je ne réagis pas au quart de tour quand je suis contrariée.

— C'est vrai, tu es toujours posée. Parfois, je t'envie cette approche aux antipodes de la mienne.

— Le yoga m'aide beaucoup. Et j'adore faire partie de l'émission parce que j'ai rencontré des femmes formidables, dont toi.

— Moi aussi, je suis contente de t'avoir rencontrée. Si tu étais à ma place, que ferais-tu ?

— La solution la plus simple serait d'accepter la décision de Nigel et de ne pas faire de vagues. Après tout, tu ne serais pas la première femme à inviter des gens que tu n'aimes pas à ton mariage. Au moins, avec nous, tu sauras à quoi t'attendre. Cela fait plusieurs saisons que nous travaillons ensemble et jusqu'à présent personne n'est mort, donc ça devrait aller. Personnellement, même si Rafaela aime jouer les divas et qu'elle est parfois très énervante, je pense qu'elle ne gâchera pas tes photos de mariage. Et puis, ce qui compte, c'est que tu épouses l'homme que tu aimes et avec qui tu vas passer le restant de tes jours, non ?

— Tu as raison. N'oublions pas que c'est mon second

mariage, et que la raison de l'échec du premier est que j'ai perdu de vue l'essentiel : notre couple.

— Voilà ! Cette approche est déjà beaucoup plus constructive. N'oublie pas non plus que ce qui compte, ce n'est pas seulement le jour de ton mariage mais toute la vie que tu vas construire avec Kace.

— J'espère que cette fois ce sera une réussite.

— Je n'en doute pas.

— Je parlais de ma vie de couple, pas de mon mariage.

— J'avais compris. Quand je vous vois, je suis sûre que ce sera une réussite.

— Si tu savais comme il me rend heureuse…, murmura Lulu, un sourire rêveur aux lèvres.

— Je suis tellement contente pour toi !

— Après tout, si Nigel a envie d'un mariage extravagant, ça me va !

— Tu en es sûre ? Il n'est pas encore trop tard pour lui dire que tu ne veux pas de nous à ton mariage.

— J'en suis sûre. Tu sais, je n'aurais pas rencontré Kace si je n'avais pas fait cette émission. Ce sera finalement assez symbolique de faire cette grande fête ici, à Royal, avec tout le monde. Après la fin de la réception, je repartirai au bras de l'homme de ma vie et c'est tout ce qui compte à mes yeux, dit-elle en se levant.

— Voilà qui est bien dit ! s'exclama Miranda, se levant à son tour.

— Miranda, merci de m'avoir aidée à y voir plus clair.

— Je t'en prie.

— Dis-moi, tu vas où comme ça ? Tu es absolument superbe dans ce tailleur. Il te va à ravir.

— Merci. J'ai un rendez-vous.

— Un rendez-vous galant ?

— Non. Je vais à Deer Springs pour discuter avec la compagnie qui va s'occuper de la cybersécurité de la banque Blackwood.

— Mon petit doigt me dit qu'il y a quand même de l'amour dans l'air. Et que la personne avec qui tu as rendez-vous est un bel apollon prêt à te séduire, fit remarquer Lulu avec un clin d'œil.

— Tu n'y es pas du tout ! s'exclama-t-elle, tentant de masquer l'émoi qu'elle éprouvait en pensant à Kai.

Pas question de commencer à parler de Kai avec Lulu. Tout était encore trop confus dans son esprit, et elle ne voulait pas risquer de s'emmêler les pinceaux.

Elle raccompagna son amie jusqu'à sa voiture en espérant qu'elle n'insisterait pas.

— Je ne suis pas dupe, Miranda. Je suis sûre que tu me caches quelque chose. En tout cas, j'espère que cet homme mystère est digne de toi, conclut Lulu en s'installant au volant.

— Disons qu'il n'est pas sans intérêt, avoua-t-elle, pour satisfaire un minimum la curiosité de son amie.

— Dans cette tenue, tu es sûre de remporter un franc succès. Tu es belle à couper le souffle. Et encore merci pour tes conseils avisés.

— Il n'y a pas de quoi, dit-elle, refermant la portière conducteur.

Elle était ravie d'avoir pu aider son amie à démêler le casse-tête de son mariage. C'était toujours plus facile de donner des conseils quand on ne devait pas engager ses émotions.

Kai venait de finir d'aider un élève à terminer un exercice de codage dans la maison des jeunes quand un garçon au fond de la classe laissa échapper un sifflement d'admiration.

— Rhys, un problème ?

Le garçon regardait par la fenêtre, les yeux rivés sur le parking.

— Pardon, m'sieur. J'ai été déconcentré, marmonna Rhys, se tournant de nouveau vers son écran d'ordinateur.

Quelques instants plus tard, Kai était sur le point de mettre fin à la session quand il aperçut une silhouette féminine s'approcher de l'entrée du bâtiment.

Miranda.

Aussitôt son corps se mit en état d'alerte. Il comprenait mieux pourquoi Rhys avait été *déconcentré*. Comment rester insensible au charme naturel de Miranda ?

Il la perdit de vue alors qu'elle entrait dans le bâtiment.

— Nous finirons notre projet la prochaine fois, dit-il. Le labo restera ouvert encore une heure pour ceux qui voudraient continuer à travailler.

Il fit un petit signe de remerciement à l'étudiant qui était en stage chez eux et qui s'occupait de la partie technique, veillant à ce que tous les ordinateurs soient en état de marche.

La moitié des étudiants prirent leurs affaires pour aller dans la salle de sport ou la salle de jeux, les autres restèrent à leur poste. Y compris Rhys. Il était très doué et faisait des programmations à un niveau avancé pour son âge. Question maturité émotionnelle, c'était une autre histoire.

En tant que mentor, Kai veillait aussi sur ces jeunes comme un éducateur l'aurait fait.

— Tu sais, Rhys, dit-il en rejoignant l'adolescent, si tu siffles une jolie fille qui passe devant toi, il y a de fortes chances pour que tu la mettes mal à l'aise et qu'elle cherche à s'éloigner. Il vaut mieux trouver d'autres moyens de lui témoigner ton appréciation.

— D'accord, m'sieur, je ne le ferai plus.

Kai acquiesça en silence, puis alla à la rencontre de Miranda.

Il ne voyait qu'une raison à sa venue : elle avait fait le déplacement jusqu'à Deer Springs pour qu'ils fassent table rase du passé et puissent envisager leur future collaboration en toute sérénité, comme il l'avait suggéré.

Sans oublier que Deer Springs était le berceau de leur idylle, là où ils avaient laissé éclater la passion qui s'était emparée d'eux dès leur première rencontre.

Elle était devant la salle d'informatique, vêtue d'un tailleur impeccable. Une veste bleu marine cintrée mettant en valeur son buste de rêve, une jupe assortie qui dévoilait ses longues jambes élancées et des sandales à hauts talons dont la couleur faisait penser à un coulis de fruits rouges.

Un regard suffit à lui donner envie d'elle.

Jamais il n'avait connu une femme plus attirante.

Et jamais Miranda n'avait été aussi belle à ses yeux.

— Bonjour, Kai, dit-elle, les yeux rivés sur lui.

— Je n'étais pas sûr que tu viennes.

Pourtant, il attendait sa venue depuis des jours.

— Moi non plus, je n'étais pas sûre de venir. J'ai hésité, admit-elle, balayant du regard l'espace polyvalent de la maison des jeunes.

C'était l'endroit où les jeunes se réunissaient, faisant bon usage des canapés disséminés ici et là, pour parler, rire, regarder leur téléphone ou leur tablette.

L'espace central était entouré de salles de classe, d'une salle de jeux, d'une salle de gym et d'une cafétéria.

— Toi qui sais si bien trancher quand il faut prendre une décision, ça m'étonne, lui fit-il remarquer.

— Pour ce qui est de prendre des décisions professionnelles, je suis sûre de moi. Dans ma vie privée, j'arrive rarement à trancher.

Il apprécia son honnêteté.

C'était bon signe, pour ce nouveau départ.

— Quoi qu'il en soit, je suis ravi de te voir.

Soudain, une idée saugrenue lui vint à l'esprit : l'inviter chez lui, oublier l'animosité du passé, et se perdre en elle une dernière fois.

— En tout cas, chapeau, dit-elle. Bravo pour cette maison des jeunes. Je suis impressionnée. C'est un lieu formidable.

— Merci du compliment. En revanche, l'idée de t'inviter ici n'était peut-être pas si judicieuse. J'ai sous-estimé ta cote de popularité, et on dirait que ta présence pourrait semer la zizanie.

Quelques filles, qui l'avaient reconnue, s'étaient regroupées et chuchotaient, hésitant à l'aborder. Quant aux garçons…

— C'est la rançon de la célébrité, répliqua-t-elle sur le ton de la plaisanterie.

Soudain désireux de l'avoir pour lui tout seul, loin des regards indiscrets, il la prit par le coude, et l'entraîna à l'écart du foyer central, dans une petite salle.

— Et si nous allions poursuivre notre conversation chez moi ? suggéra-t-il.

Elle regarda par-dessus son épaule, pour se rendre

compte des réactions qu'elle avait suscitées, puis reporta son attention sur lui.

— Je pense que c'est une très bonne idée, répondit-elle, à son grand soulagement.

— Alors viens, nous allons passer par une issue de secours. Je suis garé sur le parking à l'arrière.

— Moi, je suis garée devant.

— Inutile de prendre ta voiture. Je te ramènerai plus tard. Ma Jaguar est juste là.

— Toujours pas de moto ? J'avoue que je suis étonnée de te voir au volant d'une voiture, lui fit-elle remarquer alors qu'il lui ouvrait la portière passager.

Il admira la délicatesse avec laquelle elle s'installa sur le siège en cuir, subjugué par ses jambes si magnifiquement dessinées…

— Oui, moi aussi je suis étonné de me voir au volant d'une voiture, figure-toi. L'explication est simple. Même si le Bluetooth dans les casques est de plus en plus performant, c'est quand même plus facile de prendre un appel professionnel dans une voiture, dit-il avant de refermer la portière et de venir prendre place au volant.

Une fois qu'ils furent tous les deux attachés, il démarra.

— Cela dit, si tu as envie de te balader à moto, je t'emmènerai faire un tour avec plaisir, ajouta-t-il. J'en garde encore deux dans mon garage. Quand l'envie me démange, j'en sors une.

Il changea un peu trop brusquement de vitesse tout en se souvenant de la sensation des bras de Miranda qui l'entouraient et de sa poitrine collée contre lui, quand ils faisaient de la moto…

— Je pensais que l'on était censés tirer un trait sur le passé, pas le revivre, répliqua-t-elle, amusée.

C'était bien son intention.

Sauf que sa relation avec Miranda n'avait jamais été un long fleuve tranquille.

On aurait même dit que chaque fois qu'ils se voyaient la complexité de la situation augmentait d'un cran.

— Justement, j'ai réfléchi au problème et je pense avoir trouvé une façon de résoudre notre attirance mutuelle, répondit-il.

— Ah oui ? Et que proposes-tu ?

— Nous pourrions tenter de l'apaiser.

Le fait de verbaliser sa pensée lui permit de la percevoir pour la première fois comme une réelle possibilité.

Si elle était d'accord, ils pourraient s'en donner à cœur joie en laissant la passion les consumer une dernière fois, puis ils tireraient un trait une bonne fois pour toutes sur leur relation passée.

Une image de Miranda nue dans ses bras lui donna envie de mettre en application ce projet au plus vite…

— Je ne pense pas être en mesure d'apaiser ta soif insatiable, répondit-elle, croisant les jambes en un mouvement d'une sensualité qui manqua lui faire perdre le contrôle du véhicule.

— Ma soif *insatiable* ?

— Quand nous étions ensemble, je n'étais déjà pas forcément à la hauteur. Alors maintenant que nous sommes plus âgés…

Il attendit qu'elle finisse sa phrase, obnubilé par ses jambes. En cet instant, il ne pensait qu'à une chose : les écarter, s'immiscer entre ses cuisses et l'embrasser jusqu'à la faire crier de plaisir.

Comme elle ne continuait pas, il la relança.

— Maintenant que nous sommes plus âgés, quoi ?

s'enquit-il, désireux de connaître le fin fond de ses pensées, le cerveau envahi d'images toutes plus érotiques les unes que les autres.

Il mit son clignotant pour tourner dans l'allée privée qui menait jusque chez lui.

— Si je n'ai pas réussi à retenir ton attention quand j'avais vingt-six ans, je ne vois pas comment je pourrais y arriver à trente-six, expliqua-t-elle.

Il lui jeta un coup d'œil surpris. Pensait-elle vraiment cela ?

Elle se trompait sur toute la ligne !

Agacé par ce résumé injustifié, il s'arrêta net, même s'il n'était pas encore au niveau des garages.

— Comment peux-tu dire ça ? demanda-t-il. Quand tu avais vingt-six ans, je ne pensais qu'à toi ! Tu as toujours eu toute mon attention.

Il n'avait fait que penser à elle, au point d'en oublier de s'occuper de son frère qui avait besoin de lui.

Visiblement surprise par son intervention, elle réfléchit quelques instants avant de reprendre :

— Kai, as-tu vraiment oublié que c'est *toi* qui as pris tes distances bien avant que je ne décide de mettre un terme à notre relation ?

— C'est vrai. Tu as raison. J'étais jeune, très pris par mon activité informatique, et je n'ai peut-être pas toujours su où étaient mes priorités. Mais sache que j'ai vraiment baissé les bras quand ta mère m'a dit que Buckley Blackwood te tournait autour. J'étais abattu. Et surtout blessé que tu ne m'en aies pas parlé.

Il n'oublierait jamais le choc qu'il avait ressenti quand Ginny Dupree lui avait appris qu'un homme fortuné avait des vues sur sa fille. Sans compter cet horrible sentiment de trahison qui avait longtemps hanté ses nuits.

Comme Miranda ne reprenait pas la parole, il lui offrit un résumé implacable de la fin de leur relation.

— Six semaines après l'annonce de ta mère, tu m'as quitté. Dane était accusé de piratage informatique par ma faute, jeté en prison, tu t'es fiancée à Buckley Blackwood et tu as disparu de ma vie.

Elle parut étonnée de ce qu'il lui disait.

Pourtant, elle avait été aux premières loges pour assister aux événements ! Elle savait mieux que personne comment s'était déroulée la fin de leur relation !

Alors pourquoi ce qu'il venait de dire avait-il un tel effet de surprise sur elle ?

Miranda était venue voir Kai pour tirer un trait sur le passé et trouver un moyen de mettre un terme à leur attirance mutuelle afin d'envisager un avenir plus serein, du moins dans le cadre de leur collaboration professionnelle.

En quittant Royal, elle était persuadée du bien-fondé de la proposition de Kai. À présent, voyant comment les choses évoluaient entre eux, elle n'en était plus si sûre.

Pour la bonne et simple raison qu'elle avait oublié de prendre en compte l'effet que Kai avait sur elle.

Dès qu'elle était en sa présence, il avait le don d'enflammer ses sens comme jamais aucun homme ne l'avait fait. Pas même Buckley, l'homme qu'elle avait choisi d'épouser au lieu de continuer à croire en sa relation avec Kai.

Avec Kai, toutes les émotions qu'elle éprouvait étaient

plus intenses. La colère était plus forte, la passion plus torride, le plaisir plus enflammé.

La douleur plus profonde.

Cependant, la révélation que venait de lui faire Kai au sujet de sa mère l'avait laissée pantoise.

Sa mère était-elle réellement intervenue entre Kai et elle ?

Avait-elle divulgué des informations sans juger bon de la prévenir ?

Kai ne lui avait jamais rien dit jusqu'à aujourd'hui, et cela remettait soudain de nombreux événements du passé en perspective.

L'intervention de sa mère avait-elle joué un rôle clé dans la fin de sa relation avec Kai ? Sans aucun doute.

Décidant qu'il y avait prescription, elle reporta son attention sur l'instant présent.

Kai se dirigeait vers un portail en fer forgé qu'il ouvrit à l'aide d'un boîtier électronique.

L'esprit confus, les idées s'entrechoquant à mille à l'heure dans son cerveau, elle fit son possible pour se concentrer sur la raison de sa présence à Deer Springs.

Elle était venue aplanir les choses avec le coprésident de Madtec dans le but d'envisager des relations de travail placées sous le signe de la paix et de l'efficacité.

Elle n'était pas venue pour se laisser tenter par des tours à moto avec l'homme qui l'avait fait chavirer dix ans auparavant.

C'était le moment ou jamais de se ressaisir…

Mais avait-elle vraiment envie de se ressaisir ou rêvait-elle en secret de céder à l'attirance que Kai exerçait sur elle ?

— Nous y voilà, dit-il, alors qu'ils contournaient un taillis.

Elle découvrit une maison moderne somptueuse aux lignes design incroyables.

Au moment où la voiture s'approchait de la bâtisse, toutes les lumières de la propriété s'illuminèrent, offrant un spectacle féerique.

— C'est magnifique, Kai ! s'exclama-t-elle, admirant la structure en pierre et en verre qui s'offrait à elle.

En forme de L, la maison était construite autour d'une piscine qu'elle aperçut alors qu'il se dirigeait vers un double garage.

Tandis qu'il se garait, elle continua d'inspecter la maison qui lui plaisait énormément.

Elle aimait notamment la terrasse du deuxième étage avec un jacuzzi et un brasero donnant sur la piscine.

— Merci, content que ça te plaise, dit-il, éteignant le moteur.

— Tu as fait appel à un architecte ?

— Non, c'est moi qui ai entièrement conçu les plans. Il m'a fallu un an pour en être satisfait, précisa-t-il avant de sortir du véhicule pour venir lui ouvrir la portière.

Quand elle posa la main dans la sienne alors qu'il l'aidait à descendre, elle frissonna.

Elle retira aussitôt sa main de la sienne, pleinement consciente de la brûlure qu'il avait laissée sur sa peau.

— C'est *toi* qui as entièrement conçu cette maison ? demanda-t-elle, étonnée.

Après tout, pourquoi était-elle surprise ? Elle avait toujours su qu'il était doué et qu'il adorait l'architecture.

— Oui. C'était plus simple. Au début, j'ai voulu faire appel à une équipe d'architectes, mais, chaque fois que je proposais un changement, ils m'expliquaient pendant des heures pourquoi ça n'allait pas être possible. J'ai fini par abandonner et par opter pour la fameuse devise : on n'est jamais mieux servi que par soi-même, lui expliqua-t-il, posant la main dans le creux de ses reins pour la guider vers une allée en gravier.

Évitant de penser aux fourmillements de son corps, elle se concentra sur l'architecture de la maison.

— Et tu as conçu ce bijou ! conclut-elle, admirant les murs en pierre noire scintillante tout en se demandant où il avait trouvé ce matériau de toute beauté.

— Je rêvais d'avoir une maison façonnée exactement comme j'en avais envie. Pourquoi aurais-je écouté des gens me dire comment je devais dépenser mon argent ? De plus, ce qui me satisfait au plus haut point, c'est que j'ai fait appel à un contremaître hors pair qui a su réaliser mes plans à la lettre. Le résultat est exactement ce que j'avais en tête.

— C'est formidable, Kai !

— Merci de ton enthousiasme, dit-il avant de désactiver l'alarme de la maison sur son téléphone.

Puis il s'arrêta quelques instants devant une porte en verre coulissante qui s'ouvrit miraculeusement après les deux bips de l'alarme.

Ils pénétrèrent dans une superbe cuisine spacieuse et lumineuse. Un endroit de rêve pour concocter des plats savoureux ou passer des moments de détente en sirotant un cappuccino.

— Dis donc, on dirait que tout te sourit, fit-elle remarquer. Cette demeure de rêve, Madtec, la maison pour les jeunes. Autant de preuves que tu as vraiment investi ton savoir-faire à Deer Springs. La ville doit être très heureuse de te compter parmi ses membres, ajouta-t-elle en posant son sac à main sur l'un des tabourets chromés entourant l'îlot central en marbre.

Kai prit deux bouteilles d'eau pétillante dans le réfrigérateur et sortit deux verres qu'il posa sur un plateau.

— La ville nous a beaucoup aidés, mon frère et moi, après la mort de notre père et le départ de notre mère, donc c'est normal de rendre la pareille.

Ils n'avaient jamais beaucoup parlé de leurs familles respectives lorsqu'ils sortaient ensemble, mais Miranda savait que sa mère était partie peu de temps après la mort de son père.

— J'étais très en colère quand mon père est mort et que ma mère nous a quittés, mais les gens de la ville ont su nous aider, précisa-t-il.

— On peut dire que tu le leur rends bien. Félicitations.

Il leur versa un verre d'eau à chacun, l'air pensif.

Elle ignorait comment il avait géré la disparition de ses parents alors qu'il n'avait que dix-sept ans et son frère quinze. Il avait dû se prendre en main et s'occuper de Dane, si bien qu'à vingt ans, quand elle l'avait rencontré, il avait déjà atteint une maturité incroyable. C'est aussi cela qui lui avait plu chez lui.

Elle repensa soudain à ce qu'il lui avait dit au sujet de sa mère. Elle n'en revenait pas que sa propre mère ait eu le culot de saboter les choses entre Kai et elle ! Comment avait-elle osé se mêler de sa vie privée ?

Mais l'intervention sournoise de sa mère avait-elle vraiment été la cause de leur rupture ? Rien n'était moins sûr, car à l'époque, même si Kai se montrait très attentionné envers elle, il avait déjà beaucoup de choses à gérer. Lui aussi rêvait de fonder sa propre compagnie et il avait son frère à charge.

Quelques années plus tard, Kai aurait sûrement été davantage en mesure de se battre pour sauver leur relation, mais, dans les circonstances qui étaient alors les siennes, c'était trop lui demander.

Sirotant son eau gazeuse, elle croisa le regard de Kai par-dessus le rebord de son verre.

La sensation pétillante passa aussitôt de sa bouche à son estomac, alors que des papillons faisaient leur apparition…

Kai était-il conscient de la réaction qu'il provoquait en elle ?

C'était injuste qu'il la mette dans tous ses états d'un simple regard.

Elle reposa son verre sur l'îlot central, consciente qu'elle perdait le contrôle de la situation.

La suite lui prouva qu'elle avait vu juste.

L'instant d'après, Kai recouvrait sa main de la sienne.

— Alors Miranda, comment envisages-tu notre collaboration, sachant que je meurs d'envie de t'embrasser chaque fois que je te vois ?

Le décor était planté, à elle d'improviser.

- 5 -

Miranda se figea.

Elle ne retira pas sa main pour autant, laissant le silence planer entre eux tout en semblant réfléchir au meilleur moyen de sortir de cette impasse.

— Décidément, tu n'y vas pas par quatre chemins, dit-elle enfin, le fouillant de son regard océan, comme si elle pensait pouvoir déceler les secrets enfouis dans son esprit.

— Nous sommes ici pour remédier à notre attirance mutuelle, n'est-ce pas ? Donc autant y aller franco, répliqua-t-il, lui caressant le poignet.

Au départ, son idée n'était pas de raviver la flamme entre eux. La flamme se ravivait d'elle-même chaque fois que Miranda et lui étaient proches.

Pourquoi continuer à nier l'évidence ?

— Je ne m'attendais pas à ça, quand tu m'as exposé ta proposition, l'autre jour, murmura Miranda, jetant un bref coup d'œil à leurs mains toujours unies.

— Alors dis-moi à quoi tu t'attendais. Je suis curieux. Et surtout, sois honnête. Comment allons-nous pouvoir aller de l'avant, d'après toi ?

Elle resta silencieuse un long moment, au point qu'il abandonna l'idée d'avoir une réponse un jour.

— En ne répétant pas les erreurs du passé, répondit-elle.

Elle avait opté pour la facilité, et il n'allait pas la laisser s'en tirer à si bon compte.

— Je suis d'accord, mais tu ne réponds pas à la question. Pour ma part, je n'ai jamais perçu nos baisers comme des erreurs. Loin de là.

— Si tu retournes dans le passé, nous n'arriverons jamais à résoudre le problème, dit-elle, enlevant sa main.

— Et si nous nions l'évidence de notre attirance mutuelle non plus, rétorqua-t-il, croisant les bras pour la mettre au défi d'oser le contrarier sur ce point.

— Kai, tu sais comme moi que, si nous donnions libre cours à notre attirance pour tenter de l'apaiser, nous n'y trouverions notre compte que de manière temporaire. Avoue qu'étant donné notre histoire passée rien de bon ne pourrait ressortir de cette idylle sans lendemain.

— Qu'est-ce qui te fait dire ça ?

— Nous ne pouvons pas ignorer que nous avons tous les deux souffert de cette histoire.

Il resta sans voix.

Avait-elle souffert aussi de leur séparation ?

Son expression semblait le confirmer, mais à l'époque il avait eu l'impression d'être le seul à pâtir de leur rupture.

Après tout, elle l'avait quitté pour un autre homme, poursuivant son chemin vers les sommets de la gloire.

Pourquoi aurait-elle souffert de leur séparation ?

— Donc si je comprends bien, d'après toi, ce serait trop risqué de reprendre notre liaison où nous l'avions laissée ? demanda-t-il.

— Oui. Beaucoup trop risqué.

— Je ne suis pas d'accord.

— Ah bon ? Pourquoi ?

— Parce que nous sommes tous les deux plus âgés

et plus avisés. Nous ne serions plus victimes des mêmes illusions que par le passé.

Il s'approcha d'elle au point de sentir la chaleur émanant de son corps et le désir pulser entre eux.

Elle semblait de nouveau prête à le contredire.

— Et si on optait pour un compromis ? suggéra-t-il, avant de lui laisser le temps de réagir.

Il ne la touchait toujours pas, mais il sentit qu'il ne pourrait pas résister beaucoup plus longtemps…

Elle eut un petit mouvement de recul, perplexe.

— Un *compromis* ? répéta-t-elle. En clair ?

— Un dernier baiser ?

Pour commencer.

— Je pense que c'est une très mauvaise idée, s'empressa-t-elle de répondre tout en s'emparant de son verre d'eau.

Elle but une gorgée, puis garda son verre dans la main, comme une barrière entre eux.

— Moi, je pense au contraire que c'est la meilleure idée possible, dit-il en se penchant vers elle sans pour autant la toucher.

— Tu peux m'expliquer ?

— Cela nous permettrait de clore le chapitre de notre relation sur une note harmonieuse, tout simplement.

— Je ne suis pas d'accord, dit-elle, reposant son verre sur le plan de travail, la main tremblante.

— J'entends ton contre-argument. Mais sache que, d'après moi, un baiser permettrait d'assainir l'atmosphère explosive entre nous.

Elle ferma les yeux un instant.

Pensant qu'elle voulait mettre fin à la conversation, il réfléchit vivement à une façon de rebondir.

Puis il la vit faire un petit signe de la tête. Un signe

imperceptible mais qui lui fit néanmoins comprendre qu'elle acceptait son point de vue.

Son pouls s'accéléra aussitôt.

L'instant d'après, elle le prenait par le cou, l'attirant à elle avant de venir recouvrir sa bouche de la sienne.

Elle commença par effleurer ses lèvres avec la douceur d'une plume.

Il grogna de plaisir, trop heureux de sentir ses formes féminines venir se presser contre lui.

La satisfaction qu'il éprouva en sentant ses mains agripper sa chemise pour mieux l'attirer à elle dépassait l'entendement. Il n'aurait pas pu rêver meilleur scénario.

Soudain ses lèvres s'entrouvrirent, l'accueillant en elle…

Il prit le temps de la savourer tout en enroulant sa langue avide à la sienne.

Se souvenant de ce qu'elle aimait tout particulièrement, il s'appliqua à la faire soupirer de plaisir, lui rappelant l'effet qu'il était capable de produire sur elle.

Il l'étreignit pour mieux la sceller à lui, certain qu'il était le seul homme à pouvoir lui faire éprouver de telles sensations.

Le parfum de jasmin et d'orange émanant de sa peau lui enivra les sens alors qu'il sentait ses doigts agiles partir à la découverte de son dos.

Ce baiser était bien plus sulfureux qu'il ne l'aurait imaginé. Il tenta de calmer ses ardeurs en se rappelant qu'il n'était pas question d'aller plus loin.

Cependant, en sentant ses seins contre son torse, ses hanches collées à lui, il manqua vaciller.

Il semblait avoir perdu le contrôle de la situation.

L'entendre soupirer de plaisir enflamma ses sens de plus belle.

Elle entreprit de déboutonner sa chemise, puis glissa une main sur son torse nu, ses ongles le griffant légèrement.

Sa raison le somma de mettre un terme à cette étreinte torride avant d'aller trop loin et de le regretter.

Elle avait accepté un dernier baiser. Pas davantage.

Avant qu'il ait eu le temps de s'arracher à elle, elle lui mordit la lèvre d'une manière tellement érotique qu'il eut envie de la prendre sur l'îlot central de la cuisine.

— Miranda…, la supplia-t-il, s'en remettant à elle pour lui permettre de reprendre le contrôle avant qu'il ne soit trop tard.

Elle ouvrit les yeux sans pour autant bouger.

Puis elle baissa les bras.

Il fut à la fois frustré de ne plus sentir ses mains sur sa peau et soulagé que leur baiser prenne fin.

Jamais une femme ne lui avait fait perdre la tête à ce point et aussi rapidement.

— Je t'avais dit que c'était une mauvaise idée, dit-elle, un peu essoufflée.

Elle passa la main dans ses cheveux, puis tira sur son tailleur. Sa bague avec une émeraude sertie de diamants lui rappela qu'il n'avait plus affaire à la serveuse fauchée d'il y a dix ans. Miranda était une femme indépendante qui avait réussi.

De plus, elle lui avait fait comprendre qu'elle n'avait aucune envie de revisiter le passé.

Arriverait-il à lui faire changer d'avis ?

— Tu trouves vraiment que c'était une mauvaise idée ? répliqua-t-il. Moi, j'ai trouvé ça très bon. Trop bon, même.

— Tu voulais un dernier baiser, tu l'as eu. Maintenant, concentrons-nous sur la banque, décréta-t-elle avant de finir son verre d'eau et d'aller le déposer dans l'évier.

Il la suivit des yeux, tout en reboutonnant sa chemise.

— Tu serais prête à te voiler la face ? Tu vois bien qu'un baiser n'a en rien apaisé la tension sexuelle qui bouillonne dans l'atmosphère dès que nous sommes dans la même pièce.

Les joues rouges, les lèvres gonflées, les yeux brillants, Miranda croisa le regard de Kai.

— Et si tu me faisais visiter les lieux ? suggéra-t-elle. Cela nous permettrait peut-être de reprendre nos esprits.

Ses jambes la tenaient à peine.

Un seul baiser avait suffi à lui donner envie de se déshabiller pour faire l'amour avec Kai. Visiblement, leur histoire passée n'était pas terminée, comme elle l'avait cru.

Peut-être aurait-elle dû lui demander de la raccompagner à sa voiture plutôt que de faire le tour du propriétaire ?

Non, car elle n'en était pas arrivée là où elle en était dans sa vie en baissant les bras au moindre obstacle.

Elle était venue dans le but de trouver une solution quant à leur relation passée et un terrain d'entente en vue de leur future collaboration. Elle devait s'en tenir à cet objectif.

Donc, même si le souvenir de leur baiser fougueux faisait encore bouillir le sang dans ses veines, elle suivit Kai pour la visite de la maison, tentant de se concentrer sur l'ameublement, les matériaux et la décoration murale pour ne plus penser à eux deux et à l'attirance irrésistible qu'ils semblaient éprouver l'un pour l'autre.

Il ouvrit la dernière porte du rez-de-chaussée, l'invitant à entrer dans un bureau aux murs gris pâle, rempli d'ordinateurs, d'écrans en tout genre et de tours de serveurs.

— Et voici ma salle de jeux professionnelle, annonça-t-il, les yeux étincelants.

— Ce n'est pas un peu élaboré pour une salle de jeux ?

— En effet.

— Tu avais besoin de tout ça chez toi ?

— Disons que c'est plutôt ma cour de récréation. J'adore mon travail, mais parfois, quand on pratique sa passion à un niveau professionnel, on a du mal à garder une stimulation optimum. Donc je viens ici pour me détendre, m'amuser un peu avec mes joujoux, et exprimer ma créativité.

En l'entendant décrire son passe-temps, elle se souvint d'un autre trait de caractère qu'elle appréciait chez lui.

Ils étaient très différents, à bien des égards, mais ils avaient tous les deux besoin de sentir qu'ils étaient productifs, même quand ils se détendaient.

Et même si, par le passé, Kai lui avait reproché d'être trop ambitieuse, aujourd'hui, il semblait tout aussi ambitieux qu'elle.

De plus, ils avaient tous les deux réalisé leurs objectifs professionnels, et leur rêve.

Le seul problème, c'est qu'elle venait de retrouver en partie l'homme qu'elle avait connu et aimé…

— Je comprends tout à fait ton point de vue, dit-elle. Quand j'ai suivi ma formation de yoga, j'avais hâte d'ouvrir un studio pour partager ma passion avec les autres. Et grâce à ma chaîne Goddess, j'ai pu le faire à grande échelle. Mais cela signifie aussi que j'ai moins de temps pour pratiquer le yoga rien que pour moi.

À présent, ils étaient dans un espace plus confiné, et elle sentait la chaleur du corps de Kai l'envelopper, comme pour l'attirer à lui.

Aussitôt, elle repensa au baiser qu'ils avaient échangé.

Heureusement, l'instant d'après, il s'éloigna vers la porte, lui laissant un peu d'espace pour reprendre ses esprits.

— J'espère que tu as quand même le temps de prendre du temps pour t'occuper de toi, fit-il remarquer. C'est important.

Bizarrement, ce simple commentaire lui alla droit au cœur, et elle fut profondément émue qu'il se soucie de son bien-être. Elle ne se souvenait pas d'avoir eu un jour dans sa vie quelqu'un qui se soit soucié de son bien-être ou qui ait pris la peine de penser à elle.

— Oui, j'essaie, répondit-elle, le suivant hors de la pièce. Et où nous emmènes-tu, maintenant ?

— À l'étage. Je vais te montrer les chambres qui sont toutes équipées de… lits, dit-il sur un ton on ne peut plus sensuel.

— Et alors ? répliqua-t-elle d'un ton léger, ne voulant pas entrer dans son jeu.

— Et alors ? Après le baiser que nous avons échangé, je ne sais pas si c'est une bonne idée.

Machinalement elle fixa son torse, qu'elle avait caressé un instant plus tôt, et un désir foudroyant s'empara d'elle.

Le souffle court, n'y tenant plus, elle lui posa la question à laquelle elle n'arrivait pas à apporter de réponse.

— D'après toi, Kai, que devrions-nous faire pour remédier à ce problème et envisager de collaborer sereinement ?

— Je ne vois qu'une solution. Dans la mesure où

nous venons de constater que notre attirance mutuelle ne faisait que compliquer les choses entre nous, je pense que nous devrions laisser libre cours à la passion qui nous taraude et nous dévore.

À ces mots, son cœur se mit à battre frénétiquement dans sa poitrine, comme si son corps la poussait inexorablement vers Kai.

Pouvait-elle résister à pareille tentation ?

En avait-elle seulement l'énergie ou la volonté ?

Le souvenir de leur étreinte dans la cuisine l'enflamma.

Que répondre de sensé alors que Kai se tenait tout près d'elle, plus beau que jamais ?

Un silence s'installa entre eux.

— Miranda, laisse-moi m'occuper de toi, juste ce soir, murmura-t-il, lui caressant délicatement la joue.

Elle se liquéfia littéralement, n'ayant qu'une envie : se blottir dans ses bras et suivre leur désir.

Il fallait qu'elle réponde. Au pire par un signe quelconque, puisque les mots l'avaient désertée.

Fermant les yeux, elle tenta de garder le plus longtemps possible le souvenir des doigts de Kai contre sa joue.

— Que proposes-tu, au juste ? s'enquit-elle, tentant de recouvrer ses esprits.

— Je propose que nous mettions le travail de côté et que nous nous contentions de... vivre le moment présent.

Elle frissonna, l'esprit embué.

La proposition de Kai était des plus alléchante.

Elle avait tellement envie de se laisser aller, de ne plus penser à ses responsabilités multiples et de vivre le moment présent, comme il le suggérait.

Ouvrant les yeux, elle vit qu'il la scrutait intensément.

— Oui, répondit-elle.

— Oui ?

— Oui. Je veux que tu me fasses visiter une chambre avec un lit, et je veux m'y glisser avec toi.

Il se figea.

L'instant d'après, il prit son visage dans ses mains douces et s'empara de sa bouche avec fougue.

Elle s'avança vers lui, désireuse de réduire au maximum l'espace entre eux et de laisser Kai prendre les commandes.

Ses lèvres réclamèrent avidement les siennes.

Il lui lécha la lèvre inférieure avec gourmandise, et elle se serra contre lui, éprouvant le besoin de se coller à lui.

Il la souleva pour mieux l'étreindre, leurs deux corps scellés par une ardeur qui allait *crescendo*, et elle s'accrocha à lui alors qu'il montait à l'étage.

Son torse musclé et chaud était collé à sa poitrine, ses hanches athlétiques la faisaient osciller en un va-et-vient follement érotique.

Un feu d'une force fabuleuse brûlait en elle, si bien que le temps d'arriver dans la chambre elle était déjà en route vers le septième ciel.

Un grand lit trônait dans la pièce.

Dès qu'il l'eut posée à terre, il s'empara d'une télécommande. Après avoir appuyé sur plusieurs boutons, les rideaux électriques se baissèrent et les flammes d'un âtre en pierre s'animèrent, projetant une lueur dorée donnant à sa peau des reflets de bronze.

Cette vision ne fit qu'attiser son envie de le voir nu.

Pour la seconde fois de la journée, elle s'appliqua à déboutonner sa chemise, désireuse de sentir sa peau sous ses doigts.

— Miranda…

Chaque fois qu'il prononçait son prénom, elle frissonnait délicieusement.

— Oui ?

— J'avais oublié que, quand tu veux quelque chose, tu n'y vas pas par quatre chemins.

Elle laissa échapper un petit rire mais ne se laissa pas distraire de sa tâche pour autant.

— En effet, quand j'ai un objectif, je mets tout en œuvre pour y arriver, dit-elle, embrassant ses pectoraux sculptés à merveille.

Sa peau au parfum musqué était soyeuse et ferme.

Un vrai régal pour les yeux et les sens.

— J'avoue adorer être le centre de ton attention, seulement j'ai promis que j'allais m'occuper de toi, n'est-ce pas ? murmura-t-il d'une voix rauque.

De ses mains expertes et agiles, il eut vite fait de lui enlever sa veste de tailleur. L'instant d'après, il lui avait ôté son chemisier et son soutien-gorge. Décidément, il ne perdait pas de temps et semblait plus efficace qu'elle.

Le monde alentour disparut, et elle s'offrit volontiers à ses caresses. Sa bouche. Ses doigts. Sa langue.

Maintes fois, elle avait tenté d'étouffer le souvenir de leurs ébats passés, mais le fait d'être de nouveau entre ses mains attentionnées lui rappelait à quel point cela lui avait manqué.

Prisonnière de ses sens et de cet homme qui la faisait chavirer, elle perdit pied avec la réalité, et elle se retrouva nue sans même s'apercevoir qu'il la déshabillait.

Kai recula d'un pas et la contempla un instant, admiratif, tandis qu'elle tentait de reprendre un souffle normal.

— Tu es magnifique, dit-il, enlevant à son tour sa chemise.

Elle se déchaussa sans perdre l'équilibre, ôtant une chaussure après l'autre, puis elle s'avança vers lui.

— Attends. Laisse-moi un peu de plaisir aussi, dit-elle, un sourire coquin aux lèvres.

Sans plus tarder, elle s'affaira à défaire sa ceinture puis à ouvrir la fermeture de son pantalon, sentant au passage à quel point sa peau était chaude.

Il se baissa pour l'embrasser de nouveau, attisant son excitation à petits coups de langue suggestifs.

Puis il la souleva pour la déposer sur le lit.

La couette à rayures bleues et blanches était fraîche, un vrai bonheur pour son corps brûlant de désir.

Sans la quitter des yeux Kai ôta ses chaussures et ses chaussettes avant d'enlever son pantalon et, enfin, son caleçon.

Quand elle le vit nu et s'aperçut à quel point il avait envie d'elle, elle ne put retenir un gémissement.

Sans tarder, il prit appui sur ses bras et couvrit son corps du sien, sans la toucher, décuplant le plaisir qui menaçait d'exploser en elle à tout moment.

Quand, d'une cuisse ferme et impérieuse, il lui écarta les jambes, elle s'arrêta de respirer un instant.

Elle enfonça ses doigts dans ses épaules pour l'attirer à elle. Mais il ne se laissa pas faire.

Il reporta son attention sur sa poitrine puis se mit à lui lécher et lui mordiller les tétons jusqu'à ce qu'il sente son entrejambe pulser de désir.

Sans hésiter, il partit alors à la découverte de cette partie de son intimité, la pénétrant d'un doigt avide alors qu'elle se trémoussait sous sa caresse.

Elle retint soudain sa respiration, à deux doigts de la jouissance.

— Viens, ma belle…

L'instant d'après, un orgasme fulgurant s'empara d'elle, tel un tourbillon, l'emportant dans une dimension de plaisir ultime.

Elle se laissa aller aux multiples sensations qui l'assaillaient, le corps mû par des soubresauts déferlant en elle à la façon d'un raz-de-marée.

On aurait dit qu'elle n'avait pas joui depuis la dernière fois qu'il l'avait touchée.

Quand les tremblements cessèrent, ils s'embrassèrent de nouveau, mêlant toutes leurs émotions dans ce baiser passionné.

Il tendit le bras pour ouvrir le tiroir de la table de nuit et en tira une boîte de préservatifs. Une fois le petit carré doré sorti, il le lui tendit, pensant qu'elle voudrait le faire. Elle déclina l'offre, encore trop secouée par l'orgasme qu'il venait de lui faire vivre.

Il se protégea rapidement et vint se placer sur elle. Elle était tellement mouillée et ouverte qu'il la pénétra avec aisance.

Puis son regard plongea dans le sien, et à cet instant elle n'eut plus qu'une chose en tête : lui offrir autant de plaisir qu'il venait de lui en offrir.

Sans lui demander l'autorisation, elle le fit rouler sur le dos et, après avoir déposé une pluie de baisers dans son cou, se mit à osciller sur lui. Doucement pour commencer, puis plus rapidement, plus profondément.

Il n'était pas le seul à se souvenir de ce qu'ils aimaient et de ce qui les faisait chavirer. Elle retrouva le rythme qu'il appréciait aussi naturellement que s'ils ne s'étaient jamais quittés.

De nouveau, elle sentit le désir monter en elle, comme si elle ne venait pas de vivre un orgasme phénoménal.

Sa soif de lui refit surface, plus marquée que jamais.

Puis ce fut au tour de Kai de la faire rouler sur le dos.

Le plaisir bouillonnant qui l'animait s'empara d'elle, encore plus puissant que la première fois, et très vite Kai s'abandonna à son tour au plus vif des orgasmes.

Avant de s'installer à côté d'elle, il rassembla des coussins sous leurs têtes et couvrit leurs corps de la couette.

Elle sourit, émue. Il avait toujours été l'amant le plus attentif, le plus tendre et le plus doux qu'elle ait connu.

De plus, il venait de réveiller en elle des sentiments qu'elle ne désirait pas analyser maintenant, souhaitant profiter au maximum de la torpeur bienfaisante dans laquelle leurs ébats l'avaient projetée.

— On en reste là ? s'enquit-elle sur un ton taquin.

— Il est encore tôt. Je préfère en rester là *pour le moment* et nous laisser le temps de reprendre notre souffle.

— En dix ans, tu as gagné en sagesse.

— En dix ans, tu as gagné en sensualité, rétorqua-t-il.

Puis il se mit à la masser, sachant que c'était ce qu'elle préférait après l'amour.

Fermant les yeux, elle se laissa aller à cet instant de profonde délectation, décidant qu'elle aurait tout le loisir de réfléchir à la situation le matin venu.

Pour l'heure, elle comptait profiter de sa nuit avec Kai.

- 6 -

Alors qu'elle arrivait devant le magasin de robes de mariée de Royal, tenu par Natalie Valentine, Miranda demanda au chauffeur de lui laisser le temps de se remaquiller.

Elle aurait dû le faire avant, mais elle avait été trop occupée à penser à Kai… Et à chaque instant qui s'était écoulé depuis la nuit formidable qu'ils avaient partagée.

Ils s'étaient tous les deux lourdement trompés en pensant qu'ils arriveraient à mettre un terme à leur attirance en donnant libre cours à leur passion.

En effet, la situation actuelle était aux antipodes du résultat escompté !

Elle leva le petit miroir qu'elle avait toujours dans son sac, et se repoudra le nez. En tant que covedette d'une émission télévisée, elle avait le droit à une maquilleuse professionnelle, mais elle avait pris l'habitude de se maquiller elle-même. Tant qu'elle n'avait pas le visage luisant et qu'elle avait un peu de mascara, elle pouvait passer à l'écran. Pourquoi continuer à entretenir le mythe comme quoi les femmes avaient besoin de passer des heures à se maquiller pour être belles ?

D'autant qu'elle se souvenait encore du commentaire de Kai lorsqu'ils avaient fait l'amour. Il lui avait dit qu'elle était encore plus belle que dix ans auparavant.

Et comme l'avis de Kai lui importait plus que l'avis des téléspectateurs…

Cela dit, elle avait un contrat à respecter et devait, au minimum, coordonner son rouge à lèvres à la couleur de sa robe. Et puis, peut-être qu'en se mettant dans le bain de l'émission cela lui permettrait de se changer les idées… et de ne plus penser à Kai !

Si elle voulait sortir de ce casse-tête indemne, le seul moyen était de terminer la saison à Royal et de retourner au plus vite à New York.

Satisfaite de son apparence, elle remercia le chauffeur de sa patience, sortit du véhicule et pénétra dans le magasin où le reste de l'équipe l'attendait.

— Par ici ! s'écria Seraphina en la voyant.

Un cameraman se tourna vers elle tandis qu'un autre filmait la scène qui se déroulait entre Seraphina et Lulu.

— Regarde, Miranda ! s'exclama Lulu en brandissant une paire de chaussures. Fee a mis les nouvelles Jimmy Choo en léopard et moi j'ai choisi la version gris métallisé.

— Tu vas lancer une nouvelle mode de tenue de mariée !

Lulu éclata de rire.

— C'est mon mariage, donc je fais ce que je veux, n'est-ce pas ? répliqua-t-elle en lui faisant un clin d'œil.

— Tout à fait ! répondit Miranda en serrant son amie dans ses bras.

Elle était ravie pour Lulu, même si elle ne pouvait s'empêcher de lui envier son bonheur.

En se mariant avec Buckley, un homme beaucoup plus âgé qu'elle, elle avait décidé de se concentrer sur sa vie professionnelle et ses ambitions, mais plus elle y pensait et plus elle se rendait compte que du point de vue émotionnel ce mariage avait été le plus grand échec de sa vie.

Seraphina la tira de ses pensées maussades.

— Mais j'y pense, Lulu, et si tu portais des santiags gris métallisé sous ta robe de mariée ? Les demoiselles d'honneur pourraient aussi en porter, pour être assorties à toi ? Rafaela serait verte de jalousie, tu ne crois pas ?

Miranda se contenta d'être témoin de la scène, écoutant la conversation sauter du coq à l'âne, s'immergeant dans la joie ambiante qu'il y avait dans le magasin.

Le dernier épisode de la saison approchait, et bientôt elle retournerait à New York…

Rafaela et Zooey ne tardèrent pas à les rejoindre, se mêlant à la conversation avec leur aisance coutumière. Même Rafaela sembla impressionnée par Natalie Valentine, la propriétaire du magasin, qui avait roulé sa bosse un peu partout et dont la gamme allait de la haute couture au vintage en passant par un tas de petites marques dans le vent.

Lulu passa un long moment à essayer des robes de mariée inspirées de traditions du monde entier.

Miranda sirotait une coupe de champagne, assise sur un canapé à côté de Zooey, quand Lulu vint parader devant elles vêtue d'une robe en perles dont la forme faisait penser à une sirène.

De nouveau, elle ne put réprimer un pincement d'envie envers Lulu, ce qui la contraria car elle n'aimait pas l'idée d'envier son amie.

De plus, elle ne pensait pas avoir besoin d'un homme dans sa vie pour être comblée. Loin de là. Depuis son divorce d'avec Buckley, elle ne s'était jamais sentie aussi épanouie et libre d'agir comme bon lui semblait.

Alors pourquoi éprouvait-elle cette envie face au bonheur de son amie ? Et pourquoi cette liberté d'action n'avait plus le même goût, ces derniers temps ?

La réponse était simple et tenait en deux mots : Kai Maddox.

Son esprit navigua aussitôt vers lui.

Elle revit son visage aux traits si parfaits, son corps aux muscles si fermes…

Depuis qu'elle l'avait revu, son humeur était entièrement dictée par cet homme. Et depuis qu'elle avait dormi dans sa somptueuse maison, le phénomène s'était accentué.

On aurait dit qu'elle ne respirait que parce qu'il existait !

Le statut de femme libre et indépendante qu'elle revendiquait haut et fort avait du plomb dans l'aile.

Et si, tout au fond d'elle, elle avait envie que les choses soient plus sérieuses entre Kai et elle ? Si elle voulait…

La panique s'empara d'elle, d'autant qu'elle s'était toujours targuée de ne jamais verser dans ce genre de sentimentalisme.

Atterrée, elle manqua renverser sa coupe de champagne.

Seule Zooey remarqua son émoi.

— Tu n'aimes pas la robe de Lulu ? demanda-t-elle. Il y a un problème ?

L'une des caméras se braqua sur elle.

Zut !

Elle entendit le bruit du zoom. Impossible de se soustraire à l'objectif. Tous les mensonges qu'elle pourrait dire se retourneraient contre elle et seraient disséqués par le public.

Ne souhaitant pas parler de Kai devant la caméra, elle

reprit vite pied en optant pour une vérité mélancolique qui, espérait-elle, suffirait à lui sauver la mise.

— Je crois que la nostalgie s'est emparée de moi, avoua-t-elle. Je ne peux m'empêcher de penser que c'est la fin d'une époque. Seraphina va rester au Texas avec Clint, Lulu va épouser Kace, et je suis sûre qu'elles seront plus souvent à Royal qu'à New York.

— Oui, je comprends ton sentiment, répondit Zooey en hochant la tête. C'est un peu comme le bal de fin d'année au lycée. C'est à la fois joyeux et triste parce que l'on sait que rien ne sera jamais plus comme avant.

Miranda sourit en entendant la comparaison qui était tout à fait en adéquation avec leur situation.

— Exactement ! dit-elle, levant son verre en direction de Fee et de Rafaela pour les inclure dans ce moment. À nous !

— Les filles, je vous adore, murmura Zooey, visiblement très émue.

Lulu sortit du salon d'essayage vêtue d'une robe tube blanche impeccablement taillée dont la simplicité mettait en valeur sa silhouette gracieuse.

Postée devant les glaces, elle se tourna vers ses covedettes, sentant qu'elle n'était pas dans l'ambiance.

— J'ai raté quelque chose ? s'enquit-elle.

— Miranda nous a projetées dans une dimension mélancolique, et on se disait que rien ne serait jamais plus comme avant, résuma Fee, en se dirigeant vers Lulu pour lui prendre le bras.

— J'ai dit que c'était à la fois joyeux et triste, comme un bal de fin d'année au lycée, ajouta Zooey.

— Car, finalement, on aime bien être ensemble… la

plupart du temps, même s'il arrive que l'on se chamaille, précisa Fee à l'intention de Rafaela.

Celle-ci ne rétorqua rien, ce qui était assez rare pour être noté.

— C'est moi la mariée, je vous rappelle, décréta Lulu, prenant un air faussement vexé. Vous n'avez pas le droit de dire des choses sentimentales sans moi. Attendez que je sois là, pour les séquences émotion.

Miranda s'approcha à son tour de la future mariée.

— Lulu, tu es splendide. C'est la robe qu'il te faut.

— Je suis d'accord, elle te va à ravir, renchérit Zooey.

— Merci, les filles.

— Ah, et on a aussi dit que c'était la fin d'une ère.

Rafaela soupira.

— Vous pensez que l'on devrait se serrer dans les bras pour un maxi câlin ? s'enquit-elle, regardant ses covedettes.

— Viens là, espèce d'ingrate, répondit Fee sur le ton de la plaisanterie, tout en lui tendant la main.

Miranda ignorait si Fee et Rafaela faisaient un effort pour le mariage de Lulu ou si elles avaient fait la paix en secret, mais elle fut ravie de voir ce revirement de situation.

Elles se serrèrent l'une contre l'autre, bras dessus, bras dessous, en une accolade de franche camaraderie, en hommage à tous les moments qu'elles avaient partagés.

— Vive les filles ! s'exclama Miranda.

— Bravo à nous ! renchérit Zooey.

— Lulu, ton mariage va être génial, ajouta Fee, la serrant contre elle.

— Vous pensez que les gars parlent de la même chose quand ils font des mêlées ? demanda Zooey.

— Alors là, ça m'étonnerait, dit Lulu.

— Mais au moins, on peut se régaler de leurs fesses musclées ! fit remarquer Rafaela.

Elles éclatèrent de rire.

À cet instant, Miranda sentit son téléphone vibrer dans sa poche. Elle s'excusa le plus discrètement possible et s'éclipsa dans le couloir attenant au salon d'essayage, à l'abri des regards indiscrets.

Elle fut surprise de voir un message de Kai.

Grosse brèche de sécurité des données pendant la transition vers le logiciel Madtec. Je dois te voir au plus vite.

Son sang se glaça. Elle avait envisagé un tas de raisons pour le revoir, mais pas un scénario catastrophe.

Après avoir quitté précipitamment le tournage, en disant qu'elle avait une urgence à gérer, elle demanda au chauffeur de l'emmener à Deer Springs.

En chemin, elle appela Vaughn pour le prévenir.

Même si le fils de Buckley était l'héritier légitime, c'était néanmoins elle qui était responsable de cette situation car c'était elle qui avait signé le contrat avec Madtec.

L'idée d'avoir potentiellement exposé les clients de la banque Blackwood à des pirates informatiques la mettait dans tous ses états.

— Allô, Vaughn ?

— J'ai appris la nouvelle. Déjà avant la passation, la sécurité n'était plus étanche, donc cela ne me surprend pas plus que ça mais il faut limiter la casse.

— Je me rends chez Madtec pour évaluer les dégâts.

— Parfait. De mon côté, je vais organiser une conférence de presse pour ne pas que l'on se fasse prendre de court. Les nouvelles de ce genre ont le don de se propager à la vitesse de l'éclair.

— Tu veux que je vienne, pour la conférence de presse ?

Elle ne voulait pas s'immiscer mais souhaitait se rendre disponible s'il avait besoin d'elle. Elle voulait qu'il sache qu'il pouvait compter sur elle.

Vaughn lui avait donné moins de fil à retordre que Kellan et Sophie, durant son mariage avec leur père, mais dans la mesure où il était moins souvent à Royal elle avait eu plus de mal à interpréter les signes à distance.

Ce n'est que lorsqu'il était venu à Royal pour le mariage de Sophie, qu'il s'était ouvert à elle et qu'ils avaient pu entamer une relation plus stable.

— Non, j'aime autant que tu enquêtes chez Madtec, répondit-il. Tiens-moi au courant des mesures mises en place pour contrer la cyberattaque dont la banque a été victime.

— Entendu. Tu sais, je n'ai aucun doute par rapport aux frères Maddox. Ils sont très performants.

Il marqua un temps d'arrêt avant de répondre :

— J'avoue que leur portefeuille de clients est impressionnant, mais nous sommes leur premier gros client financier et ils ont tous deux baigné dans le piratage informatique. Quoi qu'il en soit, j'espère que tout reviendra rapidement dans l'ordre. Je dois te laisser. Rappelle-moi dès que tu as du nouveau.

— Tu peux compter sur moi.

Après avoir raccroché, elle rassembla ses esprits en vue de son entrevue avec Kai.

Elle avait entièrement confiance en Madtec, même

si les deux frères avaient fait leurs classes en tant que pirates informatiques.

Kai et Dane avaient quelque chose à prouver. Et elle aussi. Elle était donc décidée à mettre tout en œuvre pour que cette collaboration avec Madtec soit une réussite.

Elle avait engagé Kai, car elle était persuadée qu'il était le meilleur dans ce domaine.

Son but du moment était de l'aider à éviter la catastrophe et de le soutenir dans cette épreuve.

— Mlle Dupree est arrivée, annonça Amad par l'Interphone.

— Merci, j'arrive.

À tout autre moment, Kai aurait été impatient et aux anges à l'idée de voir Miranda. Mais dans la situation actuelle et depuis l'annonce de la brèche dans le système de sécurité, il redoutait leur entrevue.

En effet, elle ne venait pas en tant qu'amie mais en tant que représentante de la banque Blackwood, et les nouvelles n'étaient pas bonnes.

Il avait été tiré du lit à 5 heures du matin un jour de congé par un appel de Dane qui lui avait annoncé la cyberattaque.

Le seul côté positif était que son frère était sur place au moment de la brèche et qu'il s'était aperçu du problème en amont.

Kai avait la tête comme une citrouille à force de voir des chiffres défiler sur une multitude d'écrans. Leur but avait été de mettre en place une soupape de sécurité en attendant que le nouveau système de protection soit opérationnel.

Il essayait aussi d'évaluer au mieux les dégâts et les risques à venir.

— Jerrylin, je reviens au plus vite, mais je dois vous laisser quelques instants, dit-il à l'une des ingénieures en charge de cette opération d'urgence.

— Ne vous inquiétez pas, on est là.

À moitié rassuré, il regagna son bureau où l'attendait Miranda.

Il faudrait encore une bonne partie de la nuit pour que leur logiciel soit réinitialisé. La première installation du système de sécurité des données avait échoué, et il priait pour que la seconde fois soit la bonne.

Madtec ne s'était pas préparé suffisamment à devoir monopoliser autant de ressources pour la banque Blackwood dès le début de leur collaboration. Le seul point positif, c'est que l'équipe interne de la banque avait pris la brèche à leur compte ; ils savaient que leurs mesures de sécurité étaient défaillantes depuis longtemps.

Mais qu'en penserait Miranda ?

Il ne voulait surtout pas la décevoir.

En entrant dans son bureau, il vit Miranda avec un cadre à la main. Cela devait lui rappeler quelque chose. C'était une photo de sa moto et de leurs deux casques qui datait de leur dernier week-end en amoureux.

En l'entendant arriver, elle remit le cadre à sa place.

Elle portait une robe bleue imprimée de marguerites, un choix très féminin, parfait pour un week-end champêtre, songea-t-il. Hormis qu'ils se retrouvaient coincés au siège de Madtec avec une tonne de problèmes à régler rapidement.

L'espace d'un instant, il eut envie d'oublier la brèche de sécurité. Il aurait aimé prendre Miranda dans ses bras, l'embrasser… Sauf qu'elle n'était pas venue pour qu'il lui fasse l'amour.

Elle était là pour une mission de taille, et il se devait d'être responsable envers son entreprise et ses employés.

— Merci d'être venue, Miranda. Et désolé d'avoir dû te faire quitter le tournage de ton émission.

— Merci de m'avoir prévenue. Si je suis encore à Royal, c'est pour veiller à la passation des pouvoirs de la banque Blackwood et je tiens à repartir avec la conscience tranquille. Donc il me tient à cœur de régler ce problème au plus vite avant de pouvoir repartir à New York. Mes covedettes se débrouilleront sans moi.

Il admirait son engagement envers la mission qui lui avait été confiée par Buckley, mais le rappel qu'elle appartenait désormais à New York et non à Royal, ou même à Deer Springs, lui serra le cœur.

— Je t'en prie, assieds-toi, je vais t'expliquer la situation, dit-il, lui indiquant l'un des deux fauteuils en cuir face à son bureau.

Elle lissa le bas de sa robe avant de s'installer.

Il prit place à côté d'elle.

Il projeta son écran d'ordinateur sur le mur blanc en face d'eux afin de mieux avoir accès aux informations dont il aurait besoin pour lui expliquer la nature du piratage et ce qu'ils mettaient en œuvre pour enrayer le problème.

L'importance du problème l'aida à se concentrer sur la tâche qu'il avait à accomplir et non pas sur la proximité de Miranda.

Quand il lui fit état du nombre de clients dont les comptes avaient pu être visités, elle resta stoïque, son expérience de femme d'affaires l'aidant sûrement à garder le contrôle, même dans les scénarios les plus épineux.

Durant la mise à jour qu'il lui fit, elle l'interrompit rarement, mais les quelques questions qu'elle lui posa étaient tout à fait pertinentes, démontrant son esprit d'analyse et sa perspicacité. Elle savait utiliser les ressources qui lui étaient données pour décortiquer les informations de manière appropriée et en tirer des conclusions constructives.

Guidée par une ambition hors du commun, elle avait su avancer sans jamais perdre de vue ses objectifs, tout en restant à l'écoute du monde alentour.

De plus, son esprit vif lui permettait d'avoir toujours une longueur d'avance sur les autres.

Cela faisait d'elle une femme d'affaires hors pair, indéniablement, mais il était d'autant plus difficile de la déchiffrer d'un point de vue personnel.

Cette réflexion l'amena à se demander comment la femme passionnée qui avait partagé son lit récemment pouvait se transformer aussi radicalement en l'une des businesswomen les plus en vue du pays.

— Donc les pirates ont pu potentiellement avoir accès aux comptes de quatre-vingt-dix mille clients, résuma-t-elle.

— C'est ça.

— Que mettez-vous en œuvre pour que l'on puisse assurer aux clients que cela ne se reproduira pas ?

Kai avait passé de longues heures devant des écrans d'ordinateur, dans l'espace confiné du serveur de Madtec, et au téléphone, avec l'équipe interne de la banque Blackwood. Il craignait de ne plus avoir l'énergie suffisante pour se montrer à la hauteur et rassurer Miranda comme il l'aurait souhaité.

Mais il n'était pas du genre à abandonner et irait jusqu'au bout de ce défi.

— Pour commencer, il faudrait que vous envisagiez de publier un communiqué expliquant à vos clients qu'ils n'étaient déjà pas protégés de manière adéquate par le système qui était en place auparavant et que Madtec n'était pas en mesure de trouver une solution pour remédier à la défaillance du jour au lendemain, expliqua-t-il, à bout de patience, frustré que Miranda ne laisse rien trahir de l'intimité qu'ils avaient partagée récemment.

D'un bond, il se leva de son fauteuil et passa derrière son bureau afin de mettre de la distance entre eux.

— Kai, tu sais que, pour le moment, nous ne pouvons pas publier un tel communiqué. Mais nous savons que Madtec n'est en rien lié au problème, lui assura-t-elle sur un ton posé.

Toujours aussi professionnelle.

Et toujours aussi belle.

Irrésistiblement belle. Au point qu'il la désirait dès qu'il posait les yeux sur elle.

Pour ne plus être tourmenté par cette vision, il s'approcha des baies vitrées et contempla un instant la ville, le temps de reprendre ses esprits.

— Les clients de la banque ne seront pas aussi cléments, je peux te l'assurer, dit-il. Sans compter la presse et les banques concurrentes.

— Je sais, Kai.

— Dane et moi avons tout fait pour nous détacher de l'image qui nous collait à la peau depuis nos débuts. Même si nous ne sommes pas fautifs, une brèche de cette envergure nous fera énormément de tort si nous n'arrivons pas à redresser la barre à temps.

Sentant qu'il perdait pied, il tenta de se ressaisir.

Il devait réussir à maîtriser cette urgence, les effets sur son entreprise, cette entrevue avec Miranda et son désir incommensurable pour cette femme si secrète.

— Vous allez y arriver, assura-t-elle. *Nous* allons y arriver. J'ai entièrement confiance en Dane et toi. Je comprends que tu sois préoccupé et je pense qu'il vaut mieux que je te laisse, conclut-elle en se levant.

Comment faisait-elle pour réussir à réprimer l'attirance qui menaçait de le faire vaciller à tout moment quand il la regardait ? Car elle aussi le désirait, il le savait.

À bout de nerfs, le corps en proie aux tensions les plus vives, il se sentit soudain très fatigué. Il aurait tout donné pour la prendre dans ses bras et se perdre en elle.

Une idée saugrenue lui vint soudain à l'esprit.

Une idée qui pourrait peut-être la faire craquer.

— Non, reste, dit-il.

— Tu es sûr ?

— Disons que la responsable de la banque peut partir, mais j'aimerais beaucoup parler à la femme avec qui j'ai fait l'amour l'autre jour.

- 7 -

Miranda expira doucement pour tenter de relâcher la tension qui s'était accumulée dans ses muscles au cours de son entretien avec Kai, tension qu'elle avait masquée autant que possible pour ne pas montrer de signes de faiblesse.

Elle comprenait la demande de Kai.

Naturellement, elle aurait aimé l'accepter. C'était tellement frustrant de devoir mettre un frein à ses émotions en présence de cet homme qui lui avait fait perdre la raison en bien des occasions.

Et puis, elle aurait tant aimé lui apporter un peu de réconfort.

Il paraissait épuisé. Elle le voyait dans ses yeux, dans ses gestes, dans son sourire las.

Elle constatait à quel point il était engagé dans son travail, à quel point il prenait ses responsabilités au sérieux.

Elle se décida à faire le tour de la table pour s'approcher de lui.

Après quelques hésitations, elle lui prit la main.

— Kai, tu manques vraiment d'imagination si tu n'arrives pas à voir que la femme avec qui tu as fait l'amour il y a quelques jours se trouve devant toi. Elle a simplement revêtu, pour les besoins de la situation, sa tenue de responsable de banque.

Il la fouilla de son regard émeraude avant de se rapprocher dangereusement d'elle.

— Miranda, je peux t'assurer qu'en ce qui te concerne je ne manque pas d'imagination. Ce qui est justement une partie du problème.

En un geste d'une tendresse inouïe, il porta sa main jointe à la sienne pour la poser contre sa joue.

— Et l'autre partie ? demanda-t-elle.

— C'est que tu es la dernière personne que j'aie envie de décevoir. Non pas à cause de la banque mais à cause de ce qui se passe entre nous.

Son honnêteté la fit frissonner, et l'angoisse lui serra la gorge.

Elle non plus ne savait pas où les mènerait leur relation, et son esprit était en proie à la plus vive confusion.

L'incertitude quant aux attentes de Kai l'empêchait de profiter de cette complicité en toute simplicité, même si elle mourait d'envie de se coller à lui et de se perdre en lui. Elle n'avait qu'une seule certitude : Kai lui manquait quand il était loin d'elle. N'étant pas habituée à se reposer sur les autres pour avancer, cette dépendance qu'elle éprouvait la paniquait.

— Kai, dis-moi ce que je peux faire pour t'aider. Pour ce qui est de la cyberattaque, j'entends. Vaughn m'a dit qu'il allait faire une conférence de presse et m'a demandé de le tenir au courant une fois que tu m'aurais expliqué la situation, dit-elle, détournant les yeux de peur de tomber dans ses bras.

Ils étaient au milieu d'une crise dont la gestion était loin d'être assurée, et toute interférence sentimentale était risquée.

Lâchant sa main, Kai prit ses distances, et son expression se fit plus dure, plus fermée.

Elle fut à la fois soulagée qu'il ne soit pas allé plus loin dans ce moment de tendresse, qui aurait pu rapidement déraper, et déçue qu'ils ne soient plus en contact.

Et surtout, elle eut la nette impression de l'avoir déçu.

Elle se reprit rapidement. Ne sachant pas plus que lui sous quel angle aborder leur relation, elle ne pouvait se laisser aller à un moment d'intimité alors que la banque Blackwood avait besoin de toute son attention.

— Dans un monde idéal, j'aurais envoyé mon attaché de presse à la conférence, mais toutes nos équipes sont mobilisées pour tenter de résoudre le problème, expliqua-t-il, posant sur elle un regard qui ne ressemblait en rien à la façon dont il l'avait regardée quand il l'avait portée dans sa chambre pour lui faire l'amour.

— Je comprends.

— Je dois redescendre dans la salle où les ingénieurs travaillent d'arrache-pied pour remédier à la faille. Je te propose de prendre tes quartiers ici. Je vais t'envoyer la personne qui s'occupe des relations publiques ; vous pourrez travailler sur la déclaration que nous enverrons à Vaughn. Elle pourra aussi te donner des idées sur la façon de présenter la nouvelle à vos clients.

Elle se contenta de hocher la tête. La façon dont il venait de se mettre en retrait, et pas seulement physiquement, lui rappela soudain l'attitude qu'il avait eue lorsqu'il avait pris ses distances avec elle, avant leur séparation, dix ans auparavant.

Cette similitude la frappa de plein fouet.

— Kai…

Mais il avait déjà quitté son bureau, et les doubles portes venaient de se refermer.

Elle ferma les yeux un instant, l'esprit en déroute. Elle avait fait une erreur. Elle n'avait pas été à la hauteur, au niveau personnel, pour soutenir Kai. Elle trouverait un moyen de se faire pardonner son attitude. Plus tard.

Pour le moment, elle devait faire face à une crise d'ordre professionnel. C'est ce qu'elle savait faire de mieux.

Elle ne quitterait pas les lieux avant de s'être assurée que le logiciel de sécurité était en place et fonctionnait de manière fiable.

— Tu devrais rentrer, tu ne tiens plus debout, dit Kai à son frère.

Dane venait d'entrer dans la salle du serveur d'ingénierie, ses cheveux bruns ébouriffés, l'air hagard, rivant directement les yeux sur l'écran qui diffusait en temps réel l'avancement de l'installation du logiciel de sécurité.

Ils avaient voulu faire un dernier test avant de lancer l'installation, mais la brèche ne leur en avait pas donné l'occasion.

Le temps pressait, ils n'avaient pas une minute à perdre.

Posant sa tasse de café, Kai s'inclina dans le siège ergonomique, s'éloignant légèrement de son poste. Trois autres analystes de système étaient dans la pièce, chacun avec une mission bien définie dans le cadre du processus de mise en place.

Jusqu'à présent, l'installation se déroulait sans problème.

— Tu es jaloux de ne pas avoir la barbe qui pousse aussi vite que moi, répliqua Dane sans détourner son attention du mur où étaient projetées les données informatiques.

— Tu rigoles ? Avec le temps que tu as passé ici, j'imagine qu'il doit y avoir une colonie d'entités vivantes là-dedans.

— Probablement ! Tout ce que je veux, c'est que l'on sorte de cette crise sans que j'aie besoin de parler à la presse. Et dans mon état, je sais que je ne serais pas convaincant, ajouta-t-il, toujours pince-sans-rire.

Il prit place à côté de lui, bougeant la souris pour ranimer l'écran en face de lui.

— Pourquoi tu dis ça ?

— Je dis ça, car il va falloir intervenir pour défendre l'image de Madtec de manière plus agressive, expliqua Dane. Et pour ça, il faudra bien que quelqu'un de chez nous prenne la parole.

Kai grimaça. Il avait un mauvais pressentiment.

— Que veux-tu dire par là ? demanda-t-il.

— Je veux dire que l'on aurait dû envoyer un expert à la conférence de presse au lieu de simplement envoyer une déclaration.

— Tu me fais peur. Que sais-tu de plus que moi ?

— Vaughn Blackwood n'était pas formé pour répondre aux questions techniques, si bien que nous sommes passés pour des charlots, répondit Dane en ouvrant un clip tiré d'une chaîne locale.

Il cliqua sur la commande d'avance rapide pour arriver au moment qu'il voulait montrer à Kai.

Kai vit Vaughn Blackwood, tel un renne traqué par les flashs des appareils photo et des objectifs de caméras alors qu'il répondait aux questions des journalistes sur la nature de la brèche et les mesures mises en place pour remédier au problème. Il semblait parfois perdu, s'emmêlant les pinceaux en lisant les papiers devant lui et ne répondant bien souvent qu'en partie aux questions posées.

— C'est moi qui ai demandé à Miranda d'écrire une déclaration avec l'aide de notre équipe de relations publiques, expliqua Kai. C'est ma faute.

— Et regarde ça, ajouta Dane en lui montrant le direct de la chaîne où l'on voyait une camionnette de télévision postée devant le siège de Madtec.

Kai jura. Il ignorait qu'il y avait des journalistes devant le siège puisque le serveur sécurisé était dans une salle aveugle au milieu du bâtiment.

— Comment l'as-tu su ? s'enquit-il.

— On m'a prévenu. La camionnette est arrivée il y a une heure environ. Mais comme le hall de réception est fermé, ils n'ont pas pu rentrer.

— On ne m'a rien dit.

Miranda était-elle au courant ?

Ils avaient échangé quelques messages au cours des dernières heures, mais il n'était pas retourné dans son bureau depuis qu'il l'avait quittée.

Elle avait transmis à Vaughn les informations que Madtec lui avait fournies, refusant de partir avant de s'être assurée que le système de gestion des données de la banque Blackwood était de nouveau opérationnel et que tous les clients étaient protégés.

Elle faisait preuve d'un grand professionnalisme, cela ne faisait aucun doute.

Toutefois, il n'avait toujours pas digéré qu'elle l'ait rejeté comme elle l'avait fait, même s'il reconnaissait qu'il n'aurait peut-être pas dû faire appel à son amante en pareilles circonstances mais plutôt à sa collaboratrice, étant donné la gravité du problème.

Il avait également omis de prendre en compte le fait qu'en arrivant elle ne connaissait la nouvelle que depuis peu, alors que lui la connaissait depuis des heures et avait eu le temps de se faire à l'idée.

— Je pense que tu devrais faire une déclaration à la presse, suggéra Dane, faisant signe au stagiaire qui venait d'entrer dans la pièce avec une cafetière fumante et des tasses.

D'habitude, les employés n'avaient pas le droit de manger ou de boire dans la salle du serveur, mais l'interdiction avait été levée au vu de la situation sans précédent.

— Maintenant, je comprends mieux pourquoi tu as cultivé ton air d'homme des cavernes. Comme ça, tu sais que personne ne t'enverra devant la caméra, répliqua Kai, moqueur.

— Dis donc, il te faut du temps pour comprendre, mon frère !

Kai surveilla encore un peu les opérations, puis décida de retourner dans son bureau. Il devait parler à Miranda.

Alors qu'il s'apprêtait à quitter la salle, Miranda entra, portable à la main, très pâle, les traits tirés.

— Kai, désolée de te déranger. Sophie Blackwood vient d'être admise à l'hôpital.

— Comment ça ? Pourquoi ?

Il comprenait son inquiétude et savait à quel point elle tenait aux enfants de Buckley Blackwood.

— Je ne sais pas. Nigel a envoyé un message à toute la famille. Ils venaient de rentrer de lune de miel. Elle s'est évanouie à l'aéroport.

— Je vais t'emmener à l'hôpital, viens, dit-il, la prenant par la main.

Pas question de la laisser prendre le volant seule dans son état de fatigue.

Il se tourna vers son frère.

— Allez-y, j'assure le quart suivant, dit Dane.

— Merci.

Et il entraîna Miranda avec lui, espérant que le malaise de Sophie Blackwood n'était pas trop grave.

Reconnaissante de la prise de décision rapide de Kai, Miranda fut soulagée de pouvoir s'en remettre à lui. Elle le laissa les guider vers une issue à l'arrière du bâtiment, à l'abri des regards indiscrets.

Les dernières heures qui s'étaient écoulées avaient été épuisantes, et c'était rassurant de sentir la chaleur de sa main dans la sienne.

Elle avait passé son temps à vérifier le progrès de la mise en place du nouveau système de sécurité des données tout en étant en relation téléphonique quasi constante avec Vaughn pour le tenir au courant.

À présent, elle était davantage inquiète au sujet de Sophie. Même si leur relation avait été fragile au départ, elle avait su gagner la confiance de la fille de Buckley, qui n'avait qu'une dizaine d'années de moins qu'elle. Elles étaient devenues amies, et elle tenait à lui apporter son soutien.

— Tu n'as pas peur que les journalistes aient fait le tour du bâtiment ? demanda-t-elle.

— Donc tu es au courant ?

— Je venais de l'apprendre avant de recevoir le message de Nigel.

— A priori, ils sont postés devant et le parking est sécurisé.

À peine étaient-ils sortis sur le parking de derrière qu'un cameraman et une journaliste firent leur apparition à l'angle du bâtiment.

— Mademoiselle Dupree ! cria la journaliste.

— Ne réponds pas, murmura Kai entre ses dents.

— Pouvez-vous nous confirmer que vous avez choisi Madtec pour assurer la cybersécurité de la banque Blackwood parce que vous êtes en couple avec Kai Maddox ? demanda la journaliste.

Miranda sentit Kai se crisper.

— J'aurais dû demander à la sécurité de nous escorter, marmonna-t-il à voix basse. J'ignore comment ils ont fait pour entrer.

Il la prit par le coude, continuant à avancer vers la voiture.

— Attendez ! lança la journaliste.

— C'est une propriété privée, dit Kai d'une voix sèche. Vous n'avez pas le droit d'être ici, et nous n'avons aucun commentaire à faire. Merci.

Apparu comme par miracle, un autre duo de journalistes venait de leur barrer la route.

Miranda se pencha vers Kai pour lui parler à l'oreille :

— Si on répond à quelques questions, ce sera peut-être plus rapide que si l'on essaie de les éviter.

Il la regarda, visiblement indécis quant à la direction à prendre.

Enfin, il hocha la tête.

Miranda regarda directement la caméra, sachant déjà ce qu'elle avait à dire. Après avoir passé des heures à travailler sur les déclarations de Vaughn, elle connaissait son sujet.

— La banque Blackwood a entièrement confiance

en Madtec, dit-elle. Nous sommes heureux d'être le premier établissement financier à bénéficier de leur logiciel d'encryptage, et notre collaboration est tombée à point nommé.

— Votre liaison intime avec le coprésident de Madtec fera-t-elle l'objet d'un épisode spécial dans *La Vie secrète des ex-épouses de NYC* ? demanda la journaliste.

Miranda, qui ne s'attendait pas à cette question, fut un instant déstabilisée.

— Il n'y aura pas d'épisode spécial puisque nous n'avons pas de liaison intime, intervint Kai. Maintenant, si vous voulez bien nous excuser, ajouta-t-il, reprenant Miranda par le bras pour la guider vers la Jaguar métallisée.

Les journalistes et leurs caméras les suivirent, criant des questions dans le but de les faire réagir.

Kai, imperturbable, lui ouvrit la portière passager pour qu'elle monte dans le véhicule.

Alors qu'elle prenait place, elle vit deux gardes de la sécurité arriver.

Ils ne tardèrent pas à déloger les journalistes.

Kai s'installa au volant.

— Ce n'étaient pas des journalistes de la presse des affaires, dit-il, contrarié, alors qu'ils quittaient le parking de Madtec.

— C'est sûrement un tabloïd quelconque.

Elle frissonna à l'idée que la presse à scandales s'empare de leur vie privée, d'autant que leur relation n'existait pas, d'après les dires de Kai.

Ses mots résonnèrent en elle alors qu'elle repensait au ton glacial sur lequel il les avait prononcés.

Il avait certes dû être agacé d'être harcelé par les

journalistes, mais elle ne comprenait pas pourquoi il avait eu une réaction aussi violente.

Pas plus tard qu'en début de journée, dans son bureau, elle avait cru comprendre qu'il avait justement envie de développer leur relation.

Un silence pesant s'installa entre eux alors qu'ils roulaient en direction de l'hôpital de Royal.

Jetant un regard furtif vers Kai, elle le trouva tendu, les traits tirés.

— Je sais que c'était mon idée de parler à la presse, mais j'espère que tu ne m'en veux pas, dit-elle. Je pensais que les questions porteraient sur la banque et non sur notre vie privée. J'aurais dû m'en douter.

Il réfléchit un instant avant de lui répondre :

— Pour quelqu'un qui veut à tout prix préserver son image professionnelle, je suis étonné que tu aies accepté de faire cette émission de téléréalité.

La voie rapide s'étalait devant eux à perte de vue. Ils étaient seuls sur la route. De chaque côté, les fermes étaient plongées dans le noir. Le tableau de bord, seule source de lumière alentour, éclairait le visage tendu de Kai.

— L'émission peut paraître un peu extravagante, mais les téléspectateurs aiment voir la façon dont nous démêlons les imbroglios sociaux entre nous, expliqua-t-elle. Et comment nous arrivons malgré tout à rester amies. On redonne espoir aux femmes qui n'ont pas encore trouvé l'homme idéal en leur montrant qu'elles peuvent passer des moments enrichissants et épanouissants avec leurs amies.

— D'après les clips publicitaires, on a l'impression

qu'il s'agit de cinq femmes qui se crêpent le chignon en faisant du shopping et en essayant de se voler la vedette.

Ses paroles la glacèrent. Jusqu'à présent, elle ne s'était pas vraiment demandé ce que pensait Kai de cette émission. Maintenant, elle en avait une petite idée…

— Tu sais très bien que les accroches marketing ne reflètent pas toujours la substance du produit, rétorqua-t-elle, quelque peu vexée.

— J'étais juste curieux de savoir pourquoi tu faisais cette émission, maintenant je sais.

— Non, tu ne sais rien. Mon mariage a été un échec, et cette émission donne un autre aperçu de la vie des femmes. On parle de notre métier, de notre amitié. Il ne s'agit pas de rencontrer le grand amour ou d'avoir une liaison à tout prix. Du moins, dans mon cas, dit-elle, au comble de l'agacement.

— Alors heureusement que j'ai dit à la journaliste qu'il n'y avait rien entre nous puisque ce n'est pas dans tes projets.

Décidément, il faisait exprès de jouer sur les mots.

À bout de patience, elle se tut, profondément blessée qu'il n'ait pas vu que les moments qu'ils avaient partagés en début de semaine s'apparentaient à un début de liaison intime.

- 8 -

Une heure plus tard, Miranda était assise sur une chaise en plastique dans la salle d'attente des urgences de l'hôpital, profitant de ce moment pour vérifier ses e-mails professionnels et s'occuper l'esprit, trop anxieuse de connaître la raison de l'évanouissement de Sophie.

Elle était censée se rendre à une réunion du conseil d'administration de Goddess à New York la semaine suivante, mais, entre la crise Madtec, le gala de charité, le mariage de Lulu et maintenant l'état de santé de Sophie, elle ne savait plus où donner de la tête et elle doutait d'être en mesure de se libérer pour se rendre là-bas, ne serait-ce qu'une journée !

Elle allait devoir jongler et déléguer au maximum pour réussir à se sortir de ce marasme.

Alors qu'elle commençait à envoyer un message à son assistante à New York, Kai entra dans la salle d'attente.

Il était allé leur acheter des cafés et il lui en tendit un.

Il était très tard et il n'y avait qu'eux. Vaughn avait dû s'effondrer après la conférence de presse et était injoignable. Kellan et Darius n'étaient pas à Royal, mais elle avait réussi à leur parler et à les prévenir de la situation. Kellan, qui ne voulait pas réveiller Irina ni la laisser seule, avait promis de l'appeler dès le lendemain matin.

Elle n'en pouvait plus d'attendre l'arrivée de Nigel.

— Merci pour le café, Kai. Et surtout d'être là. Tu dois être épuisé.

— Je dormirai plus tard, ne t'inquiète pas pour moi.

— Tu as eu des nouvelles de ton frère ?

— Il a dit que le téléchargement venait de se terminer. Il va travailler encore une heure et ensuite il dormira un peu. Mais a priori, tout est sous contrôle.

Prenant une gorgée de son café, Miranda sentit aussitôt qu'il y avait du lait de soja.

— Tu as une excellente mémoire en ce qui concerne mes goûts, Kai Maddox, fit-elle remarquer en levant son gobelet. Merci.

C'était étrange qu'un détail aussi insignifiant puisse lui procurer autant de plaisir.

— Nous avons partagé assez de petits déjeuners pour que je m'en souvienne, répliqua-t-il.

— Tu sais, j'ai partagé plus d'un repas avec Buck, mais il aurait été bien incapable de dire quelle était ma couleur préférée, ma chanson préférée ou comment je prenais mon café.

— Le vert. *Summer Wind* chantée par Sinatra. Ou du moins c'était le cas il y a dix ans.

— Impressionnant. Tu te souviens encore de tout ça ?

Il ne répondit pas tout de suite.

— Je n'ai jamais compris ce qui t'avait attirée chez Buckley Blackwood, hormis sa fortune, dit-il enfin.

La complicité qu'elle avait éprouvée à son égard se dissipa aussitôt.

Sur la défensive, elle allait se venger de ce commentaire inutile quand une infirmière entra dans la pièce.

Elle se leva aussitôt et retint son souffle, inquiète de ce qu'elle allait leur dire.

Mais l'infirmière repartit, cherchant visiblement quelqu'un d'autre.

Elle se rassit, poussant un profond soupir.

— Je n'ai pas épousé Buckley pour son argent, dit-elle.

— Ah oui ? Et pourquoi l'as-tu épousé, alors ?

Elle aurait aimé que Nigel fasse son apparition pour mettre un terme à cette conversation qui pouvait facilement dégénérer.

— Ce ne sont pas tes affaires, Kai, mais je vais te le dire. J'ai épousé Buck parce que nous avions les mêmes objectifs et que nous avions des intérêts similaires. A priori, nous formions une équipe gagnante. Je n'étais pas du genre fleur bleue et j'avais envie de projets concrets. Il était prêt à me soutenir, j'ai foncé. Il a encouragé mes idées, et je l'ai aidé à réaliser un tas de choses, vers la fin de sa vie.

— Parce que, nous, nous ne formions pas une équipe gagnante ? demanda-t-il sur un ton de défi.

— Non. Nous étions trop passionnés et pas assez pragmatiques. Tu sais très bien que cela n'aurait jamais fonctionné.

Au départ, elle avait adoré cette passion enivrante qui les animait à chaque moment passé à deux. Mais un jour, elle avait senti que la dynamique venait davantage d'elle et de moins en moins de Kai. Il avait pris ses distances peu à peu, et elle en avait terriblement souffert. Elle s'était sentie anéantie, abandonnée, le cœur brisé.

Toutefois, elle ne dit rien de tout cela ; elle n'était pas prête à lui avouer à quel point il l'avait blessée. De plus, ce n'était vraiment pas le moment de lancer une conversation sur le sujet.

— Nous étions amants et amis, reprit-il. Nous avions tout pour réussir un avenir en commun, tu ne penses pas ?

Décidément, sa vision du passé différait de la sienne.

Elle avait maintes fois regretté de l'avoir quitté, mais elle n'avait pas pris la décision à la légère.

— Tu aimais bien l'idée de mon projet Goddess, seulement tu étais davantage préoccupé par ton monde cybernétique et tu n'avais pas une minute à me consacrer, fit-elle remarquer. J'avais l'impression que, quand tu étais avec moi, c'était un moyen de t'évader de ton monde. Moi, j'avais envie de partager avec toi mon parcours professionnel, de discuter de mes idées, et j'avais aussi envie d'en savoir plus sur toi et tes projets.

— Le fait que l'on soit amants et amis ne te suffisait pas ? Tu voulais en plus que je sois ton associé en affaires ?

Elle se tourna vers lui, surprise et peinée de sa réaction.

Avait-elle trop attendu de leur relation ?

C'était possible, après tout.

Elle était éperdument amoureuse de Kai. Il était tout pour elle.

La passion était un sentiment enivrant, qui parfois vous donnait des ailes. C'était aussi le moyen idéal pour perdre pied avec la réalité.

Après tout, c'est peut-être son comportement passionné à outrance qui avait poussé Kai à prendre ses distances ? Peut-être qu'elle avait été trop présente et qu'il n'avait pas su comment répondre à ses besoins constants ?

Elle n'eut pas le temps de se poser davantage de questions, car Nigel venait d'entrer dans la salle d'attente.

Toujours impeccablement habillé, le directeur du studio Green Room Media lui parut épuisé mais… heureux ?

— Miranda, merci d'être là.

— Comment va Sophie ? s'enquit-elle en se levant.

Comme Kai venait de se lever aussi, elle fit les présentations.

Les deux hommes se serrèrent la main, puis Nigel répondit :

— Écoutez, il s'avère que Sophie va bien. Le médecin pense qu'elle était simplement déshydratée.

— Mais pourquoi ?

— Parce qu'elle est enceinte…

— C'est formidable ! s'exclama Miranda.

Elle fut soulagée d'apprendre que Sophie n'avait rien de grave et aux anges de savoir que Nigel et elle allaient être parents.

— De jumeaux, précisa Nigel avec un grand sourire.

Miranda poussa un petit cri de surprise et serra Nigel dans ses bras, puis, se tournant vers Kai pour le prendre aussi dans ses bras, elle s'arrêta net.

— Félicitations, dit Kai.

— Merci. Je suis rassuré et surtout très heureux. D'ailleurs, je vais vous laisser, car je vais aller rejoindre ma femme.

— Vous n'avez besoin de rien ?

— Non, c'est bon. Merci, Miranda. On attend que le médecin nous fasse une lettre de recommandation pour que l'on puisse voir un obstétricien demain mais, après ça, je pourrai la ramener chez nous.

— Alors, c'est parfait. Bon courage pour tout et à bientôt, dit Miranda.

Une fois Nigel parti, Kai se tourna vers elle.

— On y va ?

— Oui, murmura-t-elle, l'esprit envahi par des images de bébés et de mariage.

Elle se demanda quelle serait sa relation avec Sophie et ses frères, une fois qu'elle serait retournée à New York.

Peut-être reviendrait-elle plus régulièrement pour voir les jumeaux, les tenir dans ses bras, faire partie de leur vie ?

Pourquoi était-elle aussi sentimentale, soudain ?

C'était sûrement la fatigue.

Revenant à l'instant présent, elle chassa ces pensées de son esprit et suivit Kai sur le parking.

— Je suis ravie pour Nigel et Sophie, dit-elle.

— Oui, ils doivent être très heureux, répondit Kai sur un ton neutre.

Maintenant qu'elle était rassurée au sujet de Sophie, elle sentit la fatigue lui tomber dessus comme une chape de plomb.

Kai était debout depuis plus longtemps qu'elle. Elle ne pouvait pas le laisser rentrer à Deer Springs dans cet état.

— Je n'arrive pas à comprendre comment tu peux être encore réveillé, dit-elle. As-tu la force de conduire ?

— Ne t'inquiète pas. Tu pourras bientôt te coucher, lui promit-il en ouvrant la portière passager.

Tout en attachant sa ceinture de sécurité, elle regarda Kai faire le tour de la voiture et venir s'installer au volant.

Elle le trouvait admirablement beau et séduisant, malgré la fatigue qui marquait ses traits.

Comment avait-elle été assez folle pour le quitter ?

Il avait pris ses distances, c'est vrai, mais maintenant elle savait pourquoi. Sa mère avait fait en sorte qu'elle finisse par choisir Buckley.

Et elle n'en avait rien su.

Pourquoi avait-elle abandonné Kai aussi facilement ?

Peut-être parce qu'elle avait senti qu'il s'éloignait d'elle, alors elle en avait profité pour le quitter.

Le plus étrange, c'est qu'aujourd'hui elle se sentait encore et toujours aussi irrésistiblement attirée par lui…

C'était tellement plaisant de voir les muscles de ses avant-bras se tendre alors qu'il démarrait, ses épaules athlétiques bouger avec aisance alors qu'il effectuait une manœuvre pour sortir du parking…

C'était un régal pour les yeux et un spectacle qu'elle aurait aimé admirer en boucle.

Quand elle vit ses mains agripper le volant, elle retint un grognement de plaisir, se souvenant de l'effet qu'elles pouvaient avoir sur elle quand il la caressait…

Il la surprit en train de l'observer.

— Je serais curieux de savoir à quoi tu penses, dit-il, prenant le temps de la contempler.

— Je me disais que ce n'était pas prudent que tu rentres chez toi et que tu devrais venir dormir chez moi.

Elle lui aurait proposé de dormir chez elle même si elle n'avait pas été inquiète pour sa sécurité. En cet instant, elle n'avait qu'une idée en tête : se retrouver dans son lit avec lui.

— *Avec* moi, précisa-t-elle, comme il ne disait rien.

Il la regarda, l'air interloqué. Le désir obscurcit son regard, la faisant frissonner.

— Entendu. J'accepte ton invitation. Mais sache que je ne suis pas du tout fatigué, précisa-t-il, le ton plein de sous-entendus.

Quinze minutes plus tard, Kai déposait une pluie de baisers dans le cou de Miranda alors qu'elle essayait de taper le code d'entrée de la maison d'amis du ranch Blackwood.

L'odeur de son shampoing se mélangea à son parfum aux senteurs de jasmin.

Ses ongles vernis rouges s'arrêtèrent un instant au-dessus des touches du boîtier.

Il se demanda si elle était distraite par la même flamme qui vibrait en lui, et il en profita pour explorer sa nuque.

Elle gémit de plaisir et s'offrit un peu plus à ses baisers.

— Tu as oublié le code ? s'enquit-il d'un ton moqueur en la prenant par la taille pour l'attirer à lui.

Il en profita pour l'embrasser derrière l'oreille, sachant que cela ne manquerait pas de la faire réagir.

— Non, mais disons que je suis… distraite, répondit-elle dans un souffle.

Il laissa échapper un petit rire et la laissa tranquillement finir de taper le code.

Il la suivit à l'intérieur, tentant d'oublier que cet endroit avait appartenu à Buckley Blackwood, l'homme qui lui avait volé Miranda.

Pendant longtemps, il avait cru que c'était l'homme que Miranda avait désiré plus que lui. Depuis qu'elle lui avait appris qu'elle n'avait pas été attirée par sa fortune – ou, tout au moins, pas seulement —, il avait revu son jugement.

Peut-être lui avait-il donné le mauvais rôle trop rapidement ?

Dans tous les cas, il se rendait compte qu'il l'avait laissée partir très facilement, sans se battre, sans chercher à la retenir.

Pas question de répéter cette erreur aujourd'hui.

— Tu veux boire quelque chose ? lui proposa-t-elle, une fois dans la cuisine.

— Un verre d'eau fera l'affaire.

Elle remplit deux verres et lui en tendit un.

Il but à grandes gorgées sans la quitter des yeux, suivant le moindre de ses mouvements.

— Je n'ai pas faim. Et toi ? demanda-t-elle, après avoir bu son verre d'eau.

— J'ai *très* faim, répondit-il, reposant son verre avant de la prendre par la taille.

Alors qu'une main restait posée sur sa hanche, pour la maintenir près de lui, l'autre s'aventura le long de sa jambe puis remonta sa jupe pour avoir accès à sa cuisse dénudée.

— J'ai très faim de toi, précisa-t-il.

Elle se figea, frissonnante, et plongea ses yeux dans les siens.

Après avoir posé son verre, elle mit les mains sur ses épaules, cherchant un semblant d'équilibre.

À présent, il caressait la dentelle de son string, la titillant des doigts.

La température entre eux monta en flèche.

Soudain pris d'une fièvre ardente, ils laissèrent libre cours à leur passion et se mirent à se caresser follement, s'explorant, se découvrant comme s'ils se voyaient pour la première fois.

Il glissa la main sous son string, et elle s'arqua pour mieux s'offrir à sa caresse. Il l'embrassa avec passion, se régalant des petits gémissements de plaisir qu'elle poussait.

Il avait faim et soif d'elle. Une soif irrésistible qui lui en fit oublier l'endroit où ils se trouvaient.

Quand elle recula d'un pas, il reprit conscience des environs : ils étaient dans une cuisine.

Elle le prit par la main et l'entraîna le long d'un long couloir.

Alors qu'ils entraient dans une chambre, il fut accueilli par un parfum de fleurs fraîches provenant d'un bouquet posé sur la table de nuit.

Derrière le lit, il vit une reproduction d'une photo noir et blanc de Houston.

Mais ces détails passèrent vite à l'arrière-plan de ses préoccupations, car Miranda avait déjà commencé à enlever sa robe…

Il ne pouvait pas la laisser se déshabiller seule.

Le stress de ces dernières vingt-quatre heures disparut aussitôt.

Ses doutes et ses inquiétudes aussi.

Tout ce qu'il éprouvait en cet instant était une faim insatiable pour cette femme merveilleuse qui allait s'offrir à lui.

— Attends, laisse-moi continuer, dit-il. J'ai envie de te toucher tout en te déshabillant.

— Avec plaisir. Dans ce cas, je vais m'occuper de toi, car moi aussi j'ai très envie de te toucher… Partout, murmura-t-elle sensuellement tout en se mettant à déboutonner sa chemise.

Alors qu'elle se collait davantage à lui, son corps répondit instantanément.

— Volontiers, répondit-il avant de finir de lui enlever sa robe.

Très vite, elle se retrouva face à lui uniquement vêtue de ses magnifiques sous-vêtements en dentelle.

Il ôta sa chemise dès qu'elle eut fait sauter le dernier

bouton, puis il enleva chaussures, pantalon et chaussettes en un tournemain.

Elle suivit le moindre de ses mouvements, les yeux rivés à son corps.

La façon qu'elle avait de le contempler décupla son désir, si bien que, n'y tenant plus, il la souleva et la transporta jusqu'au lit.

Après avoir pris le temps d'admirer son corps superbe, son visage angélique, il vint la recouvrir de tout son corps tel un homme affamé.

Il prit sa bouche dans un baiser sauvage, puis descendit dans le cou avant d'arriver à sa poitrine, la mordillant et la titillant à travers la dentelle qui recouvrait encore ses seins magnifiquement arrondis.

Elle se tortilla pour faire glisser les bretelles de son soutien-gorge, tirant sur les bonnets pour lui donner un meilleur accès.

Enfin, il put se délecter de sa peau nue, retrouvant le parfum de jasmin dans la vallée de ses seins.

Continuant son exploration, il déposa une pluie de baisers le long de son ventre pour enfin arriver à son string en dentelle qu'il tira vers le bas en le tenant entre ses dents, attentif aux soupirs de plaisir qu'elle laissait échapper alors qu'il entamait l'exploration de son intimité moite à souhait.

Elle était en feu, comme lui, prête à jouir pour lui à tout moment.

Posant la bouche sur ses lèvres intimes, il la sentit tressaillir. Puis il se mit à la lécher avidement, alternant le rythme de ses coups de langue, se régalant de la boire sans retenue.

L'instant d'après, son orgasme la fit partir en éclats.

Quelques instants plus tard, il prit le temps d'aller chercher son pantalon pour y prendre un préservatif dans son portefeuille.

Quand il rejoignit Miranda, cette fois, c'est elle qui s'occupa de le couvrir de ses mains agiles.

Tout en elle l'excitait. L'enivrait. Le chamboulait.

Sans plus tarder, elle vint se positionner sur lui, le chevauchant impérieusement alors qu'elle l'accueillait en lui.

Le souffle court, l'esprit confus, le cœur martelant sa poitrine, il se laissa emporter par un flot de sensations toutes plus grisantes les unes que les autres, trop heureux d'admirer la glorieuse féminité de Miranda, oubliant tout du monde alentour.

Tout ce qui comptait en cet instant, c'était d'être en elle.

Elle commença à osciller sur lui en douceur puis augmenta progressivement la cadence, tout en le caressant, parfois d'un simple effleurement, parfois du bout des ongles, le faisant frissonner.

N'y tenant plus, il la prit par la taille et la fit rouler pour qu'elle se retrouve sous lui. Il avait très envie de la posséder dans cette position, de la pénétrer selon ses règles à lui.

— Oh ! Kai…

— Oui, ma belle ?

— C'est tellement bon de te sentir en moi, murmura-t-elle, les yeux mi-clos, alors qu'elle se trémoussait sous lui.

Peut-être étaient-ce ses mouvements ou ses paroles enjôleuses, mais l'instant d'après il ne put retenir son désir plus longtemps et se laissa emporter par un orgasme d'une force fulgurante alors qu'elle l'entourait de ses jambes pour le rejoindre au firmament.

Jamais une femme ne lui avait fait perdre le contrôle aussi puissamment et aussi rapidement.

Alors que des sensations toutes plus enivrantes les unes que les autres l'assaillaient, il aurait été bien incapable de dire à quand remontait la dernière fois où il avait été en proie à une passion aussi vive.

En y réfléchissant, c'était il y a dix ans, avec Miranda.

Se glissant à côté d'elle, il éprouva soudain une grande tendresse pour la femme qu'il tenait dans ses bras. C'était un précédent dangereux dans la mesure où elle lui avait bien fait comprendre qu'elle repartirait bientôt à New York pour reprendre le cours de sa vie loin du Texas…

Il choisit d'ignorer cette pensée désagréable.

Il couvrit Miranda de la couette pour ne pas qu'elle attrape froid et lui glissa un oreiller sous la tête pour qu'elle soit confortablement installée.

Jamais elle ne lui avait paru aussi belle, ses cheveux ébouriffés, comme une auréole flamboyante.

Il resta immobile, le cœur animé de vives émotions qu'il ne chercha pas à analyser ; ce n'était pas le moment, et il était épuisé. À côté de lui, Miranda avait fermé les yeux, épuisée elle aussi.

Déposant un baiser sur son front, il se contenta de l'étreindre en silence.

Malheureusement son esprit ne lui permit pas de trouver la paix intérieure escomptée.

Il avait une irrésistible envie de l'inviter chez lui, à Deer Springs, de passer plus de temps avec elle, de lui refaire l'amour, encore et encore…

Cependant, avec son expérience passée, il devait être prudent et ne pas se bercer d'illusions.

- 9 -

Miranda faisait les cent pas dans le bureau de la maison d'amis après être sortie du lit qu'elle avait partagé avec Kai.

Elle n'avait pas voulu le réveiller, sachant qu'il avait une carence de sommeil supérieure à la sienne.

Après sa séance de yoga, elle s'était fait un thé à la menthe et était venue reprendre ses esprits dans le bureau où trônait un magnifique bouquet de tournesols.

Son but était de tenter de démêler les sentiments compliqués qu'elle éprouvait pour l'homme qui dormait sous son toit.

Elle avait pensé pouvoir résister à ses charmes et éviter de retomber amoureuse de lui, mais plus elle passait de temps avec lui, plus elle se demandait si c'était possible.

L'histoire semblait se répéter.

Ce constat lui donna envie d'appeler sa mère.

L'idée ne datait pas d'aujourd'hui. Elle remontait au jour où Kai lui avait laissé entendre que sa mère était intervenue à son insu dans leur relation.

Le moment était venu d'en avoir le cœur net, songea-t-elle en prenant son téléphone.

Elle voulait connaître le rôle que sa mère avait joué dans sa vie sentimentale, dix ans auparavant.

Alors qu'elle était sur le point de raccrocher, ayant

laissé sonner un nombre incalculable de fois, sa mère décrocha.

— Allô ? dit-elle d'une voix enrouée.

— Maman, c'est Miranda. Je te réveille ?

— Miranda ? Quelle surprise ! Depuis le temps…

La culpabilité s'empara aussitôt d'elle. Elle la fit taire aussi vite. Elles ne s'étaient pas quittées en bons termes, certes, mais sa mère aurait très bien pu choisir de faire le premier pas.

— Comment vas-tu ? demanda-t-elle.

— Depuis quand tu te soucies de savoir comment je vais ?

Les mots de sa mère étaient hachés, quasi inaudibles.

Elle soupira, imaginant la scène : sa mère avait planté une cigarette au coin de ses lèvres, la première d'une longue série. L'instant d'après, elle entendit le clic du briquet. Puis une longue inspiration. Après vingt ans de vie commune, comment oublier les gestes du quotidien ?

— Lors de ma dernière visite, tu as exprimé le souhait de ne jamais me revoir, reprit sa mère. Tu te souviens ?

Comment l'oublier ? Sa mère était arrivée sur le plateau de son émission pendant la première saison, exigeant d'en faire partie. Miranda avait refusé. Sa mère était entrée dans une rage folle, n'hésitant pas à l'insulter.

— J'aurais aimé passer du temps avec toi, maman, mais j'avais l'impression que tout ce qui t'intéressait, c'était de passer à la télévision.

— J'avais oublié que tu préférais renier tes origines modestes.

Miranda serra plus fort sa tasse de thé tout en se concentrant sur sa respiration, pour tenter de gérer la critique virulente de sa mère qui l'avait touchée en plein cœur, en partie parce qu'elle contenait une part de vérité.

Elle avait travaillé dur pour en arriver là où elle en était, et elle en était fière.

Pourquoi devrait-elle s'appesantir sur un passé qui ne lui offrait que des images de tristesse ?

Sa mère avait choisi son style de vie, sans faire attention à elle. C'était son choix. Pas le sien. Même si tout cela était derrière elle, à présent, elle en gardait encore des traces.

Malgré tout, elle était longtemps restée vivre chez sa mère, même quand elle avait commencé à gagner assez d'argent pour louer son propre appartement. Et ce, dans un but précis : aider sa mère à mettre fin à sa dépendance.

Il lui avait fallu de longues années pour comprendre que l'on ne pouvait pas aider quelqu'un qui ne voulait pas s'en sortir.

Mettant de côté les frustrations et les blessures de son enfance et de son adolescence, elle se concentra sur la raison de son appel.

— Tu te souviens de Kai Maddox ? demanda-t-elle.

— Le motard qui était trop jeune pour toi ? Bien sûr.

Miranda ferma les yeux, puisant dans son self-control.

— Il n'avait que six ans de moins que moi. Et je tenais beaucoup à lui.

Elle l'avait profondément aimé, en vérité.

— Tu tenais beaucoup à lui, mais tu l'as quitté, lui fit remarquer sa mère.

— En effet. Et tu te souviens pourquoi ?

Sa mère laissa échapper un rire ironique.

— Tu veux vraiment que je te le dise ? Buckley

Blackwood est arrivé avec ses millions. Normal que tu aies perdu la tête.

Repensant aux événements de cette époque, Miranda n'était pas d'accord avec cette interprétation pour le moins vénale.

En vérité, Buckley avait eu un coup de foudre pour elle. Il avait commencé à fréquenter son studio de yoga peu après avoir divorcé de sa première femme, Donna-Leigh Westbrook.

Dès la première séance, il l'avait invitée à dîner.

Elle avait refusé.

Mais il ne s'était pas laissé perturber par cet échec et avait continué à fréquenter ses cours de yoga. En gentleman, il lui avait régulièrement envoyé des fleurs, des invitations à des événements professionnels sélects, lui permettant de rencontrer des gens influents qui avaient plus tard compté dans sa carrière. Tout cela, elle ne pouvait le nier.

Cependant, son amour pour Kai avait toujours été là…

— Même si tu refuses de le reconnaître, comme beaucoup de gens, je n'ai pas épousé Buckley pour ses millions, comme tu dis, rétorqua-t-elle. Si tu te rappelles, j'ai signé un contrat de mariage où, en cas de divorce, je n'avais droit à rien.

Elle avait tenu à signer ce contrat, souhaitant prouver au monde entier qu'elle était une femme indépendante nullement intéressée par la fortune de l'homme qu'elle épousait.

N'ayant pas appelé sa mère pour discuter de ses choix de vie, elle lui posa la question qui la démangeait :

— Maman, te souviens-tu d'avoir mentionné l'existence de Buckley à Kai ?

Elle regretta aussitôt d'avoir posé cette question. Kai n'avait aucune raison de lui mentir à ce sujet.

Après une longue pause, sa mère lui répondit :

— C'était il y a longtemps. Je n'ai jamais dit grand-chose à ton petit copain motard.

Miranda soupira. Elle n'aurait jamais dû contacter sa mère.

Fermant les yeux, elle entendit du bruit dans la cuisine. Apparemment, Kai était réveillé.

Elle allait mettre fin à cet appel qui la frustrait au plus haut point et qui ne lui fournirait pas la réponse qu'elle cherchait quand sa mère reprit la parole :

— Maintenant que tu m'en parles, je me souviens d'une fois où il est passé quand le livreur de fleurs repartait. Il m'a demandé pour qui était le bouquet, et je lui ai dit que Buckley avait des vues sur toi. Pourquoi as-tu besoin de savoir ça aujourd'hui ?

À présent, Miranda sentait l'odeur du café émanant de la cuisine, ainsi que des odeurs de bacon.

Elle espérait qu'après avoir raccroché elle aurait encore le cœur de profiter de la présence de Kai.

— Pour rien. Au revoir, maman, à bientôt, dit-elle avant de mettre fin à la conversation sans attendre la réponse de sa mère.

Sa propre mère avait donc bel et bien torpillé sa relation avec Kai. Elle venait d'en avoir la confirmation.

À présent, elle comprenait mieux la réaction de Kai à l'époque.

Mais le destin semblait leur donner une seconde chance.

Savoir que Kai était sous le même toit qu'elle lui donnait des ailes. Elle avait l'impression d'avoir l'insouciance d'une jeune fille de vingt ans ! Et elle avait de nouveau envie de croire à l'amour, même si du haut de ses trente-six ans et de par son expérience passée elle se devait d'agir avec la plus grande des prudences pour ne pas risquer de se retrouver le cœur brisé en mille morceaux.

Sans plus tarder, elle alla rejoindre Kai dans la cuisine.

— Bonjour, beauté ! lança-t-il en la voyant.

Quel bonheur d'avoir un homme à la maison…

— Bonjour. Tu as bien dormi ?

— À merveille. Tu as faim ?

Elle avait une faim de loup.

Une faim de tout. Surtout de Kai, ce demi-dieu qui était un véritable régal pour les yeux et qui, de plus, s'avérait être un vrai cordon-bleu. En plus d'avoir fait frire du bacon, il avait préparé une omelette dont la consistance lui semblait parfaite.

Il portait un jean, et un T-shirt noir au logo de Goddess qu'elle lui avait sorti pour qu'il puisse enfiler un haut propre après sa douche.

Les cheveux ébouriffés et mouillé, la barbe naissante, il sentait bon le savon, et elle le trouva beau à croquer.

Elle frissonna en repensant aux moments partagés la veille. Pas seulement au lit. Elle avait été touchée qu'il tienne à l'accompagner à l'hôpital, qu'il reste à ses côtés.

Cette scène du petit déjeuner la projeta dix ans en arrière.

— Dis-moi, ça sent très bon. Je peux aider ? s'enquit-elle en se demandant comment elle allait trouver son équilibre avec lui aujourd'hui.

C'était tellement tentant de se laisser happer par sa chaleur, de chercher son soutien en tant qu'ami et son réconfort en tant qu'amant mais…

Qu'adviendrait-il d'elle, l'instant où ils devraient se séparer ?

Prudence restait mère de sûreté.

— Si tu pouvais beurrer les toasts, ce serait parfait, répondit-il, tout en glissant des tranches de bacon sur leurs assiettes, chacune décorée d'une tranche d'orange.

Il avait aussi fait un jus de pamplemousse frais.

— Tu es levée depuis longtemps ? J'ai entendu que tu étais au téléphone, donc je n'ai pas voulu te déranger.

Après s'être occupée de beurrer les toasts, elle sortit deux tasses pour le café.

Ce qui la frappa, c'était la simplicité naturelle avec laquelle ils étaient capables de vivre cette scène digne d'une vie de couple, comme ils l'avaient fait par le passé.

Avait-elle eu tort de tirer un trait sur leur relation en la jugeant trop passionnelle et trop chaotique ?

Ce moment partagé n'était-il pas la preuve que leur couple pouvait fonctionner normalement ?

— Oui, en général, je me lève assez tôt, expliqua-t-elle. J'aime profiter des premières heures de la journée pour pratiquer le yoga et gérer les affaires courantes. J'avais quelques appels à passer.

Pas question de partager avec Kai l'expérience de sa conversation maladroite avec sa mère.

— Tout se passe bien à New York ? s'enquit-il alors qu'il déposait leurs assiettes sur la table.

— Je me sens un peu coupable d'être à Royal depuis aussi longtemps, mais mon équipe est très compréhensive et se débrouille très bien sans moi.

— C'est vraiment formidable de pouvoir gérer ton entreprise à distance, dit-il en lui tirant une chaise, tel un parfait gentleman.

— Oui, j'ai de la chance, répondit-elle, le remerciant d'un sourire.

— Tu vas devoir bientôt y retourner ?

— En théorie, j'avais un conseil d'administration la semaine prochaine. Et j'ai été contactée par le P-DG d'une chaîne concurrente, AMuse. Il souhaite me rencontrer.

Alors qu'elle mettait sa serviette sur ses genoux, il prit la chaise en face d'elle. Leurs genoux se frôlèrent, et un bouquet d'étincelles éclata en elle.

— Tu penses qu'il veut te racheter ? demanda-t-il avant de prendre une gorgée de café tout en la scrutant de son regard vert émeraude intense.

— Je ne pense pas, non. Mon entreprise n'est pas à vendre, dit-elle, détournant les yeux.

Comment interpréter son regard insistant ?

Comment savoir ce qu'il pensait de la nuit qu'ils venaient de partager ?

— Tu n'as jamais envisagé cette possibilité ? insista-t-il.

— Non. Monter Goddess m'a permis de forger ma personnalité sans compter sur les autres. Chaque obstacle m'a appris quelque chose. C'est *mon* entreprise.

— Je ressens la même chose avec Madtec, même si j'ai toujours pu compter sur Dane, mon allié depuis toujours. Je sais que ça ne se fait pas de sortir son téléphone à table, mais j'aimerais vérifier quelque chose qui nous concerne tous les deux, si tu le permets ?

— Je t'en prie.

Il sortit son portable de la poche arrière de son jean, tapota quelques instants puis leva les yeux vers elle.

— J'ai contacté mon pilote, dit-il. Le jet de Madtec est prêt à décoller. On pourrait être à New York ce soir, cela te permettrait de te rendre compte de la situation et de faire le point avec ton équipe. Qu'en dis-tu ?

La suggestion la prit au dépourvu.

— Vraiment ?

— Pourquoi pas ?

Elle avait un empire florissant mais n'avait jamais éprouvé le besoin de s'équiper d'un jet privé, même si cela comportait de nombreux avantages.

— Tu ne penses pas que l'on devrait plutôt se soucier de ce qui se passe au niveau de la banque ? fit-elle remarquer. J'avoue que je me sens mal de ne pas avoir suivi ce qui se passait depuis que nous sommes partis.

— Le nouveau logiciel de protection des données a été mis en place. On pourra envoyer un communiqué de presse commun une fois que Vaughn et toi aurez passé en revue le rapport que mon équipe a concocté, expliqua-t-il sur un ton professionnel et rassurant.

L'idée d'aller à New York était alléchante, mais quelque chose lui disait que ce n'était pas raisonnable.

— Si j'accepte ton offre, qu'est-ce que cela signifiera pour nous deux ? s'enquit-elle, prudente. Nous passons de plus en plus de temps ensemble, alors que nous ne sommes pas officiellement en couple. De plus, je quitterai Royal dès que la passation avec Vaughn sera terminée.

Tendant le bras, il vint recouvrir sa main de la sienne. Son contact d'une tendresse inouïe la fit frissonner.

— Et si nous profitions de l'instant présent au lieu de se soucier de ce qui se passera à la fin du mois ? répliqua-t-il. Je sais que tu as beaucoup de choses à gérer en ce moment et que tu n'as pas besoin de te préoccuper, en plus, de savoir ce qu'il va advenir de notre relation.

Elle ne répondit pas tout de suite.

C'était irréfléchi de se précipiter tête baissée, sans penser aux conséquences. Pourtant, elle avait très envie d'accepter sa proposition parce qu'elle ne voulait pas que leur liaison prenne fin.

Elle ignorait de quoi l'avenir serait fait et ce qu'elle en attendait réellement. Tout ce qu'elle savait, c'est que l'idée de quitter Kai lui était insupportable.

Elle avait encore quelques semaines à passer à Royal avant le gala de charité en l'honneur de Buckley et le mariage de Lulu qui constituerait le bouquet final de son séjour au Texas.

Si elle arrivait à préserver son cœur jusque-là, sans se soucier du lendemain, pourquoi ne pas tenter l'aventure et accepter l'offre de Kai ?

— Tu as raison. J'aimerais beaucoup aller à New York avec toi, dit-elle, entremêlant leurs doigts pour sceller leur accord.

— Tu es à New York ? C'est une blague ? s'écria Dane sur un ton que Kai reconnut aussitôt.

Son frère était énervé et mécontent.

Le téléphone bloqué entre l'épaule et l'oreille, Kai continua à vérifier ses e-mails sur sa tablette alors qu'un chauffeur au volant d'une Range Rover le véhiculait dans Manhattan après avoir déposé Miranda au siège de Goddess.

Il avait choisi de se faire discret pour la laisser gérer au mieux ses affaires, mais, dès l'instant où il l'avait quittée, il s'était mis en tête de lui préparer une surprise : une soirée mémorable à deux.

Le temps qui lui était imparti pour la courtiser s'amenuisait à vue d'œil, donc il avait décidé de sortir le grand jeu pour l'impressionner.

Pour l'occasion, il avait choisi l'une des terrasses sur le toit les plus sélectes de la ville. Il avait demandé à l'une de ses assistantes férue de l'émission de Miranda d'enquêter sur ses lieux préférés. Elle avait, paraît-il, mentionné le restaurant Chelsea, dans la première saison.

Il avait dépensé une fortune pour privatiser le lieu à la dernière minute. Mais avant de terminer les préparatifs de la soirée, il devait gérer le mécontentement de son frère.

— Je suis à New York avec Miranda, expliqua-t-il. Je vais en profiter pour voir deux clients pendant mon passage.

— Kai, sois sérieux. On se fiche de ces deux clients, tu le sais aussi bien que moi. Ce qui importe en ce moment, c'est la banque Blackwood.

— Nous avons réglé le problème.

— C'est ce que tu penses, mais je n'en suis pas si sûr que toi. Des journalistes entourent toujours le bâtiment.

— La situation est sous contrôle, Dane. La brèche est de l'histoire ancienne.

— Je ne suis pas d'accord. Je n'aime pas les rumeurs qui circulent sur nous dans la communauté du monde technologique.

— Comment ça ?

— Certains nous accusent d'avoir fait un coup de pub.

— Quoi ?

— Si notre logiciel de cybersécurité est aussi efficace qu'on le prétend, alors la brèche de la sécurité des données va le catapulter à l'avant-plan. Il va forcément y avoir des détracteurs qui vont suggérer que l'on a procédé à une pirouette douteuse pour sortir grandis de cet épisode, tels des chevaliers blancs prêts à sauver le monde. Surtout avec notre passé et ce qui m'est arrivé.

Kai jura entre ses dents. Il n'en revenait pas de ce que son frère venait de lui dire.

— Tu sous-entends que des gens seraient prêts à affirmer que l'on a organisé une brèche de grande envergure chez l'un de nos clients afin d'attirer l'attention des médias et d'en profiter pour vanter les mérites de notre nouveau logiciel au moment de sa commercialisation ? demanda-t-il.

Si Dane voyait juste, les répercussions potentielles de telles accusations pourraient s'avérer être un véritable cauchemar médiatique avec des effets dévastateurs sur leur compagnie en pleine expansion.

Leur crédibilité serait ruinée à jamais.

Aussitôt il pensa à Miranda. Que penserait-elle de ces rumeurs ? Elle n'avait jamais été à l'aise avec l'idée que Dane et lui avaient, par le passé, été des experts en piratage informatique. Son avis comptait plus que tout à ses yeux, et pas seulement à cause du contrat que Madtec avait signé avec la banque Blackwood.

— Je dis qu'il est fort probable que cela se passe comme ça et que nous ne devons pas écarter cette possibilité en nous reposant sur nos lauriers, répondit Dane. Les rumeurs sont déjà arrivées chez nos concurrents, et ça ne m'étonnerait pas que la nouvelle se répande rapidement dans la presse générale au niveau national.

— Nous devons à tout prix trouver la trace de ces rumeurs et y mettre fin au plus vite. Je vais envoyer un e-mail à nos avocats pour savoir ce qu'ils nous conseillent de faire. Je serai bientôt de retour à Deer Springs, mais je vais de ce pas me mettre en charge d'enrayer tout commérage qui pourrait nous être néfaste.

À peine avait-il raccroché qu'il dut descendre de la Range Rover qui venait de le déposer devant le bâtiment où il avait rendez-vous. Il s'agissait du principal opérateur de transports de la ville avec qui Madtec collaborait depuis de nombreux mois. Il était ravi d'avoir décroché une entrevue de dernière minute avec le P-DG. Même si sa bonne humeur était maintenant obscurcie par sa conversation avec Dane.

De plus, il voulait garder assez de temps et d'énergie pour organiser une soirée mémorable avec Miranda.

Le destin lui avait donné une seconde chance de faire ses preuves auprès de cette femme exceptionnelle, et il ne voulait pour rien au monde la gâcher.

Son but était de la courtiser et de la rallier à sa cause pour lui faire comprendre qu'ils étaient faits l'un pour l'autre. Et il y mettrait tout son cœur et toute son énergie.

Pénétrant dans le dressing de sa maison de Brooklyn, ce soir-là, Miranda prit plaisir à reprendre contact avec son environnement pour la première fois depuis des mois. Elle était d'autant plus ravie qu'elle pourrait choisir l'une de ses robes préférées en vue de sa soirée avec Kai.

Son but était de lui faire perdre la tête et de l'époustoufler comme jamais une femme ne l'avait fait. C'était bon de se sentir de nouveau féminine et désirable après l'échec de son mariage.

Cependant, même si elle était contente d'être de passage chez elle à New York, elle éprouvait un sentiment d'étrangeté après avoir passé des mois à Royal où elle avait développé une vie beaucoup moins solitaire et où elle avait renoué les liens avec Kai.

Après avoir opté pour une paire de sandales jaunes à talons aiguilles, elle choisit une robe en soie couleur crème imprimée de fleurs jaunes.

Kai lui avait dit qu'il enverrait une voiture la chercher pour 19 heures et qu'il la retrouverait pour le dîner dans un lieu qu'il avait gardé secret.

Lorsqu'ils étaient en couple à Deer Springs, leurs sorties avaient principalement consisté en des virées à moto et des repas au restaurant où elle travaillait. Ils avaient toujours passé de bons moments avec un budget modeste.

Ce soir, elle avait hâte de voir Kai en costume et de revêtir pour l'occasion une robe haute couture.

Il avait fallu attendre de nombreuses années avant que la Cendrillon qu'elle était se transforme en princesse, et elle comptait pleinement en profiter.

Quand la Cadillac noire arriva, une demi-heure plus tard, le chauffeur l'accueillit chaleureusement. Il ne lui donna toutefois aucune information sur le lieu où il l'emmenait.

Elle ne s'en formalisa pas. Elle se réjouissait de passer un moment privilégié avec Kai, surtout après la journée intense mais fructueuse qu'elle venait de passer.

Après son rendez-vous avec le P-DG de la chaîne concurrente, AMuse, elle avait accepté de créer une joint-venture. C'était une nouvelle grisante mais qui risquait de compliquer son avenir déjà incertain. Son nouveau projet professionnel allait l'amener à voyager partout dans le monde, et elle n'aurait pas le temps pour entretenir une relation avec Kai.

Non pas que Kai se soit engagé officiellement à continuer à la voir après son départ de Royal.

Elle chassa vivement cette idée qui lui déchirait le cœur. Pour l'heure, elle voulait simplement profiter de leur soirée.

Le chauffeur ralentit devant un bâtiment qu'elle mit quelques instants à reconnaître. C'était son restaurant préféré à Manhattan ! Comment Kai avait-il deviné ?

Une légère brise caressa ses épaules dénudées quand elle sortit du véhicule. Un portier vint aussitôt l'escorter pour la faire entrer dans l'un des restaurants les plus luxueux de la ville.

Elle pénétra dans l'ascenseur, étonnée de n'avoir vu personne en chemin.

Arrivant au dernier étage, les portes coulissèrent et elle sortit sur la terrasse.

Le décor était comme dans son souvenir. Des vignes vertes formaient des arches où scintillaient une multitude de petites lumières comme dans un ciel étoilé d'été.

Un duo de violonistes jouait.

Il n'y avait pas un seul client.

Et elle se retrouva soudain face à l'homme le plus séduisant du monde.

Son cœur s'accéléra.

Rasé de près, vêtu d'un smoking qui mettait en valeur sa carrure athlétique, Kai était beau à couper le souffle.

Son désir pour lui s'enflamma aussitôt, manquant de la faire vaciller.

— Miranda, tu es absolument superbe, dit-il en lui prenant la main pour la porter à ses lèvres et y déposer un baiser d'une délicatesse inouïe.

L'effleurement de ses lèvres sur sa peau la fit frissonner, provoquant des étincelles dans tout son corps.

— Merci. Je dois dire que tu n'es pas mal non plus, répondit-elle.

— Viens, dit-il, sans lui lâcher la main.

— J'avoue que, lorsque tu m'as proposé de venir à New York, je ne m'attendais pas à une telle surprise.

— J'ai pensé qu'il était temps de te faire part de mes intentions, dit-il, la guidant vers la piste de danse.

Avec, en toile de fond, une vue imprenable sur Manhattan, il la prit par la taille et se mit à la faire tournoyer doucement au son de la musique.

— Et quelles sont tes intentions ? s'enquit-elle, sans savoir ce qu'elle voulait entendre.

Elle n'avait eu de cesse de se dire qu'ils ne devaient pas raviver leur relation passée, et pourtant ils semblaient incapables de vivre loin l'un de l'autre.

— Je veux te prouver que nous sommes faits l'un pour l'autre, Miranda.

Un vent de panique s'empara d'elle alors qu'elle repensait à l'intervention de sa mère et au contrat qu'elle était sur le point de signer avec AMuse.

— Et que se passera-t-il quand je quitterai Royal ? murmura-t-elle. Ma vie est à New York. Et aujourd'hui, mon concurrent m'a proposé une joint-venture.

— C'est formidable ! Félicitations ! Tu le mérites.

— Merci, répondit-elle, étonnée de sa réaction.

Elle fut néanmoins fière de sentir son soutien inconditionnel, et privilégiée de pouvoir partager cette nouvelle avec lui, dans ses bras, sur l'une des terrasses les plus sélectes de la ville.

— Tu aurais dû me le dire dans la journée, dit-il.

— Je n'en ai pas eu le temps. Ce n'est que maintenant que je réalise… tout ce que cela implique.

— Et c'est aussi maintenant que tu vas pouvoir prendre le temps de fêter ça. Avec un dîner en tête à tête avec moi et un verre de champagne pour porter un toast à ta réussite.

La musique changea légèrement de rythme, et Kai s'y adapta, comme s'il avait été danseur professionnel toute sa vie. C'était tellement bon de se laisser porter dans ses bras experts et rassurants.

Néanmoins, quelque chose la tracassait sans qu'elle arrive à mettre le doigt dessus. Était-ce le fait de fêter une nouvelle qui risquait de les séparer à jamais ? Kai avait-il une idée en tête, en ce qui concernait leur relation ?

— Je boirais volontiers un verre de champagne, murmura-t-elle.

— Parfait !

— Mais je me demande l'impact réel que la joint-venture aura sur ma vie… Ma vie privée, j'entends.

— Pourquoi dis-tu ça ? lui demanda-t-il, interloqué.

Elle avait préféré parler de la joint-venture et non de son départ de Royal à la fin du mois, car elle ignorait encore s'il prenait cette date comme la date butoir de leur liaison.

— Parce que je vais être amenée à voyager plus, et plus loin, répondit-elle.

— Il suffit de ne pas laisser la logistique dicter notre avenir.

Pensait-il à une relation à distance ?

— Je comprends, mais nous avons aussi tous deux des entreprises qui nous prennent énormément de temps et que nous ne voulons pour rien au monde laisser tomber, fit-elle remarquer.

— S'il te plaît Miranda, pour ce soir, ne compliquons pas les choses et laisse-moi te convaincre que nous sommes faits l'un pour l'autre. C'est tout ce que je te demande.

Quand la musique s'arrêta, il l'étreignit puis l'embrassa à lui faire perdre haleine.

Elle se laissa aller contre lui, désireuse d'imprimer ce souvenir dans sa mémoire et de le conserver pour toujours. Peut-être que, lorsqu'elle rentrerait définitivement à New York et que leur relation aurait pris fin, elle pourrait revisiter ce moment unique ?

Non. Penser à la fin de leur relation était trop déprimant. Ce n'était pas ce qu'elle voulait.

Pour l'heure, ce qu'elle souhaitait, c'était oublier les tracas du quotidien et profiter de ce moment féerique dans les bras de cet homme capable de la faire chavirer en un clin d'œil.

Après leur baiser sulfureux, ils prirent quelques instants pour reprendre leurs esprits et leur souffle.

— Est-ce pour cela que tu as pris la peine de privatiser ce lieu magique ? s'enquit-elle. Pour me prouver que tu connaissais bien mes envies ?

— C'est surtout pour te prouver que je suis prêt à tout pour toi, Miranda.

Pouvait-elle se fier à ses paroles romantiques qui lui allaient droit au cœur ?

— Tout ce que je veux, c'est être avec toi, murmura-t-elle en toute sincérité.

Après son mariage raté, elle ne pouvait pas se permettre de se tromper de nouveau.

- 10 -

Kai aurait voulu que le chauffeur de taxi aille un peu plus vite. Il avait profondément apprécié chacun des instants passés avec Miranda ce soir, mais l'envie d'être seul avec elle, vraiment seul, le consumait chaque seconde un peu plus.

— Merci pour cette soirée inoubliable, dit Miranda, se tournant vers lui.

— Je t'en prie.

— J'ai toujours été habituée à avancer, à ne pas regarder derrière moi et à foncer dès qu'une occasion se présentait, si bien que j'ai souvent eu du mal à prendre le temps de profiter de l'instant présent. Et ce soir, c'était magique. Merci, Kai. Vraiment.

Il lui prit la main, entrelaçant leurs doigts, heureux de pouvoir partager un moment aussi simple alors qu'ils mouraient tous les deux d'envie de partager autre chose de bien plus intime.

— Sache que pour moi la magie n'est pas terminée, dit-il, levant sa main pour y déposer un baiser.

— Ah bon ?

— Oui, j'espère bientôt continuer cette nuit inoubliable… dans un autre contexte, murmura-t-il en déposant une pluie de baisers aussi légers que des plumes le long de son bras.

Le parfum de sa peau aux fragrances de jasmin décupla son désir.

Elle laissa échapper un soupir et se lova davantage contre lui.

Le courant se fit plus intense entre eux.

Il porta son attention sur la vallée de ses seins et le décolleté de sa robe somptueuse, et vit que sa poitrine palpitait en silence, telle une invitation discrète.

Une invitation qu'il ne pourrait accepter que quand ils seraient seuls car, une fois qu'il commencerait à l'embrasser, il irait jusqu'au bout.

— C'est encore loin ? s'enquit-il.

— Non. Nous sommes bientôt arrivés.

C'était plutôt une bonne nouvelle, étant donné les étincelles qui fusaient entre eux.

Quelques instants plus tard, le taxi s'arrêta dans une rue bordée d'arbres.

Après avoir aidé Miranda à sortir du véhicule et réglé le chauffeur, Kai la suivit.

Avant qu'il ait pu faire des commentaires sur l'intérieur de la maison, Miranda était dans ses bras, lui rappelant pourquoi ils avaient eu si hâte de rentrer chez elle.

Elle le prit par le cou, serrant sa poitrine contre son torse au point de lui faire tout oublier.

— Où est ta chambre ? demanda-t-il d'une voix rauque.

— Deuxième étage, murmura-t-elle, visiblement aussi impatiente que lui.

Ils montèrent les marches ensemble, main dans la main, et pénétrèrent dans une chambre où tout était blanc et gris. A priori, cela aurait dû avoir un effet calmant sur lui, mais dans ces circonstances cela ne fit que l'enflammer davantage.

L'espace était accueillant, fleuri, aéré.

Merveilleusement féminin, comme Miranda.

Kai la désirait comme jamais il n'avait désiré une femme.

Alors qu'il se mettait à déboutonner sa chemise, le regard de Miranda devint incandescent.

Il lui sourit, et elle lui répondit en faisant glisser les bretelles de sa robe.

Alors qu'il enlevait sa chemise, elle se déchaussa. Ses orteils disparurent dans la moquette blanche et épaisse.

— Tourne-toi. Je vais t'enlever ta robe.

Docile, elle obtempéra, pivotant sur elle-même, lui offrant son dos si délicat.

Il baissa la fermeture, doucement, caressant chaque parcelle de la peau soyeuse qu'il dénudait.

Quand la robe tomba à ses pieds, il prit Miranda par la taille pour qu'elle soit de nouveau face à lui.

Soulevant la masse de ses cheveux d'une main, il déposa une pluie de baisers, allant de son oreille à son épaule, remontant doucement, puis il glissa l'autre main dans son dos pour défaire le soutien-gorge en dentelle vert pâle qui retenait encore ses seins prisonniers.

Quand il tomba à terre, son attention se reporta sur les tétons dressés vers lui. Une vision enivrante.

Miranda vint se frotter contre lui, ses seins s'écrasant sur son torse, ses hanches titillant son sexe alors qu'un soupir de plaisir s'échappait des profondeurs de sa gorge.

Son self-control se désintégra instantanément. Il n'était plus question de se retenir ou de contrôler son envie.

Miranda était en feu.

Lui aussi.

Miranda se mit à déshabiller Kai à une vitesse fulgurante, les doigts maladroits, impatients, son désir de le voir nu plus pressant que jamais.

Il lui enleva son string alors qu'elle lui enlevait son caleçon, tout cela dans un méli-mélo de gestes hâtifs témoignant de leur degré d'excitation.

Plus rien n'avait d'importance.

Plus rien ne comptait hormis son envie d'être avec lui.

Elle avait soif de cet homme et souhaitait se donner à lui sans plus attendre.

Le sentir en elle était son objectif ultime.

Il la souleva pour la porter sur le lit, et elle sombra sur la couette moelleuse avec délectation.

Le temps qu'il aille chercher un préservatif dans la poche de son pantalon, elle eut tout le loisir de savourer son corps d'apollon. Ses épaules carrées étaient éclairées par la lumière tamisée, sa silhouette masculine dessinée à merveille s'apparentant à la sculpture d'un dieu grec. Indéniablement puissant.

Quand il revint vers elle, elle se délecta à la vue de ses abdominaux impeccablement sculptés. Mais elle fut surtout impressionnée par la rigidité de son sexe magnifiquement développé.

Quand elle tenta de le prendre entre ses mains, il l'arrêta et la colla au lit pour venir la recouvrir de sa masse puissante et virile.

— Ce sera pour une prochaine fois, ma belle. Là, je suis trop excité. J'ai envie de toi depuis que tu es arrivée sur le toit. Et ça fait une éternité…

L'esprit embué de ses paroles érotiques, elle capitula, trop heureuse d'être la prisonnière du désir qu'il avait d'elle.

— Moi aussi, j'ai très envie de toi, murmura-t-elle.

Le regard rivé au sien, il lui libéra les poignets pour venir glisser les mains sous ses hanches et mieux la centrer sous lui.

Une fois satisfaite de la position, elle poussa un long gémissement de satisfaction alors qu'il entrait enfin en elle.

Quand elle prit conscience que ses ongles s'enfonçaient dans ses épaules, elle déposa des baisers là où elle avait laissé des traces de croissants de lune rouges, puis elle le prit par le cou et le laissa dicter le rythme de leur va-et-vient alors qu'il les emmenait vers le firmament.

Chaque coup de reins était source de plaisir, chaque grognement était une mélodie, et tous deux chevauchaient à l'unisson vers une libération tant attendue.

Elle avait envie que ce moment ne s'arrête jamais. Non seulement parce que c'était un sentiment incroyablement délicieux de sentir Kai en elle mais aussi parce qu'elle n'imaginait pas continuer à vivre sans lui.

Cette prise de conscience eut lieu au moment où il murmurait son prénom.

L'instant d'après, elle fut happée par un orgasme d'une puissance fulgurante.

Accrochée à lui comme s'il en allait de sa vie, le corps ondulant au gré des vagues de sensations exquises qui la traversaient, elle aurait souhaité que ce raz-de-marée dure à l'infini…

Kai ne tarda pas à la rejoindre, libérant le fruit de son excitation en criant son prénom tel un chant en l'honneur de leurs glorieux ébats.

Scellés l'un à l'autre, ils restèrent un long moment immobiles, reprenant leur souffle et leurs esprits.

Enfin, Kai glissa sur le côté, et elle tira la couette pour les envelopper bien au chaud, comme dans un cocon.

Il glissa la main dans ses cheveux, la caressant tendrement. Elle savoura ce geste qui lui permit d'atténuer les doutes qui étaient revenus assaillir son esprit quant à l'avenir de leur relation intime.

Alors qu'elle était sur le point de s'endormir, il rompit le silence.

— J'espère que tu vas signer avec AMuse. C'est l'apogée de tout ce que tu as construit jusqu'ici.

Il avait parlé à voix basse, mais elle rouvrit les yeux pour le regarder, étonnée qu'il ait choisi ce moment pour évoquer son avenir professionnel.

Était-ce sa façon de la laisser partir une fois qu'elle quitterait Royal ? Ou était-ce un commentaire sincère visant à l'encourager à poursuivre le rêve de sa carrière ?

Ne voyant que chaleur et prévenance dans ses yeux, elle tenta de se détendre et opta pour la seconde réponse.

— Tu as raison. Je vais sûrement le faire, répondit-elle, traçant du bout des doigts des cercles sur son torse.

Elle était contente de sentir qu'il la comprenait, même s'il ne ferait peut-être pas toujours partie de sa vie.

En cet instant, c'était tout simplement trop douloureux d'imaginer un avenir sans lui.

Elle le vit fermer les yeux, comme si sa mission était terminée. Il l'avait encouragée à faire ce qu'elle voulait. Il n'aurait rien à se reprocher.

Pour la première fois, elle reconnaissait que Kai n'était pas seulement un amant passionné. Elle avait eu tort de penser que ce qu'ils avaient partagé par le passé n'était qu'une idylle fondée sur leur attirance mutuelle et qu'elle n'aurait pu en rien résister à l'épreuve du temps.

Kai était aussi un ami et il voulait ce qu'il y avait de mieux pour elle. Mais cela suffirait-il pour faire durer une relation à distance ?

Décidant qu'elle ne trouverait pas tout de suite les réponses à toutes les questions qui se bousculaient dans son esprit, elle ferma les yeux et se concentra sur sa respiration.

Demain était un autre jour.

Kai fut tiré de son sommeil par les vibrations répétées de son portable. Il dormait tellement profondément, confortablement lové contre Miranda, qu'il lui fallut un moment pour s'orienter et comprendre qu'il était encore à New York.

Une fois hors du lit, il prit son téléphone, ramassa ses affaires et alla dans la salle de bains pour prendre l'appel sans réveiller Miranda.

Après avoir fermé la porte en silence, il répondit à son frère. C'était la seule personne autorisée à le réveiller à cette heure.

— Allô ? Quoi de neuf ? s'enquit-il.

— C'est la cata, comme je l'avais prédit.

— Comment ça ?

— Les rumeurs comme quoi Madtec a orchestré la brèche de la banque Blackwood se sont répandues au niveau national. Un article accablant a été publié ce matin.

La panique s'empara de Kai.

Coinçant son téléphone entre son épaule et son oreille, il enfila son caleçon.

— Les rumeurs ne sont pas des nouvelles officielles, dit-il, espérant encore que son frère exagérait.

— Ah oui ? Vraiment ? Tu crois ça ? Peu importe

que les rumeurs soient vraies ou non. Les soupçons dont nous sommes victimes vont ruiner notre réputation.

— Attends. Envoie-moi l'article pour que je me rende compte de l'étendue des dégâts, et je te rappelle, dit-il avant de raccrocher.

L'instant d'après, il reçut un e-mail de son frère.

Dehors, le soleil était en train de se lever.

Il s'habilla à la vitesse de l'éclair. Le temps pressait, et il devait gérer cette crise au plus vite.

Après avoir pris le temps de lire l'article envoyé par Dane et avoir suivi quelques liens, il se rendit à l'évidence : son frère n'avait pas menti sur la gravité de la situation.

Madtec avait un besoin urgent de lancer une action de grande envergure pour contrer les rumeurs et tenter d'enrayer les dommages avant qu'il ne soit trop tard.

Il envoya un message à Dane et à la directrice des relations publiques pour fixer un rendez-vous virtuel.

Sa prochaine mission, réveiller Miranda et rentrer à Deer Springs.

Il regrettait amèrement que leur séjour à New York doive se terminer de manière aussi abrupte.

Il retourna dans la chambre et alla s'asseoir sur le lit à côté de Miranda, lui caressant doucement l'épaule pour la réveiller. Ses yeux ne tardèrent pas à papillonner.

Même si la situation était grave, il prit quelques instants pour la contempler, tout en se disant qu'il donnerait n'importe quoi pour se réveiller tous les matins aux côtés de cette femme formidable.

Cette fois, plus de doute : il était en train de tomber amoureux d'elle.

Sa gorge se serra.

Pour le moment, la situation l'empêchait d'envisager un

avenir commun avec elle. Et tout portait à croire que les heures et jours à venir allaient compliquer leur relation.

— Miranda ?

Il la regarda reprendre conscience et s'asseoir dans le lit en relevant la couette avec elle.

— Qu'y a-t-il ? Tout va bien ? s'enquit-elle, ses beaux yeux bleu océan légèrement confus. Tu es déjà habillé ?

Il aurait donné n'importe quoi pour se glisser dans le lit à ses côtés, tout oublier et revivre la nuit incroyable qu'ils avaient partagée. Mais ce n'était pas possible.

— Je dois rentrer à Deer Springs au plus vite, répondit-il. La presse nationale fait courir le bruit comme quoi Madtec aurait orchestré la brèche de la banque Blackwood.

Il avait du mal à prononcer ces mots sans être profondément blessé que la situation en soit arrivée à ce point. C'était rageant que cet épisode arrive au moment où Madtec avait réussi à asseoir sa crédibilité et sa légitimité.

Miranda secoua la tête.

— Quoi ? Attends, je ne comprends pas. Pourquoi votre compagnie serait-elle accusée d'avoir lancé une cyberattaque contre un établissement que vous êtes censés protéger ? C'est ridicule.

— Nos détracteurs disent que l'on a fabriqué cette brèche de sécurité pour vanter les mérites de notre nouveau logiciel. On nous accuse d'avoir voulu jouer aux chevaliers blancs et de s'être servis de ce moment de flottement pour faire de la publicité gratuite pour notre logiciel d'encryptage.

Miranda marqua un temps d'arrêt, le regard vide.

Puis il vit qu'elle tentait de masquer sa réaction.

— C'est ridicule, répéta-t-elle.

Un long moment s'écoula.

Alors que le silence durait, il sentit une distance s'installer entre eux, bien qu'ils n'aient pas changé de place.

Était-elle en train de douter de lui et de se rallier à la cause de leurs détracteurs ? Non. Ce n'était pas possible.

— Tu ne me crois pas capable de faire une chose pareille, n'est-ce pas ? s'enquit-il toutefois, sentant que le sol était sur le point de se dérober sous lui.

Il avait travaillé d'arrache-pied pour faire ses preuves dans le monde professionnel où il évoluait, et son frère et lui avaient dû affronter bon nombre de critiques et réflexions concernant leur passé de pirates informatiques. Mais jamais au grand jamais il n'aurait cru que Miranda puisse remettre en question son éthique.

— Bien sûr que non, lui assura-t-elle.

Il ne la crut pas ; il avait vu le doute dans ses yeux, juste un instant.

Elle baissa les yeux, choisissant de fixer la couette plutôt que de continuer à le regarder.

— Miranda ? À quoi penses-tu ?

Elle lui jeta un coup d'œil rapide et hésita avant de lui répondre :

— Je repense à la fois où tu m'as parlé du monde de la technologie cybernétique.

— Et alors ?

— Tu m'as dit que ceux qui s'y connaissaient le mieux en cybersécurité étaient ceux qui s'étaient fait la main en tant que pirates informatiques, comme Dane et toi.

Il se raidit. Il avait raison. Elle doutait de sa probité.

Il se sentit trahi et en fut profondément bouleversé.

— Donc toi aussi tu penses que c'est tout à fait naturel

que l'on ait choisi de mettre notre client en danger pour se faire de la publicité ? répliqua-t-il.

Pas étonnant qu'une foule d'étrangers soient prêts à colporter pareilles absurdités sur Dane et lui. Même la femme qu'il aimait était capable d'en arriver à cette conclusion !

— Mais non, Kai ! J'ai précisément fait appel à Madtec parce que je savais que vous étiez les meilleurs du marché. Comment peux-tu dire ça ?

Son ton était un peu plus sincère et rassurant, mais cela n'effaça pas le doute qu'il avait lu dans ses yeux, un instant plus tôt.

Il se leva, raide comme la justice, refusant de penser à l'erreur qu'il avait été sur le point de commettre.

Quelques instants auparavant, il était prêt à offrir son cœur à cette femme, et elle venait de le trahir pour la seconde fois.

— Peu importe. Je dois retourner à Deer Springs. Le pilote prépare l'avion. On partira dès que tu seras prête, lâcha-t-il sur un ton glacial.

Il aurait aimé qu'elle s'excuse du manque de confiance dont elle avait fait preuve, mais elle n'en fit rien, acquiesçant en silence.

Il la laissa se préparer. Plus vite ils partiraient, plus vite il rentrerait chez lui, au Texas.

Pour ce qui était de Miranda Dupree ?

Elle poursuivrait son rêve sans lui, comme elle l'avait toujours fait.

- 11 -

Une semaine après la fin désastreuse de son séjour éclair avec Kai à New York, Miranda était sur le seuil de la propriété que Sophie Blackwood partageait avec Nigel Townshend.

Elle tenait un bouquet de fleurs dans une main et une boîte de cookies dans l'autre. Cela faisait plusieurs jours qu'elle voulait venir féliciter la future maman, mais la semaine avait été longue et difficile.

Kai lui avait à peine parlé pendant le vol du retour à Royal. Elle n'avait pas cherché à le juger, comprenant qu'il était en pleine crise et qu'il devait consacrer toute son énergie à protéger les intérêts de Madtec et à sauver la réputation de sa compagnie.

Cependant, elle savait qu'il avait été davantage contrarié par l'instant de doute qu'elle avait eu en apprenant la nouvelle. Depuis, elle se trouvait face à un cas de conscience impossible à démêler.

Alors que la porte s'ouvrait, elle décida de mettre ses pensées de côté pour le moment.

— Bonjour, Joséphine. Je suis venue voir Sophie.

La domestique la fit entrer.

— Miranda, je suis dans la cuisine ! lui cria Sophie.

— Merci, dit-elle à l'intention de la jeune fille qui refermait la porte derrière elle.

— Je suis tellement contente d'avoir de la visite ! lança Sophie quand elle entra dans la cuisine.

À vingt-sept ans, Sophie avait un corps de rêve, une chevelure auburn impressionnante et un grand sourire aux lèvres. C'était la petite dernière de la tribu, mais elle était loin d'être capricieuse ou de penser que tout lui était dû. Au contraire, elle avait toujours été travailleuse et volontaire, et son récent mariage venait compléter une vie comblée bien méritée.

— Quelle bonne idée tu as eue de passer ! Nigel m'interdit de sortir de peur que je perde de nouveau connaissance. Donc je fais très attention à ce que je mange, car je fais moins d'exercice. Mais quand je vois la boîte que tu tiens dans les mains, je sais déjà que je vais faire un écart à mon régime…

Miranda était ravie de voir Sophie en forme et surtout de sentir la chaleur avec laquelle elle l'accueillait. C'était un miracle qu'elles soient en si bons termes aujourd'hui, quand elle se rappelait à quel point Sophie l'avait détestée quand elle avait épousé Buckley.

Elle remercia mentalement son ex-mari de lui avoir donné la chance de pouvoir mettre toutes ces années de rancune derrière elle. Grâce à tout ce qu'elle avait accompli ces derniers mois, elle avait maintenant une place à part entière dans la famille Blackwood.

— J'ai pris tes cookies préférés. Et voici un bouquet pour te féliciter de cette merveilleuse nouvelle, dit-elle avant de la prendre dans ses bras.

— Merci. Ces fleurs sont superbes. Tu veux un thé ?

— Volontiers. Laisse-moi faire et assieds-toi.

Sophie lui jeta un regard noir.

— Ah non ! Pas question que tu t'allies à Nigel ! Je suis enceinte, pas infirme.

Alors que Sophie mettait les biscuits sur un plat de présentation, Miranda sortit des petites assiettes et mit de l'eau à bouillir. Malgré ce que Sophie pensait, et sans s'être mise d'accord avec Nigel, elle souhaitait préserver au maximum la santé de la future maman. Elle avait eu assez peur en allant les voir à l'hôpital à leur retour de lune de miel et ne souhaitait pas revivre pareille frayeur inutilement.

En se remémorant l'épisode à l'hôpital, son esprit se dirigea aussitôt vers Kai. Il avait été très attentionné, offrant de l'accompagner et de la soutenir dans cette épreuve, comprenant à quel point la famille Blackwood comptait à ses yeux. Et maintenant…

— Sophie, raconte-moi un peu ton séjour à l'hôpital. Qu'a dit le médecin ? Ton évanouissement était-il uniquement lié au fait que tu étais déshydratée ?

— En partie. Il m'a aussi expliqué que les vertiges pouvaient être dus à l'espace confiné dans l'avion, la foule des passagers et le fait que je n'avais rien mangé depuis la veille. Nigel a fait un stock de barres protéinées et il en a mis une boîte dans mon sac. Il a eu une peur bleue. Quand j'ai repris connaissance, il était blanc comme un linge.

— Je n'imagine pas à quel point il a dû paniquer.

— Oui, sauf que maintenant j'ai l'impression de m'être transformée en poupée de verre, marmonna Sophie en leur servant une tasse de thé. Mais comme notre lune de miel était fantastique, je peux difficilement lui en vouloir.

— Je suis tellement heureuse pour vous.

— Merci.

Elle éprouva un nouveau pincement d'envie en voyant l'amour et le bonheur émanant de Sophie alors qu'elle luttait pour réussir à maintenir le cap dans sa vie personnelle en friche.

— Vous serez là pour le gala ? s'enquit-elle.

— Bien sûr ! On ne manquerait cela pour rien au monde. C'est le plus bel hommage que l'on ait pu imaginer pour notre père.

Elles burent leur thé en silence, chacune absorbée par des souvenirs de Buckley Blackwood.

Intraitable en affaires et difficile à vivre, Buckley s'était toujours appliqué à cacher ses bons côtés. Miranda était contente qu'il puisse être enfin reconnu pour toutes les bonnes actions qu'il avait accomplies.

Elle regrettait néanmoins qu'il n'ait pas été plus généreux au niveau émotionnel, surtout avec ses enfants, et qu'il ait répété les mêmes erreurs au cours de sa vie.

Ironiquement, pour ce qui était de ne pas reproduire les mêmes erreurs, Miranda n'avait de leçons à donner à personne.

Dix ans plus tard, elle venait de se retrouver au même point avec Kai. La distance qu'il avait mise entre eux l'avait profondément blessée. Encore plus que la première fois. Kai lui manquait plus que tout, et elle ignorait comment elle se remettrait un jour de cette rupture.

Il était plus vieux aujourd'hui, plus mûr. Peut-être que cette fois il accepterait de lui parler pour effacer leur malentendu. À moins qu'il ait coupé les ponts à jamais… Cette seule pensée la tétanisait.

Elle espérait qu'il serait au gala. Mais il ne prendrait peut-être pas la peine de venir.

C'est Sophie qui brisa le silence en posant sa tasse sur le plan de travail en granite.

— Vaughn m'a dit que les choses étaient rentrées dans l'ordre à la banque. C'est une bonne nouvelle.

Miranda retint un soupir. Décidément, elle ne pouvait chasser Kai de son esprit…

— Nous avons eu de la chance que Madtec ait pu nous aider à redresser la pente et à sortir de ce marasme, répondit-elle.

— J'imagine. Et toi ? Tu es contente d'avoir retrouvé Kai Maddox au bout de dix ans ?

La question la prit par surprise.

— Tu savais que nous avions été ensemble ?

Sophie l'avait-elle appris dans la presse à scandales des derniers jours ou l'avait-elle su avant ?

— Bien sûr ! Tu as oublié à quel point je te détestais quand tu as épousé papa ?

— Non ! s'exclama-t-elle en riant.

— Eh bien, figure-toi que pendant longtemps, et même jusqu'à ce que je rencontre Nigel, j'ai toujours cherché la faille, pour te prendre en flagrant délit. Donc j'ai enquêté sur ton passé et je t'ai espionnée. Seulement je n'ai jamais rien trouvé, hormis ta relation avec Kai avant mon père. Et je sais que tu as toujours été fidèle envers lui.

— Oui, je lui ai été fidèle, mais ma relation avec ton père s'est soldée par un échec. Comme ma relation avec Kai.

— Comment ça ?

— Nous nous sommes revus il y a quelque temps et nous étions en train de trouver notre rythme, mais…

Elle se tut, la gorge serrée.

— Mais quoi ? insista Sophie.

— La semaine dernière, tout s'est effondré entre nous.

Elle n'avait parlé à personne de sa relation avec Kai, et brusquement elle éprouvait le besoin de partager sa tristesse avec quelqu'un.

— Alors là, Miranda, tu m'intrigues. Tu peux m'en dire plus ? Je suis à ton écoute.

— Merci, j'ai vraiment besoin d'en parler. Alors voilà… Je n'ai pas bien réagi quand Kai m'a appris la nouvelle du scandale et des rumeurs qui accusaient Madtec d'avoir voulu tirer profit d'une brèche orchestrée par leurs soins pour vanter les mérites de leur nouveau logiciel de cybersécurité.

— Je ne suis pas sûre de te comprendre. Tu veux dire que tu ne l'as pas soutenu ? Tu as douté de lui ?

Serrant la tasse de thé contre elle, Miranda sentit la culpabilité renaître en elle.

— Pas vraiment, mais l'espace d'un instant j'ai été prise au dépourvu, avoua-t-elle. Par le passé, son frère et lui ont été accusés de fraude et ils étaient les rois du piratage informatique. Et j'ai en effet eu un moment de doute que je n'ai pas réussi à masquer. J'imagine qu'il l'a senti, et il m'en a voulu. Depuis, silence radio. Je regrette mon attitude et je ne vois pas comment il pourra me pardonner.

— Arrête de dramatiser. Pourquoi tu ne vas pas le voir pour t'excuser, tout simplement ? Rien de tel que de reconnaître que l'on a eu tort. S'il sent ta sincérité, tu as toutes tes chances.

— J'aimerais te croire, mais la situation est beaucoup plus compliquée que ça. Ma vie est à New York, il vit à Deer Springs. J'ai une émission de télévision, je vais bientôt me lancer dans une joint-venture.

Elle s'arrêta, voyant que Sophie secouait la tête.

— Tout ça, ce sont des excuses, Miranda. Si vous vous aimez, le reste n'a pas d'importance. D'abord, tu dois t'excuser. Ensuite, tu verras si le reste a un impact sur votre relation. Je suis prête à parier que ce ne sera pas le cas.

Miranda doutait que ce soit aussi simple mais comprit néanmoins le message de Sophie.

— Merci, Sophie, tu m'es d'une grande aide. Je suis curieuse de savoir depuis quand tu es devenue aussi sage.

— C'est un miracle, n'est-ce pas ? répliqua Sophie en riant. Eh bien, vois-tu, j'ai tiré les leçons de mes erreurs. Je t'ai fait du mal, j'ai fait du mal à Nigel en étant sûre de détenir la vérité. Je me suis trompée. Je pense que montrer sa force, c'est aussi savoir reconnaître ses erreurs et apprendre à s'excuser.

Miranda sentit les larmes lui monter aux yeux, émue par les paroles de Sophie, et surprise par sa maturité et sa sagesse.

C'était maintenant à elle de décider si elle allait enfin faire face aux sentiments qu'elle éprouvait pour Kai. Elle faisait l'autruche depuis trop longtemps. Et comme Sophie venait de lui dire si justement, elle n'avait fait que s'inventer des excuses pour ne pas regarder la réalité en face.

— Tu as raison, murmura-t-elle. Merci.

— Je t'en prie. C'est normal. La famille, c'est aussi fait pour ça. D'ailleurs, si tu as besoin d'aide pour le gala, je suis partante.

— Sophie, si je te prenais au mot, tu sais très bien que Nigel serait prêt à mettre ma tête à prix.

— Là, c'est toi qui as raison ! s'exclama Sophie en riant.

Une heure plus tard, Miranda quitta la propriété des Townshend et rejoignit Royal pour finir les préparatifs du gala de charité. Ce serait sa dernière mission au nom de Buckley. Ensuite, elle resterait encore une semaine jusqu'au mariage de Lulu, qui sonnerait la fin des aventures de *La Vie secrète des ex-épouses de NYC*.

Puis elle n'aurait plus d'excuses pour rester à Royal.

À moins, bien sûr, de convaincre Kai de reprendre le fil de leur liaison. Son souhait le plus cher au monde.

À présent, elle savait avec certitude que Kai était l'homme de sa vie et qu'elle l'aimait plus que tout.

Sachant cela, elle ne supportait pas qu'il puisse penser qu'elle n'avait pas une bonne opinion de lui.

C'était un sentiment horrible. Pour elle autant que pour lui.

Elle devait trouver le moyen de le lui dire avant le gala et prier pour qu'il soit à l'écoute.

Kai ignora une nouvelle fois les messages téléphoniques de Miranda.

Elle l'avait déjà appelé deux fois la veille. Il n'avait pas répondu.

Il aurait été incapable de dire pourquoi il l'évitait.

Était-ce pour ne pas l'entendre dire que tout était terminé entre eux, ou préférait-il entretenir la colère qu'il nourrissait à son encontre pour avoir osé douter de son intégrité ?

Heureusement, en début de semaine, il avait découvert la source de la campagne de diffamation. Aujourd'hui, il avait eu le plaisir de voir la personne responsable du scandale, son rival et ennemi, être inculpée d'activités frauduleuses. Alistair Quinn n'avait eu de cesse de jeter des bâtons dans les roues des frères Maddox depuis des années, mais il semblait maintenant hors de danger de nuire, et ce, pour longtemps.

Le fait de pouvoir rétablir leur réputation lui avait procuré une immense satisfaction. Grâce à de multiples communiqués de presse et à l'intervention de leurs avocats, leur légitimité avait été restaurée et deux nouveaux clients étaient entrés en contact avec eux.

Kai ferma son ordinateur pour la soirée et enfila sa veste.

En sortant de son bureau, il tomba sur Dane et Amad qui regardaient un match de basket.

La journée de travail était terminée, et c'était agréable de voir qu'Amad prenait ses marques et se sentait assez à l'aise pour passer un moment de détente avec son patron.

C'est exactement ce que Dane et lui avaient dans l'esprit en créant leur compagnie. Ils voulaient que ce soit un lieu où les employés auraient plaisir à travailler, en instaurant de bonnes relations entre les différentes hiérarchies.

Aujourd'hui, son frère et lui pouvaient de nouveau être fiers de leur réputation, et il aurait dû s'en réjouir.

Sauf qu'il ne se sentait pas d'humeur à célébrer cette victoire… sans Miranda.

— Kai ! Tu es prêt pour aller boire un verre ?

— En fait, j'ai plutôt envie d'aller faire un tour à moto.

Il n'avait pas fait de moto depuis des semaines. L'air frais lui ferait le plus grand bien.

Dane le regarda, l'air inquiet.

— Attends, je descends avec toi, dit-il, se dirigeant vers l'ascenseur.

Kai acquiesça en silence.

Dès que les portes se refermèrent, son frère se tourna vers lui.

— Tu peux m'expliquer ?

— T'expliquer quoi ?

— Visiblement, il y a un problème.

— Parce que j'ai envie d'aller faire un tour à moto ?

— Ne me prends pas pour un imbécile, Kai. Je sais qu'il y a quelque chose qui te tracasse.

— Qu'est-ce qui te fait dire ça ?

— Alors écoute. On a trouvé la personne qui nous voulait du mal et qui avait lancé une campagne de diffamation pour saper notre réputation. On a décroché deux gros contrats. Le département des ressources humaines n'arrive pas à embaucher assez vite. Et toi, tu traînes les pieds comme si tu venais d'apprendre la pire nouvelle de ta vie. Conclusion : tu as un problème.

Kai eut envie d'envoyer promener son frère, refusant qu'il s'immisce dans sa vie privée.

Dès que les portes s'ouvrirent, il sortit ses clés et s'avança à grandes enjambées vers le parking, son frère toujours à ses côtés.

— Je suis fatigué, Dane. J'ai bossé comme un fou, ces deux dernières semaines. C'est tout.

Il avait dépensé toute son énergie pour rétablir leur réputation… et pour ne pas penser à Miranda.

— Je ne suis pas dupe, dit Dane, se mettant en travers de son chemin.

— Je m'en contrefiche.

— Où est passée Miranda ?

— Je ne vois pas en quoi ça te regarde.

— Vous êtes allés à New York, tous les deux, et depuis, rien.

— C'est ma vie privée, Dane. Mêle-toi de tes affaires, marmonna-t-il, contournant son frère pour rejoindre sa voiture.

— Justement, j'ai envie de me mêler de ta vie privée, car je n'ai rien dit quand tu as laissé Miranda partir, la première fois, alors que j'aurais dû intervenir. Je sais que tu l'as longtemps regretté. Et je sais que tu vas encore le regretter si tu n'agis pas au plus vite.

— C'est *elle* qui m'a quitté, bon sang ! Elle m'a tourné le dos, elle n'a pas cru en nous !

— Donc tu préfères laisser tomber encore une fois ? C'est vrai que, si tu ne tentes pas ta chance, tu ne peux pas échouer. Pratique, fit remarquer Dane, sarcastique.

— J'ai essayé, marmonna-t-il sur un ton peu convaincant.

Dane lui fit de nouveau face.

— Ah oui ? Vraiment ? De mon point de vue, je dirais que tu l'évites depuis le jour où elle est venue nous apporter un contrat en or sur un plateau.

Il tressaillit face à cette attaque frontale.

— C'est vrai, mais j'avais mes raisons, rétorqua-t-il. Et ensuite, j'ai tout essayé pour lui prouver que l'on était faits l'un pour l'autre.

Il l'avait emmenée à l'hôpital auprès de Sophie, était resté auprès d'elle. Il lui avait fait profiter de son jet privé pour qu'elle aille à New York faire le point sur ses affaires. Il lui avait offert une soirée de rêve. Et elle, elle n'avait rien trouvé de mieux que de douter de lui sur le plan professionnel ?

— D'accord, mais est-ce que tu lui as dit ce que tu ressentais ? demanda Dane. Et, plus important, est-ce qu'au fond de toi tu sais si tu l'aimes ou non ?

Kai s'arrêta net.

Immobile, il réfléchit à la question de son frère.

Aimait-il Miranda ?

Il ne s'était jamais véritablement posé la question, finalement…

Peut-être pour se préserver et éviter d'avoir le cœur brisé en mille morceaux une seconde fois ?

À présent, la vérité éclatait au grand jour. Son amour pour Miranda était tellement ancré dans chacun de ses faits et gestes qu'il se demandait comment il avait fait pour étouffer ses sentiments alors qu'il était clairement et éperdument amoureux d'elle.

Et il avait besoin de le lui dire.

Au plus vite.

— Je dois y aller ! lança-t-il, se précipitant dans sa voiture.

— Donc ça veut dire que c'est oui ?

— Elle est tout pour moi, et je dois aller le lui dire au plus vite !

Jamais il n'avait été aussi sûr de ses sentiments.

Plus tard, il remercierait Dane de l'avoir aidé à lui faire prendre conscience de ses sentiments pour Miranda.

Pour l'heure, il devait se rendre au Texas Cattleman's Club pour le gala donné en l'honneur de Buckley Blackwood.

Il n'avait pas le temps de penser à la logistique ni à la façon dont il dirait à Miranda qu'il l'aimait.

Mais grâce à son frère, il était sûr d'une chose : s'il n'agissait pas maintenant, il le regretterait toute sa vie.

- 12 -

Au Texas Cattleman's Club, Miranda faisait un dernier point avec le chef du traiteur juste avant le début du gala.

Grâce à tous les gens qui la sollicitaient ici et là, elle n'avait pas le temps de penser à son cœur qui s'était brisé en mille morceaux et à la fin de sa liaison avec Kai.

Elle était arrivée deux heures avant le début de l'événement pour s'assurer que tout était en place, vêtue d'une robe de cocktail noire.

Après s'être mise d'accord avec le traiteur, elle retourna dans la pièce principale.

Les personnes commençaient à arriver, les musiciens avaient lancé leur programme pour mettre de l'ambiance, et Miranda n'allait pas tarder à monter sur scène pour remercier les invités et faire quelques annonces. Ses notes étaient déjà sur l'estrade, donc elle n'aurait plus qu'à prendre le micro.

Pour la énième fois, elle chercha Kai du regard.

Elle aurait voulu le voir pour s'excuser en personne d'avoir douté de lui. Tout en sachant que cela n'effacerait pas le mal qu'elle avait fait et que ses excuses arriveraient peut-être trop tard, elle devait absolument lui parler.

Son plus grand regret était de ne pas être allée à Deer Springs en début de semaine, avant que l'on n'apprenne que c'était Alistair Quinn, le rival des frères Maddox, qui avait lancé ces rumeurs destructrices dans le but de nuire à leur entreprise.

Même si elle n'arrivait pas à le voir au gala, elle se rendrait chez lui pour lui présenter ses excuses.

Ravalant sa tristesse, elle se concentra sur la soirée qui commençait à battre son plein.

Elle devait bien ça à Buckley.

Passant la salle en revue, elle ne trouva rien à redire.

La pièce était décorée d'arrangements de fleurs blanches et jaunes, des petits bouquets de jonquilles ornaient les tables, et des touches plus sombres provenant des chandeliers et des coussins recouvrant les chaises venaient renforcer l'élégance du club.

Les gens évoluaient parmi les tables, des serveurs circulaient avec des plateaux, et un bar bien achalandé attendait les invités.

Kellan et sa femme, Irina, occupaient déjà la piste de danse. Née en Russie, Irina avait été l'une des personnes privilégiées ayant bénéficié de la bonté de Buckley.

En effet, c'était grâce à lui si elle avait pu quitter son mari violent. Buckley lui avait offert un toit et un emploi de domestique le temps qu'elle se remette sur pied, à la suite de quoi elle avait pu poursuivre des études de droit tout en écrivant un livre sur le récit de son mariage.

En cet instant, Irina avait les yeux intensément rivés sur Kellan qui la faisait tournoyer avec agilité. Elle devait être enceinte d'environ quatre mois, mais Miranda ne l'aurait jamais deviné si Kellan ne lui avait pas annoncé la bonne nouvelle il y a deux mois.

Alors qu'elle continuait d'être subjuguée par le couple d'amoureux, Kace la rejoignit.

— Quel succès ! s'exclama-t-il.

— Merci.

— Tu as vraiment fait un travail admirable. Chapeau. Buckley serait fier de toi.

Elle s'était jetée corps et âme dans les préparatifs de ce gala qui lui donnait l'occasion de dire un dernier adieu à Buckley. Aussi pour tenter d'oublier à quel point Kai lui manquait…

Chassant ses pensées maussades, elle reporta son attention sur Kace.

— Je suis vraiment contente du résultat, c'est vrai. Et ravie de voir autant de monde. Je pense que les dons seront à la hauteur de nos attentes. Tout le monde est enchanté à l'idée que tout soit reversé à la Fondation pour le cancer.

Donna-Leigh, la première épouse de Buckley, était morte trop tôt d'un cancer, et ses trois enfants, Kellan, Sophie et Vaughn, en avaient beaucoup souffert.

— Figure-toi que tu vas pouvoir doubler ce montant, lui annonça Kace.

— Comment ça ?

— Je viens de parler à Nigel. Il m'a dit que Green Room Media mettrait la même somme que le montant collecté ce soir. Tu pourras faire l'annonce quand tu prendras la parole.

— Quelle nouvelle incroyable !

Si seulement elle avait pu la partager avec Kai, elle aurait été au comble de la joie.

— Nigel est vraiment un homme bien, dit-elle.

— Oui. Sophie a de la chance de l'avoir épousé.

— Et vous ? Tout est prêt pour votre mariage, le week-end prochain ?

Il lui offrit un sourire béat.

— Oui. J'ai vraiment trop hâte. Et Lulu aussi.

À cet instant, Lulu fit son apparition, s'empressant de prendre la main de son fiancé.

— Miranda, bravo pour ton organisation hors pair ! s'exclama-t-elle. Tout le monde passe un excellent moment.

— Merci, ma belle.

— Et maintenant, si tu le permets, j'aimerais t'emprunter mon homme pour aller danser.

— Mais je t'en prie !

Entourée de tous ces couples heureux, mariés ou sur le point de l'être, Miranda éprouva soudain un énorme sentiment de solitude.

L'ambiance était festive, tout le monde semblait s'amuser alors que son humeur était aux antipodes. Voir autant de gens sourire, rire et prendre du bon temps ne faisait qu'accroître son désarroi.

Elle avait espéré voir Kai ce soir, mais plus les minutes passaient et plus sa venue semblait illusoire.

D'ailleurs, maintenant que tout était en place, elle pourrait très bien disparaître après les annonces. Personne ne se rendrait compte de son départ.

Elle irait directement à Deer Springs pour parler à Kai. Elle lui devait des excuses et elle voulait lui faire part d'une décision importante qu'elle avait prise.

Ce plan d'attaque en tête, elle traversa la piste de danse pour monter sur l'estrade. Elle était sur le point de faire un signe de tête aux musiciens pour qu'ils lui laissent la parole quand Kellan l'intercepta.

— Bravo, Miranda, et merci, dit-il, avant de la serrer dans ses bras en une brève accolade.

— C'est gentil, murmura-t-elle, comblée et émue.

— Je vais chercher à manger pour Irina, mais je

voulais te dire que l'on venait d'apprendre qu'elle attendait un garçon.

— C'est formidable ! Vous devez être tellement contents.

Elle fut profondément touchée qu'il ait pris la peine de lui annoncer la nouvelle.

— Oui. Et on sait déjà comment il va s'appeler. Trevor Buckley Blackwood. En mémoire de tout ce que papa a fait pour Irina.

— Quelle bonne nouvelle ! s'exclama-t-elle.

Une fois seule, elle eut du mal à gérer ses émotions. Tout le monde n'avait que des bonnes nouvelles à lui apprendre. Alors pourquoi était-elle sur le point de pleurer ?

Pour calmer ses esprits avant de prendre la parole, elle se concentra sur sa respiration en attendant que le morceau de musique s'achève.

Tout le monde applaudit quand elle prit le micro.

Même avec le spot violet qui illuminait l'estrade, elle était capable de discerner les gens dans la foule. Et… toujours pas de Kai en vue.

— Bonsoir à tous, dit-elle avant de marquer une pause pour laisser le temps aux invités de finir leur conversation et de se concentrer sur ce qu'elle avait à dire.

Une fois de plus, elle chercha Kai dans la foule. En vain.

Une partie de son discours lui était destinée.

La gorge serrée, elle se rappela qu'elle partirait après les annonces pour tenter de lui parler chez lui, à Deer Springs.

Après s'être éclairci la voix, elle se jeta à l'eau.

— Merci d'être venus nombreux au gala de charité organisé en l'honneur de Buckley Blackwood, un philanthrope secret et discret qui, vers la fin de sa vie, a compris que les millions de dollars qu'il avait accumulés de son vivant ne valaient rien comparés à la joie de faire le bien autour de lui.

Elle fit une pause pour reprendre son soufflé et lire ses notes.

À présent, la salle était plongée dans le plus grand des silences. Tous les yeux étaient rivés sur elle.

Elle avait de nouveau les larmes aux yeux mais ne voulait pas laisser ses émotions la guider et gâcher l'adieu qu'elle avait préparé pour Buckley.

— Buckley a toujours eu du mal à admettre ses erreurs, reprit-elle. Mais avant de mourir, il a réussi à trouver la paix grâce à plusieurs initiatives philanthropiques. C'est au philanthrope que nous rendons hommage, ce soir. De plus, j'ai le plaisir d'annoncer que Nigel Townshend, directeur de Green Room Media, a décidé de doubler la somme des dons qui seront collectés ce soir.

Toute la salle se mit à applaudir.

L'ingénieur en charge de l'éclairage dirigea un spot vert sur Nigel et Sophie, installés à une table dans le fond. Le producteur fit un petit signe discret sans chercher à lui voler la vedette. Sophie se contenta de sourire fièrement à ses côtés.

En voyant son ex-belle-fille, Miranda se souvint des conseils qu'elle lui avait prodigués au sujet de Kai.

Elle devait avant tout s'excuser, sans se soucier du reste.

D'autant plus motivée par sa mission, elle lut le texte qu'elle avait préparé en l'honneur de la première femme de Buckley, puis parla brièvement de la façon dont les fonds récoltés seraient utilisés.

Elle était sur le point de conclure son intervention quand elle entendit des murmures dans l'assistance.

Puis elle vit apparaître un bel homme brun vêtu d'un smoking puis s'avancer vers l'estrade.

Kai Maddox s'arrêta au milieu de la piste de danse.

Miranda sentit son cœur s'emballer.

Le regard émeraude de Kai était rivé sur elle.

Chancelante, sur le point de vaciller, elle reprit la parole :

— Pour finir, je suis reconnaissante à Buckley de m'avoir donné l'occasion de revenir à Royal. Au départ, j'ai été très surprise et, comme vous le savez, mon retour ici n'a pas été très facile. Cependant, j'ai beaucoup appris, j'ai grandi et je pense être devenue quelqu'un de meilleur.

La gorge serrée, elle dut s'arrêter un instant.

— Je suis tellement heureuse d'avoir pu me rapprocher des enfants de Buckley. À présent, nous formons une grande famille unie. Maintenant que les missions que Buckley m'avait données sont terminées, en principe, rien ne m'empêcherait de retourner à New York.

À cet instant, elle posa les yeux sur le beau visage de Kai, et leurs regards se vissèrent l'un à l'autre.

Il était l'homme qu'elle aimait le plus au monde.

— Grâce à Buckley, j'ai appris que la famille était ce qu'il y avait de plus important à mes yeux, poursuivit-elle. Donc j'ai décidé de rester un peu plus longtemps à Royal et d'y installer une salle de bien-être Goddess.

Des murmures de surprise s'élevèrent dans le public. Les invités se tournèrent les uns vers les autres, mais Kai resta immobile, le visage sans expression, tel un masque.

Miranda prit une profonde inspiration.

Cette fois, ce qu'elle allait dire était destiné à Kai.

— Mais si je souhaite rester dans la région, c'est avant tout pour rester aux côtés d'un certain P-DG qui compte plus que tout à mes yeux. Un homme qui, je l'espère, acceptera de me donner une seconde chance.

Soudain, Kai bougea enfin.

Les yeux fixés sur elle, il s'avança d'un pas résolu vers l'estrade.

La flamme de l'espoir se ralluma en elle.

S'il arrivait à voir la sincérité de ses sentiments et qu'il acceptait ses excuses, tout était encore possible.

Kai monta les marches deux par deux pour la rejoindre.

Était-il prêt à lui donner une seconde chance ?

Tremblante d'incertitude, elle éteignit le micro alors que les invités applaudissaient une nouvelle fois.

Quand Kai la souleva dans ses bras, les applaudissements redoublèrent au point de ressembler au grondement du tonnerre.

Miranda s'accrocha à lui.

Il ne lui avait pas encore parlé, mais ce qu'il venait de faire était suffisant pour attiser la flamme d'espoir en elle.

— Je suis désolée d'avoir douté de toi, Kai, et je veux que tu saches que je suis prête à tout pour que ça fonctionne entre nous.

— Dans ce cas, tout est possible, répondit-il avant de déposer un baiser sur son front.

Les musiciens avaient repris leur programme, et l'ingénieur lumière avait éteint le spot qui illuminait l'estrade, si bien que, même s'ils n'étaient pas encore à l'abri des regards indiscrets, ils avaient déjà un peu plus d'intimité.

— C'est vrai ? Tu en es sûr ?

— Oui, car je sais que tu es capable d'accomplir des choses incroyables quand tu l'as décidé.

Fermant les yeux, elle se laissa un moment pour savourer la sensation d'être de nouveau dans ses bras, la chaleur de son corps l'enveloppant de manière rassurante, son odeur l'enivrant au plus haut point.

Puis Kai la reposa par terre et la prit par la main pour l'entraîner derrière l'estrade.

Ignorant le panneau « Sortie interdite », il poussa la porte et les guida vers un petit jardin orné d'une fontaine où trônait un banc sur lequel ils prirent place.

— J'ai cru que tu ne viendrais pas, dit-elle. Après mes annonces, j'allais prendre ma voiture pour aller te rendre visite à Deer Springs et te présenter mes excuses en personne.

Kai entrelaça ses doigts aux siens.

— Je suis heureux de t'entendre dire que j'étais ta priorité après ce gala. Cela me touche énormément. Je sais que par le passé je n'ai pas réussi à te faire savoir ce qui comptait pour moi, mais je suis décidé à tout faire pour que cela ne se reproduise pas.

— Tu veux dire que tu envisages un avenir à deux ?

Elle lui fit face, pour mieux le contempler.

Il était beau à couper le souffle dans sa veste de smoking encadrant à merveille ses magnifiques épaules.

Avant de lui répondre, il lui caressa le visage, semblant aussi désireux qu'elle de la contempler.

Elle frissonna.

— Oui, Miranda, j'envisage un avenir à deux. Je veux tout mettre en œuvre pour que notre relation nous apporte le bonheur que nous recherchons. Sur le long terme.

Une relation. Avec Kai. Sur le long terme.

Elle le fixa sans réagir, attentive à la résonance que ces paroles avaient sur son cœur.

— Tu sais, je n'ai pas dit ça à la légère. Je veux vraiment rester à Royal, dit-elle enfin, désireuse de lui montrer qu'elle voulait elle aussi s'engager dans leur relation et qu'elle était prête à faire des concessions pour trouver le chemin qui leur conviendrait.

— Je sais.

Elle avait beaucoup réfléchi aux solutions. Lancer un centre de remise en forme Goddess à Royal lui avait paru comme la meilleure des solutions pour passer plus de temps avec Kai et sceller leur union.

— J'ai été très heureuse ici, hormis la semaine qui vient de s'écouler, bien sûr. Je ne supportais plus d'être séparée de toi aussi longtemps. Tu m'as tellement manqué.

— Toi aussi, tu m'as manqué. C'est grâce à Dane si je suis ici. C'est lui qui m'a secoué en m'ouvrant les yeux et en me disant que je ne trouverais jamais le bonheur si je ne prenais pas le risque de te dire ce que j'éprouvais pour toi. C'est ce que je suis venu faire ce soir. Je t'aime, Miranda.

Son cœur tressaillit de joie.

Elle lui sourit, et le soulagement procuré par cette merveilleuse nouvelle l'enveloppa comme des bras amoureux.

Elle se pencha vers Kai pour l'embrasser, prenant le temps de savourer les lèvres exquises de cet homme qui avait toujours eu le don de la mettre dans tous ses états.

— Oh ! Kai, si tu savais comme je t'aime… Je regrette de ne pas avoir été assez persévérante, la première fois, mais je crois en nous et tu es l'homme que je veux aimer.

Après avoir vu les erreurs qu'elle avait faites lors de

son premier mariage, elle s'était rendu compte qu'elle ne pourrait jamais être heureuse en poursuivant ses objectifs professionnels aux dépens de sa vie privée.

Dorénavant, l'amour aurait une place à part entière dans sa vie et dans son cœur.

Après un long baiser langoureux, elle rouvrit les yeux.

Dans le regard de Kai, brillant d'une flamme qu'elle n'y avait jamais vue auparavant, elle lut l'amour sincère qu'il lui portait et la promesse d'un avenir partagé hors du commun.

— Nous avions peut-être tous deux besoin de temps pour mûrir et prendre conscience de ce que nous avions pour que cela puisse fonctionner la seconde fois, murmura-t-il d'une voix rassurante.

Il l'embrassa de nouveau, à lui en faire perdre le souffle.

— Tu le penses vraiment ? demanda-t-elle. Même si tu travailles à Deer Springs et moi à New York ?

Elle était curieuse de savoir comment il comptait gérer ce casse-tête.

Il prit son visage entre ses mains, comme s'il ne voulait pas rompre le contact entre eux.

— Écoute-moi, ma chérie. Je veux que tu fasses ta joint-venture avec AMuse. Tu dois poursuivre tes rêves. Je pourrais ouvrir un bureau Madtec à New York pour que nous puissions y vivre ensemble. Nous ne sommes pas obligés de choisir. Nous pouvons tout avoir.

Elle buvait ses paroles, prête à croire chacun de ses mots.

Ensemble, ils pourraient conquérir le monde !

— Et si nous allions danser, maintenant ? suggéra-t-il. Je te trouve absolument ravissante dans cette robe.

— Et si nous rentrions chez toi faire l'amour ? Je te

trouve absolument ravissant dans ton smoking, mais je préférerais te voir tout nu dans un lit.

— Je vois que tu sais parler aux hommes, répliqua-t-il en riant.

— On prend ta voiture ?

— Figure-toi que je suis à moto. Donc si tu n'as pas peur de monter avec ta robe, je te propose une virée au clair de lune, en amoureux. Tu es partante ?

— Et comment !

Épilogue

Une semaine plus tard

— Lulu Shepard, acceptez-vous de prendre Kace LeBlanc pour époux ?

Kai écouta les mots de l'officiant en charge de la cérémonie de mariage, mais ses yeux n'étaient pas attirés par la mariée.

Cette dernière était certes exquise, vêtue d'une robe blanche toute simple qui mettait en valeur sa beauté naturelle et contrastait avec sa chevelure noire et soyeuse, mais il n'avait d'yeux que pour la plus merveilleuse des demoiselles d'honneur, sa future femme, Miranda.

Une foule d'invités étaient réunis sous une tente pour célébrer le mariage de Lulu Shepard avec Kace LeBlanc, retransmis à la télévision.

La réponse ne tarda pas à venir.

— Oui !

Kace la regarda, aux anges.

Kai se réjouissait pour eux mais ne tarda pas à reporter son attention sur Miranda qui se trouvait aux côtés des autres covedettes de l'émission *La Vie secrète des ex-épouses ne NYC*, toutes vêtues de la même robe jaune pâle aux motifs fleuris.

Elle portait un petit bouquet de violettes.

Comme toujours, elle le fascinait.

Miranda était tout ce qu'il avait toujours aimé chez une femme : intelligente, ambitieuse, tendre, attentionnée... et sexy.

Elle était capable de se consacrer à son œuvre caritative et à ses proches, sans perdre de vue sa carrière. Étant donné le succès qu'elle avait rencontré en tant que femme d'affaires, c'était vraiment impressionnant.

— Vous pouvez embrasser la mariée.

Après le baiser, le quintette de musiciens se mit à jouer une marche nuptiale, et Lulu et Kace prirent la tête de la procession.

Kai, lui, ne quitta pas Miranda des yeux, comptant chaque pas qu'elle faisait et qui la rapprochait de lui.

Les caméras de télévision se déplacèrent parmi la foule d'invités, suivant les mariés sans pour autant gêner le déroulement de la cérémonie.

C'était un mariage informel, où les mariés ne se posteraient pas au bout de l'allée pour attendre les félicitations de chaque invité car la fête allait commencer dans la foulée.

Kai avait hâte de retrouver Miranda qui serait maintenant libre pour le restant de la soirée.

Il ne lui restait plus qu'à traverser la piste de danse en bordure de laquelle un groupe country s'installait pour prendre la suite de l'ensemble de chambre qui avait assuré le fond musical pendant la cérémonie religieuse.

Les flashs fusaient ici et là, alors que les invités s'en donnaient à cœur joie, ne manquant pas d'immortaliser les premiers moments de vie de mariés des jeunes tourtereaux.

Mais pour Kai, ce qui comptait avant tout, c'était d'être en présence de la femme la plus importante à ses yeux :

Miranda, qui s'avançait vers lui, son regard plongé dans le sien, un petit sourire aux lèvres.

— Salut, beauté, murmura-t-il.

Il l'attira à lui dès qu'elle arriva à sa hauteur, déposant une pluie de baisers dans son cou, son parfum de jasmin agissant comme un aphrodisiaque.

Il repensa à la nuit incroyable qu'ils avaient partagée et, surtout, à toutes celles qui suivraient…

— Salut, beau gosse, répondit-elle sur le même ton.

— Mais j'y pense, avons-nous le droit de nous embrasser même si ce n'est pas notre mariage ? demanda-t-il avec humour, feignant de prendre ses distances.

À peine l'avait-il lâchée qu'il la reprit par la taille, ses doigts froissant le tissu soyeux de sa robe en une caresse chaste.

Elle lui offrit son plus beau sourire.

— Tout à fait ! Il est même conseillé de célébrer les mariés en s'embrassant, répondit-elle, avant de poser son bouquet sur une chaise.

— Tu veux bien sortir de la tente avec moi ? suggéra-t-il, indiquant l'ouverture d'un hochement de tête. C'est une nuit magnifique.

— Dans ce cas, je te suis.

L'air printanier du Texas était encore chaud, même si le soleil était sur le point de se coucher et qu'une brise légère s'était levée.

Les luminaires entourant la piscine se reflétaient dans l'eau, et des étoiles violettes scintillaient dans le crépuscule.

Tenant Miranda par la main, Kai suivit le chemin de pierres plates derrière le bassin bordé d'arbres dont les feuilles bruissaient doucement dans le vent.

Le groupe country entama sa première chanson et, dans la tente, le fond sonore changea.

— Tu es triste que ce soit le dernier épisode de la saison ? s'enquit-il en l'invitant à danser.

Miranda se cala aussitôt sur son rythme, oscillant gracieusement dans ses bras, comme s'ils avaient dansé à deux toute leur vie.

Il n'en revenait pas encore de la chance qu'il avait eue de la retrouver au bout de dix ans.

Et cette fois, c'était pour la vie.

Elle secoua la tête, sa chevelure rousse scintillant au clair de lune.

— Non. Je suis contente que ça se termine. J'ai adoré cette expérience, mais je suis prête à enchaîner sur autre chose.

Il lui caressa délicatement le dos, souriant lorsqu'il la sentit frissonner.

— Sache que je te soutiendrai toujours dans tes choix et que tu pourras toujours compter sur moi, assura-t-il.

— Je sens que cette année va être formidable.

— Et toutes celles qui suivront.

— Quelle chance !

Il plongea son regard dans le sien.

— T'ai-je dit combien je t'aimais, aujourd'hui ? demanda-t-il.

— Non. Et pour te faire pardonner, tu devras me le prouver ce soir, dans l'intimité de notre chambre…

— Ma chérie, tu sais que tes désirs sont des ordres, murmura-t-il avant de prendre ses lèvres en un long baiser langoureux.

Leur union ainsi scellée, rien ne pourrait jamais plus les séparer.

Retrouvez prochainement,
dans votre collection

PASSIONS

Un papa pour sa fille, de Janice Maynard - N°909

Quand Brie parvient à la porte de Vaughn, ses jambes tremblent, et son cœur bat à toute allure. Elle n'a pas revu son ancien amant depuis trois ans, après qu'elle l'a quitté, faute d'engagement de sa part. Aujourd'hui, Brie appréhende: comment Vaughn réagira-t-il en découvrant son précieux secret, la petite fille qui est née de leur amour ?

Un parfait gentleman, de Karen Booth

Au cours d'un défilé de mode, Emma passe une délicieuse soirée en compagnie de Daniel, un parfait gentleman. Le lendemain, elle apprend, stupéfaite, que Daniel est l'héritier des magasins Stone, les rivaux historiques d'Eden's, le grand magasin qu'elle possède avec ses deux sœurs. Daniel essaye-t-il de lui soutirer des informations ? Peu importe, Emma préfère jouer avec le feu, car son désir de le revoir l'emporte sur ses craintes…

Le retour de son amant, de Reese Ryan - N°910

Darius à Royal ? Audra n'en revient pas : celui qui lui a brisé le cœur cinq ans plus tôt, sans explication, est de retour. Le revoir aujourd'hui lui donne le sentiment que tout n'est pas encore terminé entre eux. Malgré ses espoirs, Audra doit se protéger : durant leur relation, Darius lui a caché des secrets sur sa famille. Comment pourrait-elle lui faire confiance à nouveau ?

Fiancée de façade, de Katherine Garbera

Melinda est sous le choc. Elle, enceinte de Slade Bartelli, son amant ? Même si c'est son rêve le plus secret, elle aurait aimé que les circonstances soient différentes… Et voilà que Slade, pour préserver les apparences, lui propose de fausses fiançailles ! Melinda ne peut se contenter d'une union de façade, alors que son cœur appartient entièrement à Slade !

Un dilemme insoutenable, de Jules Bennett - N°911

SÉRIE : LIAISONS SCANDALEUSES TOME 2

Maty n'a pas le choix : si elle veut que son frère paralysé reçoive les meilleurs soins, elle doit travailler pour l'infâme Rusty Lockwood... Sa mission : convaincre Sam Hawkins, son ex de l'université, de vendre sa distillerie à Rusty, en usant de ses charmes si nécessaire. Mais, en présence de Sam, Maty est submergée par une foule d'émotions, ce qui la met dans une situation insoutenable : si elle veut aider son frère, elle doit trahir son premier amour...

Tentée par une seconde chance, de Joss Wood

Dix ans plus tôt, Tanna, sous le coup de la panique, s'est enfuie la veille de son mariage avec Levi. De retour à Boston, elle décide de replonger dans son passé pour guérir ses blessures. Levi, immobilisé à la suite d'un accident de moto, lui demande son aide afin qu'elle se rachète. Vivre auprès de son ancien fiancé la trouble au plus haut point, et Tanna se demande si elle est prête à s'ouvrir de nouveau au seul homme qui a réussi à conquérir son cœur...

Le secret d'Amanda, de Maureen Child - N°912

Laisser derrière elle Nathan et leur amour passionné... C'est ce qu'Amanda a fait en quittant sa ville natale, il y a tant d'années. Mais, maintenant qu'elle est revenue à Royal, la paix qu'elle avait retrouvée s'est évaporée à l'instant même où elle a posé les yeux sur lui. Malheureusement, si elle est tentée de rallumer la flamme qui brûlait entre eux, Nathan, lui, garde ses distances. Comme s'il n'avait pas oublié les amères circonstances de leur rupture....

L'amour à toute épreuve, de Barbara Dunlop

Quelle entêtée ! Troy n'a jamais rencontré une femme comme Mila : il a pourtant refusé de lui confier le poste d'agent de sécurité qu'elle convoite ! Cependant, lorsque sa demi-sœur, une chanteuse connue, est menacée par un fan, Troy se sent fléchir : Mila serait tout indiquée pour veiller sur elle... La jeune femme maîtrise en effet les techniques d'attaque et de défense. Même si elle n'utilise contre lui que la plus dangereuse de toutes : la séduction.

Le mensonge de Mia, de Charlene Sands - N°913

Mia vient de passer une soirée de rêve au côté du séduisant Adam. Et elle serait aux anges si leur rencontre avait été le fruit du hasard… Seulement voilà : elle rôdait autour de la maison d'Adam parce qu'elle enquêtait sur lui. N'a-t-elle pas en effet promis à sa sœur mourante de retrouver le papa de sa fille ? Mais son cœur se serre lorsqu'elle songe aux conséquences de ses manigances : elle sera séparée de sa nièce adorée, et Adam ne lui pardonnera jamais de l'avoir trahi…

Un insupportable contrat, de Lauren Canan

Son ranch : voilà la seule chose qui compte pour Shea. Un ranch que sa famille loue depuis des générations. Alors, si une clause du contrat signé au XIXe siècle la contraint aujourd'hui à épouser l'odieux fils des propriétaires pour conserver son bien, elle n'hésitera pas une seconde; elle s'unira à Alec Morreston et vivra à ses côtés une année. Sauf que Shea se rend vite compte que la plus grande épreuve sera de résister au feu du désir qu'Alec fait naître en elle…

OFFRE DÉCOUVERTE !

Vous souhaitez découvrir nos collections ? Recevez **votre 1er colis gratuit* avec 2 cadeaux surprises !** Une fois votre colis de bienvenue reçu, si vous souhaitez continuer à recevoir nos livres, cela se fera automatiquement. Vous recevrez alors vos livres inédits** en avant-première.

Vous n'avez aucune obligation d'achat et cette offre est sans engagement de durée !

*1 livre offert + 2 cadeaux / 2 livres offerts pour la collection Azur + 2 cadeaux. La collection Harmony démarre avec un premier colis payant à 20,16€ (frais d'envoi inclus). **Les livres Ispahan, Sagas, Gentlemen et Hors-Série sont des réédités.

☛ COCHEZ la collection choisie et renvoyez cette page au
Service Lectrices Harlequin – CS 20008 – 59718 Lille Cedex 9 – France

Collections	Références	Prix colis*
❑ **AZUR**	Z1ZFA6	6 livres par mois 29,39€
❑ **BLANCHE**	B1ZFA3	3 livres par mois 24,15€
❑ **LES HISTORIQUES**	H1ZFA2	2 livres par mois 16,89€
❑ **ISPAHAN**	Y1ZFA3	3 livres tous les 2 mois 23,85€
❑ **PASSIONS**	R1ZFA3	3 livres par mois 25,59€
❑ **SAGAS**	N1ZFA3	3 livres tous les 2 mois 28,26€
❑ **BLACK ROSE**	I1ZFA3	3 livres par mois 25,59€
❑ **VICTORIA**	V1ZFA3	3 livres tous les 2 mois 26,19€
❑ **GENTLEMEN**	G1ZFA2	2 livres tous les 2 mois 17,35€
❑ **HARMONY**	O1ZFA3	3 livres tous les mois 20,16€
❑ **ALIÉNOR**	A1ZFA2	2 livres tous les 2 mois 17,35€
❑ **HORS-SÉRIE**	C1ZFA2	2 livres tous les 2 mois 17,85€

N° d'abonnée Harlequin (si vous en avez un) ____________

Mme ❒ Mlle ❒ Nom : ____________

Prénom : ____________ Adresse : ____________

____

Code Postal : ______ Ville : ____________

Pays : ____________ Tél. : ____________

E-mail : ____________

Date de naissance : ____________

❒ Oui, je souhaite recevoir par e-mail les offres promotionnelles des éditions Harlequin.
❒ Oui, je souhaite recevoir par e-mail les offres promotionnelles des partenaires des éditions Harlequin.

Date limite : 31 décembre 2021. Vous recevrez votre colis environ 20 jours après réception de ce bon. Offre soumise à acceptation et réservée aux personnes majeures, résidant en France métropolitaine, dans la limite des stocks disponibles. Prix susceptibles de modification en cours d'année. Vous pouvez demander à accéder à vos données personnelles, à les rectifier ou à les effacer. Il vous suffit de nous écrire en nous indiquant vos nom, prénom et adresse à : Service Lectrices Harlequin CS 20008 59718 LILLE Cedex 9. Service Lectrices disponible du lundi au vendredi de 8h à 18h : 01 45 82 47 47.